KB022660

꽃다발은
독

꽃다발은 독

花束は毒

오리가미 교야 지음
이현주 옮김

REA∃bie

서(序)

내가 기타미 리카라는 선배를 알게 된 것은 딱 육 년 전, 중학교 1학년 4월이었다.

입학 후 일주일 정도 지났다.

잎이 돋아난 벚나무 아래를 걸어서 중학교에 다니는 데에 익숙해진 어느 날 점심시간이었다. 나는 운동장 앞에 있는 세면장에서 한 학년 위 선배인 친척 형을 발견했다.

소이치 형은 나이 차이가 한 살밖에 안 나지만 친절하고 머리도 좋아서 친형 같은 존재였다.

학년이 다르면 교실 층도 달라서 교내에서는 좀처럼 만날 기회가 없다. 반가운 마음에 말을 걸려다가 깜짝 놀랐다.

형은 모래 범벅이 된 도시락통에서 밥을 쓰레기통에 버리고 있었다.

살짝 보이는 반찬도, 밥도 손을 댄 흔적이 없다. 이모가 잘 만드는 달걀말이가 한쪽 면에 모래가 묻은 채 쓰레기통 테두리에 튕기고 땅으로 떨어졌다.

소이치 형은 담담하게 달걀말이를 집어서 쓰레기통에 다시 넣고 세면장에서 빈 도시락통을 씻었다.

멍해 있는 나를 알아보고는 난처하다는 듯한 표정으로 "엄마한테는 말하지 마." 하고 말했다.

"금세 싫증 낼 거야, 잠깐만 참으면 돼."

형네 집에서 먹었던 이모의 달달한 달걀말이를 떠올렸다. 한 지붕 아래에서 달걀말이를 먹고 자란 엄마와 이모. 하지만 이모가 만든 달걀말이는 엄마가 만든 그것과는 맛이 달랐다. 신기하게도 둘 다 맛있었다. 소이치 형은 단맛을 좋아하는지 이모는 자주 달달한 달걀말이를 만들어 주셨다.

그게 쓰레기통 속에 있는 걸 보니……, 소이치 형 자신의 손으로 버려야 했다고 생각하니, 분노와 슬픔으로 눈물이 고였다.

형은 자신이 학교 폭력을 당한다는 사실을 아무에게도 말하지 않았다. 그래서 나도 지금까지 아무것도 몰랐고, 학교 폭력은 나와 상관없는 일이라고 생각했다.

도시락이 엉망이 된 건 이번이 처음이 아닐 것이다. 도시락을 버리는 소이치 형은 왠지 체념한 듯한, 익숙한 모습이었다. 그게 더 참을 수 없었다.

"절대 안 돼, 이런 일. 너무 비겁해. 말도 안 돼. 선생님께 말씀드리자."

소이치 형은 용서할 수 없다고 분개하는 나를 난처해하며, 일을 키우고 싶지 않다고 달랬다.

"엄마한테 알리고 싶지 않아. 게다가 선생님께 말씀드려 봤자 그 녀석은 학교 폭력을 저질렀다고 절대로 인정하지 않을 테니까 아무 의미 없어. 자극하지 않는 게 나아."

처음부터 형은 부모나 교사에게 상담해 봐야 문제를 크게 만들 뿐이다, 어른들이 보지 않는 곳에서 쓸데없이 더 괴롭힐 뿐이라고 포기했다.

형이 부모님께 알리고 싶지 않다고 말하는데, 내가 이모부와 이모에게 말할 수도 없다. 반은커녕 학년도 다른 나는 하소연을 들어주는 것밖에 할 수 없었다.

아무래도 소이치 형은 1학년 때부터 학폭 피해자인 듯했다. 2학년이 되어서도 학폭 가해자와 같은 반이 되었다.

그러다 싫증 낼 거라고 소이치 형은 말했지만 학폭은 가라앉기는커녕 점점 심해졌다.

도둑질을 시켜서 형이 거절하면 몇 명이 달려들어 형을 때렸다. 도둑질 대신에 물건을 사서 건넸지만 돈을 내고 샀다는 걸 들켜서 '사죄료'를 내라고 강요받았다.

할아버지가 물려주신 소중한 시계를 **뺏겼다**고 했을 때 찾으러 가자고 말했지만 소이치 형은 "너까지 학폭을 당할지도 몰라."라며 말렸다.

다정한 친척 형이 힘들어하는 모습을 지켜보자니 괴로웠다.

금방 싫증 낼 테니 참자는 한가한 소리만 하다가는 소이치 형이 무너져 버린다. 하지만 어떻게 해야 좋을지 알 수 없었다.

할아버지도 아버지도 법과 관련된 일을 하고 있어서 나는 어릴 때부터 나쁜 짓을 하면 그에 상응한 벌을 받는다고 배웠다. '그 누구도 이유 없이 상처받으면 안 된다. 이를 위해 법이 있는 거다.' 언제부터였을까, 아버지의 말을 기억하고 있다. 아마 그때 소이치 형도 옆에 있었을 것이다.

그 말을 들었을 때에는 아버지가 무척 든든하게 느껴져 보호받는 듯한 기분이 들었는데……. 아버지도 할아버지도, 소이치 형이 이런 일을 당했다는 사실을 모른다. 알면 분명 도와주실 테지만 소이치 형 자신이 그걸 거부했다.

세면장에서 학폭 이야기를 들은 이후로 나는 교내에서 되도록이면 소이치 형과 같이 있으려고 했다.

항상 붙어 있을 수는 없으니 예를 들어 점심시간이나 등하교 때만이라도. 가해자는 내가 함께 있으면 손을 대지 않았다. 당시 나는 딱히 체격이 좋지는 않았다. 입학한 지 얼마 안 된 1학년이었으니까 내가 두려워서가 아니라, 단지 목격자가 생기면 귀찮아진다고 생각했을 것이다. 증거를 남기지 않고 반항하지 않는 상대만 노려서 궁지에 몰아넣는 수법에 화가 났지만 소이치 형은 나를 끌어들여서 미안하다고 걱정할 뿐이었다.

그렇게 생각하지 않았고 내가 하고 싶어서 하는 일인데, 형은 "민폐를 끼쳐서 미안해."라고 말했다. 형이 사과할 일은 하나도 없는데.

남의 물건을 빼앗고, 때리고, 도둑질을 시키는 것은 범죄다. 중학생이라도 용납할 수 없는 일이다.

나쁜 건 학폭을 저지르는 가해자인데, 피해자만 주위 사람들을 신경 쓰며 참는 이런 일은 옳지 않다.

하지만 결국 아무것도 할 수 없다.

답답하고 분통이 터졌다.

어느 날, 소이치 형과 같이 점심을 먹으려고 했을 때였다.

형의 가방 안에서 현금이 든 봉투를 발견했다.

소이치 형은 가방을 교실에 놔두고 오면 거기에 무슨 짓을 저지를지 모른다며 오래 자리를 비울 때는 가방을 들고 다녔다. 도시락통을 꺼낼 때 봉투가 걸려서 떨어지자 그걸 내가 주웠다.

열린 봉투에서 5천 엔짜리 지폐가 얼핏 보였다.

중학생에게는 거금이었다.

"형, 그거 그놈한테 줄 거야?"

못 본 척할 수 없어서 그렇게 묻자 소이치 형은 "아니야."라고 대답하고는 나에게 받은 봉투를 가방에 다시 넣었다.

걱정시키지 않으려고 거짓말을 하는 것이다.

형은 부모님께도, 학교에도 학폭에 대해 말하지 않았다. 같은 학교를 다니는 나에게도 말하지 않았다. 내가 우연히 현장을 목격하지 않았다면 형은 끝까지 입을 열지 않았을 것이다. 본인이 아무 말도 하지 않는다고 해서 그냥 놓아둘 수는 없다.

나는 그날도 같이 집에 가자고 말했지만 소이치 형은 볼일이 있다며 거절했다. 역시 가해자에게 돈을 주려고 그러나? 그걸 알면서도 혼자 보낼 수는 없다.

"끝날 때까지 기다릴게. 방해하지 않을 테니까, 그럼 됐지?"

소이치 형은 떨떠름해했지만 내가 끝까지 붙어 있자, 마지못해 형의 '볼일'에 데려갔다.

소이치 형은 가방을 나에게 맡기고 봉투만 든 채 학교 건물 뒤에서 누군가를 기다렸다.

나도 무슨 일이 생기면 바로 뛰어갈 수 있도록 숨을 죽이고 학교 건물 그늘에서 그 모습을 지켜봤다.

누가 형을 괴롭히는지 나는 그 사람의 얼굴을 모른다. 리더가 한 명 있고 나머지는 부하라고 들었는데, 소이치 형은 내가 무모한 짓을 벌일까 걱정되는지, 이름을 가르쳐 주지 않았다.

'어떤 놈인지 똑똑히 봐 주지.' 단단히 벼르고 있는데, 예상과 달리 그 자리에 나타난 사람은 여학생이었다.

등까지 기른 찰랑거리는 머리카락과 고양이 같은 아몬드 모양의 눈. 작은 입.

아이돌처럼 청순가련한 그 외모는 도서히 남학생을 협박하거나, 폭행하는 사람처럼 보이지 않았다.

그녀는 형에게 봉투를 받고 내용물을 확인하더니 "딱 맞게 받았어."라고 말하고는 봉투를 영어 사전 사이에 끼웠다.

소이치 형이 "잘 부탁해." 하고 짧게 말하자 그녀는 "맡겨 줘."라고 대답했다.

아무래도 학폭 가해자가 아닌 듯했다.

그녀의 이름은 기타미 리카, 우리 학교 2학년생이라는 사실은 나중에 소이치 형에게 들었다.

"할아버지 시계를 찾아 달라고 부탁했어."

자신의 힘으로 되찾을 수 없다는 사실이 창피한지, 조금 껄끄러워하며 소이치 형이 말해 줬다.

"옆 반 앤데, 탐정 같은 일을 한대……. 한눈에 반한 다른 학교 남학생의 이름과 연락처를 알아봐 달라고 부탁한 애도 있었대. 그 시계는 잃어버린 게 아니라서 힘들 것 같다고 생각했는데 해 보겠다고 그러더라."

그러려고 5천 엔을 준 건가.

'학폭 가해자에게 주는 것보다 낫지만 시계를 찾을 수 있다는 보증도 없는데.'라는 생각이 들어 왠지 개운치 않았다. 소이치 형은 피해자인데 왜 돈을 내야 하지?

어려움에 처한 사람을, 그것도 같은 학교 학생을 도우면서 돈을 받는다는 발상 자체도 약점을 이용하는 듯해서 마음에 걸렸다.

하지만 소이치 형은 할아버지 시계를 되찾을 가능성이 있다면 5천 엔을 낼 가치가 있다고 생각한 듯했다.

하긴 가해자에게 직접 돌려 달라고 해 봤자 돌려받을 수 없다. 돈을 내겠다 하면 어쩌면 돌려줄지도 모르지만 그때는 5천 엔으로는 안 될 거다. 약점만 노출돼 금액이 올라갈 테고 한 번 돈을 줘 버리면 앞으로 계속 돈을 뺏길 우려도 있다.

무엇보다 돈을 줄 테니 돌려 달라고 가해자에게 '부탁'하고 싶지 않다는 형의 마음은 나도 이해할 수 있을 것 같다.

소이치 형은 자신이 맞아도 상대방에게 되갚아 주지는 않았지만, 그렇다고 학폭에 굴복하지도 않았다.

눈에 띄지 않는 곳을 맞으면서도 도둑질은 하지 않았고, 강제로 지갑을 빼앗겨도 돈을 상납하지는 않았다. 순순히 말을 들으면 맞지 않을 수 있다는 걸 잘 알아도, 그렇게 하지 않은 것은 형의 자존심 때문이었다.

그 마음을 잘 알기 때문에 더 괴로웠다.

어른에게 도와 달라고 하소연하는 건 부끄러운 일이 아니다. 그 때문에 학폭이 더 심해진다고도 할 수 없다. 상담해 보자고 다시 한번 설득했지만 소이치 형은 완강히 고개를 저었다.

"학폭을 당하고 있다고 부모님께 말씀드리고 싶지 않아. 분명 슬퍼하실 테니까."

그렇게까지 말해 버리니 아무런 말도 할 수 없었다.

며칠 후 소이치 형과 집에 가는데, 인적이 없는 길에서 여학생이 우리를 불러 세웠다.

기타미 리카였다.

"기다렸니?"라는 한마디 말과 함께 그녀는 소이치 형에게 봉투를 건넸다.

형이 건넨 5천 엔을 넣은 봉투인 듯했다. 두툼하다.

소이치 형이 봉투를 받아 왼손 위에 털자 나도 본 적 있는 할아버지의 시계가 손바닥 위로 떨어졌다.

틀림없이 진짜 할아버지의 시계다.

소이치 형은 믿을 수 없다는 듯 시계를 한참 응시한 후, 그녀를 봤다.

"······고마워."

되돌려받을 거라고 생각하지 않았다면 과장된 표현일 수도 있지만, 이렇게 빨리 찾아 줄 거라고 생각지도 못했다. 소이치 형도 마찬가지일 것이다.

기타미 리카······, 기타미 선배는 미소 지으며 "천만에."라고 대답했다.

"어떻게······?"

문득 물어본 나에게 기타미 선배는 "영업 비밀이야." 하고 웃었다.

"탐정이에요?"

"아직 견습생이야."

"배우는 중이야."라고 말하는 그녀는 왠지 자랑스러워하는 것 같았다.

학폭 가해자가 보지 못하게 일부러 학교 밖에서 말한 걸까?

고작 한 살 위인, 중학생 여자아이가 대단한 어른처럼 보였다.

처음에는 피해자를 돕는 데에 왜 돈을 받느냐고 속으로 반발했지만, 이렇게 성과를 내니 그런 껄끄러운 마음도 사라졌다.

형 본인이나 친척인 내가 직접 되찾으려고 했다면 가해자를 자극했을지도 모른다.

하지만 가족이나 친구도 아닌 기타미 선배에게 돈을 지불하고 의뢰한다면, 소이치 형도 신경 쓰지 않아도 된다. 내가 무슨 말을 해도 의지하지 않던 형이 그녀에게는 기댈 수 있었다. 게다가 견습생이든 뭐든 간에 그녀는 실제로 며칠 만에 시계를 되찾아 왔다.

'이 사람이라면.'

나는 어느새 말을 걸고 있었다.

"학폭 증거도 잡을 수 있나요? 사진이나 녹음요. 경찰에 제출할 수 있는 걸로요."

소이치 형이 이쪽을 본다. 형의 시선은 눈치챘지만 시치미를 뚝 떼고 기타미 선배 쪽을 향한 채 대답을 기다렸다.

당사자가 부모에게 말하고 싶어 하지 않는 이상, 증거를 확보해도 실제로 경찰에 가져갈 수는 없다. 경찰이나 학교에 말하면 틀림없이 부모에게도 전달될 것이다. 그러나 경찰에 신고할 만한 증거가 있으면 가해자와 협상할 수 있다. 마음만 먹으면 고소도 가능하다는 사실을 알려 주면 가해자도 학폭을 그만두지 않을까.

"할 수 있어."

기타미 선배는 살짝 고개를 갸웃거리며 나와 소이치 형을 번갈아 바라봤다. 스르륵, 부드러운 머리카락이 어깨에서 떨어졌다.

"상대방이 학폭을 그만두게 하는 게 더 쉽지 않아? 증거를 잡아서 경찰이나 학교에 말하는 것보다."

"그런 게 가능해요?"

"못 하면 돈은 안 받을게."

소이치 형이 한 걸음 앞으로 나왔다.

멋대로 이야기를 진행해서 한순간 기분이 상했나 싶었는데 그렇지는 않은 듯하다. 형은 기타미 선배를 똑바로 바라봤다.

"부탁할게요."

분명히 말했다.

소이치 형과 기타미 선배는 같은 학년이지만 서로 존댓말을 쓰고 있다.

기타미 선배는 고개를 끄덕이고는 "수락할게요."라고 어른처럼 대답했다.

* * *

소이치 형이 기타미 선배에게 의뢰한 뒤 며칠 후, 갑자기 소지품 검사가 실시됐다.

쓸데없는 물건을 가져오는 학생이 많다는 익명의 투서가 날아들었다고 한다.

'학교를 더 좋게 만들자.'라는 목적으로 교무실 앞에 설치된 투서함이 있지만 실제로 학생들은 거의 투서하지 않는다. 나도 투서함에 익명으로 학폭을 고발할까 고민한 적이 있었다. 그때는 소이치 형이 먼저 눈치채고 앞질러 나를 말렸다.

'어느 반에서 학폭이 벌어지고 있다. 등등 막연하게 써 봤자 학교 측은 구체적인 대책을 마련하지 않는다. 누가 가해자고 누가 피해자인지 구별도 못한 채 고작해야 반 전체에 추상적인 설교만 하고 끝난다. 가해자를 화만 나게 할 것이다.' 소이치 형이 그렇게 말하자 나도 그 말이 옳다고 생각했으므로 결국 투서는 하지 않았다.

있으나 마나 한 그런 투서함에 웬일로 제대로 투서가 들어왔다며 학교 측은 의욕적으로 전 학년 소지품 검사를 실시했다.

검사 대상은 학생들의 가방, 책상, 동아리실 사물함이었다.

우리 반에서도 검사는 했지만 중학생이 학교에 가져오는 물건은 대개 고만고만하다. 몇 명이 스마트폰나 만화 잡지를 방과 후까지 몰수당한 정도였다.

대부분의 반에서도 비슷한 결과였을 것이다.

그때는 소지품 검사와 기타미 선배에게 한 의뢰를 연결 지어 생각하지 않았다.

혹시나 싶었던 건 다음 날 등교할 때 소이치 형에게 이런 말을 들은 뒤였다.

"오늘은 그 녀석 기분이 나쁠 테니까 괜히 트집 잡히지 않게 조심하래. 어제 기타미가 그렇게 말하던데 뭐 상관있나?"

학폭 가해자는 축구부 소속이라고 들었다. 어제 방과 후, 동아리 활동을 시작하기 전에 모든 동아리실에서 소지품 검사를 했을 것이다.

걱정되어 쉬는 시간에 축구부에 가입한 동급생에게 물어보니 역시 축구부에서는 어제 소지품 검사로 난리가 났다고 한다. 수다쟁이 친구는 동아리실에서 일어난 일을 자세히 들려줬다.

"장난 아니었어. 어제 동아리 활동도 중지됐는걸."

2학년 부원 중 한 명이 사용하던 사물함 안에서 모자이크 없는 성인물 DVD가 나왔다고 한다.

고문 선생님뿐 아니라 축구부원이 거의 다 있는 자리였다. 당연히 그 사물함 주인은 얼굴이 붉어진 채 누군가의 악질적인 장난이다, 이건 자신의 물건이 아니라고 부정했다. DVD는 선생님이 압수했다. 그 축구부원은 원래 자신의 소지품이 아니라며 처분해 달라고 끝까지 결백을 주장했다고 한다. 이야기를 해 준 친구는 그 주장을 믿지 않는 듯했다.

"나만의 마마가 어쩌고, 그런 제목이 붙은 거. 터프한 남자가 기저귀 차고 공갈 젖꼭지를 물고, 알몸에 앞치마만 걸친 아줌마한테 무릎베개해 주는 사진이 있더라고."

"……그렇구나."

너무 역겨운 취향이다.

그 2학년 축구부원이 소이치 형을 괴롭히는 동급생이겠지. 슬쩍 이름을 묻자 아이다라고 가르쳐 줬다.

"웃어넘긴 선배도 있었지만 대부분 싸늘했어. 2학년 중에서는 꽤 리더 같았는데 충격이야."

그렇게 말하고 친구는 한숨을 쉬었다.

동아리실을 상상하자 얼굴도 모르는 아이다가 갑자기 불쌍해졌지만, 그는 비열한 학폭 가해자이다. 불쌍히 여길 사람이 따로 있지. 기타미 선배가 말한 대로 온갖 짜증을 소이치 형에게 풀 수도 있다.

같이 점심을 먹으며 소이치 형에게 오늘은 특히 절대 아이다와 단둘이 있지 말라고 단단히 주의를 줬다. 축구부에서 벌어진 소동은 형에게도 들어간 모양이다. 반에 소문이 퍼졌다고 했다.

방과 후 평소에는 학교 앞에서 만나지만, 오늘은 소이치 형네 교실로 데리러 가기로 했다.

수업이 끝나는 종이 울리자마자 서둘러 채비를 하고 다른 층에 있는 형의 교실로 향했다.

2학년 교실이 늘어선 2층 복도는 걷기만 해도 긴장된다.

3반 입구에서 슬쩍 안을 들여다보니 뒤에서 두 번째 창가 자리에 소이치 형이 앉아 있었다.

다른 남학생이 다가가 뭐라고 말을 건다. 서로 친해 보이지는 않았다. 남학생은 두 손을 바지 주머니에 찔러 넣고 서서 소이치 형을 내려다보고 있다.

소이치 형이 가만히 고개를 젓자 다른 남학생은 짜증이 난 듯했다.

저 사람이 아이다인가.

축구부 소속이라니까 당연할지도 모르지만 뻔한 불량소년이라는 느낌은 아니다.

나와 소이치 형에 비해 체격은 좋지만 평범한 학생처럼 보였다.

그러나 그렇지 않다. 다른 사람을 아무렇지도 않게 때리고 짓밟는 인간은 평범하지 않다.

"소이치 형."

교실 입구에서 형을 부르자 소이치 형이 이쪽을 본다.

아이다는 혀를 차더니 소이치 형에게서 떨어졌다.

가방을 들고 걸어 나간 아이다를 교실에 있던 학생들이 흘깃거린다. 웃음을 참는 듯한 남학생도, 혐오스러운 눈빛을 보내는 여학생도 있었다.

입구 앞에서 아이다와 마주쳤다. 나는 옆으로 비켜섰다.

불쾌함을 감추지 않고 걸어가는 그를 지켜봤다.

그때 갑자기 빠르게 걸어온 여학생이 내 앞을 지나 뒤에서 아이다에게 부딪혔다.

"아, 미안해요!"

귀여운 목소리와 툭, 가방이 떨어지는 소리가 겹쳤다.

아이다의 가방 덮개가 열려 속에 든 물건이 튀어나왔다.

여학생이 당황한 모습으로 그걸 주우려다가 "꺅!" 하고 비명을 질렀다.

그 소리에 복도에 있던 다른 학생들도 그들을 주목했다.

바닥에 흐트러진 교과서와 노트에 섞여 과격한 패키지의 DVD가 떨어져 있다.

여학생이 뒤로 한 발 물러난 탓에 세일러복을 입은 뚱뚱한 남성이 황홀한 표정으로 여고생에게 밟혀 있는 사진이 사람들 시선에 그대로 노출되었다.

"아니, ……내 거 아니…….."

아이다는 겁먹은 표정으로 자신을 보고 있는 여학생(기타미 선배였다.)에게 다급히 변명했다. 그러고 나서 주위를 둘러본 뒤 표정이 굳었다.

사람들은 DVD와 아이다를 함께 보고 있었다.

그는 어제도 분명히 같은 상황을 경험했다.

"……아니라고! 뭘 봐!"

거친 목소리로 위협해 봤자 아무도 그를 무서워하지 않았다.

"뭐야 뭐야." 하고 교실 안에 있던 학생들까지 밖으로 나온다.

"저게 뭐야.", "우웩.", "또 아이다야?", "교실에도 있었어.", "여장 SM 진짜야?", "저 녀석은 뜨거운 여자가 취향 아니었어?"

속삭이던 소리가 점점 커지며 술렁거렸다.

아이다는 불안해하며 좌우를 둘러보고는 쪼그리고 앉아 떨어진 노트와 교과서를 주워 마구잡이로 가방에 쑤셔 넣었다. 망설이듯 DVD를 보는 눈빛이 흔들렸다.

결국 DVD마저 움켜잡고 가방에 넣었다.

왜 머뭇거렸는지 알 것 같다. DVD만 놔두고 가면 그걸 보는 사람이 더 늘어나서, "아이다가 떨어뜨리고 갔다."며 교사에게 증거물로 보고될 것이다.

하지만 DVD를 가지고 가면 자기 물건이라고 인정하는 것이나 다름없었다.

어느 쪽이든 파멸이다.

혼란스러운 모습으로 뛰어가는 아이다의 뒷모습을 바라봤다.

'역시 쟤였어.'라는 누군가의 목소리가 들렸다.

기타미 선배는 스커트 자락을 털고 이미 걸어가고 있었다.

나와는 한 번도 눈을 마주치지 않았다.

다음 날, 아이다는 학생 지도실로 불려 갔다고 한다.

축구부 1학년 친구에게 동아리 활동은 그만뒀다고 들었다.

아이다는 두세 명의 부하를 거느리고(주로 감시만 하고 직접 손을 대지는 않았다고 하는데) 소이치 형을 괴롭혔지만, 그 DVD 사건 이후 아무도 아이다가 하는 말을 듣지 않아서 그 누구도 소이치 형을 괴롭히지 않게 됐다.

이윽고 아이다는 학교에도 오지 않게 되었다.

전학을 간다는 소문을 들었다.

기타미 선배가 한 짓이 지나쳤다고 생각했다. 그러나 결과적으로 소이치 형은 마음 편히 학교에 다니게 되었다. 형이 바라던 대로 부모나 학교에 알리지 않고도.

소이치 형은 똑같은 봉투에 다시 5천 엔짜리 지폐를 한 장 넣고 학교 건물 뒤에서 기타미 선배에게 건넸다.

나도 따라갔다.

"혹시 몰라서 증거 사진도 찍었는데 필요 없었네."

기타미 선배는 5천 엔 대신 다른 봉투를 소이치 형에게 주며 덧붙였다.

"일단 줄게. 이건 서비스야."

소이치 형이 봉투에서 내용물을 반 정도 꺼내서 나도 그 사진을 엿볼 수 있었다. 소이치 형의 멱살을 잡고 벽에 밀치는 아이다의 사진이었다. 다른 사진도 몇 장 들어 있는 듯했다.

"이런 걸, 언제……."

"영업 비밀이야."

소이치 형은 사진이 찍히는 줄 몰랐나 보다. 아이다도, 소이치 형도 모르게 기타미 선배가 폭행 현장을 몰래 찍었다는 말이다.

현장을 지켜봤다면 도와주든가 다른 사람을 부르면 좋았을 텐데 그러진 않고 사진을 찍었나 보다.

증거 확보 때문일 거라고 이해는 하지만 작은 가시처럼 무언가가 마음에 걸렸다. 반발이 아니라 막연한 위화감 같은 것이다.

문제를 해결했으니 만사 오케이라고 생각하는 걸까. 소이치 형은 그런 걸 신경 쓰는 것처럼 보이지 않았다.

기타미 선배는 5천 엔 지폐가 든 봉투를 가방 안에 넣었다.

바람이 불자 찰랑거리는 머리카락이 바람에 흩날렸다.

매끄러운 피부에는 여드름 하나 없었다.

역시 그런 잔인한 짓을 한 사람처럼 보이지 않았다.

그런 DVD를 어디에서 가져왔을까. 축구부 사물함도 분명히 잠겨 있었을 텐데.

묻고 싶은 질문이 몇 개나 있었지만 물어봤자 기타미 선배는 영업 비밀이라고 대답할 것 같았다.

"……그 인간, 학교에 안 온대요."

내가 입을 열자 처음 내 존재를 깨달은 것처럼 기타미 선배가 이쪽을 바라봤다.

바람에 나부끼는 스커트와 머리카락을 손으로 잡아 눌렀다.

"그런 것 같네."

선뜻 인정했다. 아무 생각도 없어 보였다.

그런 일이 벌어지면 학교에 못 오는 것도 당연하다.

소이치 형은 기타미 선배를 여신이라도 되는 양 숭배하지만, 나는 왠지 석연치 않았다.

어떻게 말해야 할까. (애초에 말을 하는 게 맞는 건지도 모르겠지만) 어른처럼 보이는 상급생 소녀를 올려다보았다.

"학교에 오면 이번에는 자신이 학폭을 당할 거라고…… 생각할 거예요."

그리고 그 예감은 맞을 것이다.

달아나는 아이다의 뒷모습을 비웃으며 보고 있던 남학생들의 얼굴이 떠올랐다. 더러운 것이라도 보는 듯한 여학생들의 시선도.

"한번 피해자 쪽에 서 보는 게 좋지 않겠어? 그런 타입은 직접 겪어 보지 않으면 자신이 상처 입힌 상대방의 마음은 평생 모를 거야."

그럴지도 모른다. 그렇게 하지 않으면 아이다는 앞으로도 계속 누군가를 괴롭힐지도 모른다. 기타미 선배의 말은 틀리지 않았다.

다른 방법도 없으면서, 기타미 선배의 행동을 책망할 권리는 나에게 없을지도 모른다.

"그래도…… 다시는 학교에 오지 못할지도 몰라요."

"그럴지도 모르지."

그녀는 무심하게 고개를 끄덕였다.

"그래도 아이다가 학교에 계속 다니면 더 심각해지지 않았을까? 더 심하게 괴롭히다가 상대방이 크게 다칠 수도 있어. 그러면 걔는 범죄자가 되는 거야. 아니면 반대로 범죄 피해자가 됐을지도 몰라. 예를 들자면 괴롭힘을 견디다 못한 누군가가 그 녀석을 칼로 찔러 버릴지도 모르지. 그렇게 되는 것보다 훨씬 낫지 않아? 우리 모두에게."

'맞는 말일지도 모른다.' 이런 생각 때문에 나는 아무 말도 하지 못했다.

소이치 형이 아이다를 칼로 찌르는 장면은 상상도 할 수 없었다. 그러나 소이치 형이 크게 다치지 않을 거라고 확신할 수도 없다. 학폭이 거기까지 확대되지 않아도, 학교에 못 오는 사람은 소이치 형이었을지도 모른다. 형 말고, 다른 학폭 피해자가 있다고 해도 전혀 이상하지 않았다.

그렇게 생각하자 기타미 선배가 한 행동이나 말도 부정할 수 없었다.

학폭이 사라진 것은 분명하다.

기타미 선배는 도와 달라는 우리 요청을 들어줬을 뿐이다.

"고마워. 정말."

소이치 형이 한 걸음 앞으로 나가 기타미 선배에게 고개를 숙였다.

퍼뜩 정신이 들어 나도 형을 따라 고개를 숙였다.

기타미 선배가 소이치 형을 도와준 것은 사실이다.

그렇게 하지 않고 다른 어떤 방법으로 소이치 형을 도울 수 있었을지 나는 모르겠다. 내가 하지 못한 일을 그녀가 해 주었다는 것은 틀림없었다.

"감사합니다."

기타미 선배는 바람에 날리는 머리카락을 붙잡으며 "또 봐."
라고 말했다.

소이치 형은 이제 학교에서 혼자라도 안심하고 지낼 수 있었다.

이제 점심시간에 학년이 다른 나와 함께 있을 필요도 없다.
아이다가 무서워서 다가오지 않던 반 친구들과도 이제는 나름
대로 친해진 듯하다.

그날은 소이치 형의 부모님도 우리 집에서 저녁을 먹기로 해
서, 아침에 형에게 같이 집으로 가자고 약속했다.

교실에 형을 데리러 가니 소이치 형은 수업 시간에 사용하는
큰 연표를 안고 복도로 나오고 있었다.

"미안해, 선생님이 이거 정리하라고 하셨어. 금방 돌아올게."

"도와줄까?"

"괜찮아."

두 팔로 교재를 안고 대답하는 형의 표정은 밝았다. 괴롭힘
을 당하던 시절 팽팽하게 긴장한 느낌이 사라졌다.

잘됐다 싶었다. 달아나던 아이다의 뒷모습이 머리에 떠올랐
다. 기타미 선배의 서늘한 표정도.

교정이 내다보이는 복도 창가에 서서 소이치 형이 돌아오기

를 기다렸다.

열린 교실 문 사이로 소이치 형의 교실 안이 보였다.

교정과 신발장 근처에는 아직 꽤 학생들이 있었지만, 교실에는 이제 아무도 없었다.

뒤에서 두 번째 창가, 소이치 형의 자리를 무심코 바라봤다. 형 자리에서 두 자리 옆이 아이다의 자리였다.

이유를 알 수 없는 거북한 감정이 명치끝에 맺혔다.

소이치 형은 좋아졌다. 그걸로 다 잘된 거라고 다독였지만 거북한 마음은 사라지지 않았다.

그 이유를 고민해 봐도 해답은 나오지 않았다.

하필 그런 수위 높은 DVD를 골랐는지 혐오감밖에 들지 않았다. 그러나 꼭 그게 전부는 아닌 듯했다. 잘 모르겠다. 이유를 알 수 없으니, 그때 그녀에게도 생각을 제대로 말하지 못했다.

기타미 선배는 소이치 형의 부탁을 들어주었다. 소이치 형은 분명히 학교 폭력에서 벗어났다.

다른 구체적인 해결 방안을 제시하지도 못하면서 "너무 지나쳤다."라고 싸잡아 말할 수는 없다. 의뢰한 사람이 만족해하는데, 내가 그녀에게 "이유는 모르겠지만 그냥 싫다." 하고 말할 수도 없다.

나는 당사자도 아니기 때문이다.

다가오는 발소리를 듣고 고개를 들었다. 소이치 형이 아니었다. 두 사람의 발소리였다.

소이치 형 반의 담임교사와 같이 처음 보는 여성이 걸어왔다. 나이는 우리 엄마 정도려나. 수수한 색 치마와 흰 블라우스를 입고 손에는 핸드백과 백화점 종이 쇼핑백을 들고 있다.

두 사람은 내 앞을 지나쳐, 학생이 없는 교실로 들어갔다.

교사가 "여기예요." 하고 말하듯 아이다의 자리 앞에 서서 의자를 뺐다.

여성은 살짝 끄덕이고 책상 위에 쇼핑백을 옆으로 내려놓았다. 왼손은 쇼핑백을 쥐고 오른손을 책상 서랍 안에 넣어, 안에 든 것을 쇼핑백으로 옮기기 시작했다. 교과서, 노트, 필통, 구깃구깃한 유인물, 휴대용 티슈, 쓰레기 같은 것까지 줄줄이 꺼내서는 쇼핑백에 넣었다.

두근, 심장 고동이 빨라졌다.

그녀는 아이다의 어머니였다.

짐을 가지러 왔다는 사실은 이제 두 번 다시 이 학교에는 돌아오지 않는다는 것이다. 전학 간다는 말이 헛소문은 아니었나 보다.

아이다의 어머니는 몸집이 작은 여성이었다. 얼굴은 전혀 닮지 않았다.

"오래 기다렸지?"

빈손으로 소이치 형이 돌아왔다.

아차 싶었지만 속여 넘길 수는 없었다. 당황한 표정이 드러났는지 소이치 형은 이상하다는 듯 나를 보고, 그 후 교실 쪽으로 시선을 돌렸다.

그리고 말이 없어졌다.

아이다 자리에서 짐을 쇼핑백에 담고 있는 여성이 누구인지 형이 모를 리가 없었다.

고동이 더 빨라진다.

'어쩌지.'라고 생각하는데, 여성과 담임교사가 교실에서 나왔다.

복도에 있는 소이치 형과 나를 담임교사가 알아본 순간, 소이치 형이 먼저 말을 꺼냈다.

"선생님, 안녕히 계세요."

"아아, 그래 잘 가라. 고생했다."

교재 정리를 말하는 것이겠지, 소이치 형에게 수고했다고 말한 뒤 담임교사는 우리 앞을 지나쳤다.

여성은 우리를 보지 못했다. 왼손에 든 쇼핑백 안에 교과서, 노트, 교칙으로 반입 금지한 축구 잡지가 보였다.

고개를 숙이고 걷는 그녀는 지친 표정이었다. 담임교사와 나란히 서니 더 작아 보이는 뒷모습이 멀어져 갔다.

소이치 형의 가방은 아직 교실에 있다. 그러나 형은 바로 가방을 가지러 가지 않고, 두 사람이 걸어가는 모습을 보며 복도에 그냥 서 있었다.

그만 가자, 라고 말하려고 소이치 형을 쳐다보았다.

형의 입가에는 미소가 걸려 있었다.

*　*　*

내가 목격한 학교 폭력은 매우 작은 일부분이고, 소이치 형이 뒤에서 얼마나 심하게 당했는지는 모르겠다.

학교 폭력에서 해방되었고, 이제 두 번 다시 가해자가 돌아오지 않는다는 사실을 알게 되자, 안심한 나머지 그만 표정이 풀어졌을지도 모른다.

그게 아니라 해도……, 형이 자신을 괴롭힌 아이다가 당한 불행에 쌤통이라고 좋아했다고 해도 그걸 나무랄 수는 없다. 형이 성인군자가 아니라고 실망하는 건 말이 되지 않는다.

머리로 이해는 하지만, 처음 본 형의 표정이었다. 그동안 내가 알던 형이 아니었다. 그때 비로소 나는 당사자가 되었다.

"기타미 리카 선배."

다음 날 점심시간, 온 학교를 돌아다니다 2학년 교실에는 없는 그녀를 결국 도서실 앞에서 찾아냈다. 기타미 선배는 도서실 청구 기호 라벨이 붙은 카메라 전문 잡지를 팔락팔락 넘기며 걷고 있었다. 내가 말을 걸자 멈춰 서서 잡지를 덮었다.

"소이치 형을 괴롭혔던 아이다라는 사람은 이제 안 돌아와요. 어제 어머니가 짐을 챙겨 가셨거든요."

인사도, 안부 말도 없이 대뜸 본론을 꺼냈다.

도움을 받은 선배에게 무례한 태도였지만, 나도 모르게 말이 나왔다. 그녀는 "그래." 하고는 잡지를 고쳐 들고, 진귀한 동물이라도 보는 것처럼 왠지 흥미로워하며 나를 보고 고개를 갸웃거렸다.

"그래서, 뭐?" 하는 말이 나오기 전에 말을 이었다.

"소이치 형을 도와주셔서 감사했어요. 하지만 나도, 소이치 형도 그런 결과를 예상하고 부탁한 게 아니에요. 그런 걸 바라지 않았어요."

그녀가 한 일은, 그건 복수였다. 소이치 형이나 그 외에 학폭을 당하고 있었을지도 모르는 누군가를 구원하는 행위였을지는 몰라도 그뿐만은 아니었다.

아무 이유 없이 괴롭힘당하던 피해자의 마음을 이해하게 만들면 된다. 그런 그녀의 사고방식을 전혀 공감하지 못하는 게 아니다. 다만 이런 방식은 옳지 않다.

사람들에게 비웃음을 사고, 혼란스러워하다가 절망하여 달아난 아이다, 조용히 아들의 짐을 가지러 온 아이다의 어머니, 이 모습을 보면서 자업자득이라고 웃어넘길 수 없었다.

그러나 소이치 형은 웃고 있었다.

"나는 그런 소이치 형을 보고 싶지 않았어요. 내가 알고 싶지 않았던 것뿐이지만요."

나도, 소이치 형도 그렇게 하지는 못했다. 쓰러트린 상대를 보며 좋아하는 어두운 감정, 그런 감정은 그때까지 형도 알 수 없었겠지.

그녀가 대신 복수해 주지 않으면 영원히 몰랐을 것이다.

"그걸 선배에게 말하러 왔어요."

기타미 선배의 큰 눈이 순간 휘둥그레졌다. 시선이 나에게서 벗어나 잠깐 허공에서 흔들렸다.

그러나 천천히 두 번 눈을 깜박인 뒤, 작은 동요가 사라졌다.

"……그래."

짧게 대답한 그녀의 눈에서 더는 흔들림을 읽어 낼 수 없다. 찰나의 순간 눈을 피했다는 느낌이 든 것도 기분 탓일 거라고 생각할 정도였다.

내 말은 그녀의 잔잔한 수면에 순간 파문을 일으켰을 뿐이다. '그래서 뭐?'라고 말하면 나도 더 이상 아무 말도 할 수 없다.

"기타미 선배."

내 맞은편에서 걸어온 여학생이 기타미 선배를 발견하고 다가왔다.

"상담하고 싶은 일이 있는데요……."

소이치 형처럼 그녀에게 도움을 요청하는 학생은 적지 않았다.

기타미 선배는 여학생을 돌아보고는 익숙한 모습으로 고개를 끄덕였다.

"그럼 잘 가."

그 말을 남기고 나에게서 등을 돌렸다.

잡을 이유도 없다. 더는 할 말도 없었다.

새로운 상담 학생과 같이 걸어가는 그녀를, 그저 멍하니 바라보았다.

나는 아버지 직장 때문에 그 후 바로 전학을 갔다.

기타미 선배와는 그 이후 마주친 적이 없지만 친척 모임에서 본 소이치 형은 좋아 보였다. 예전보다 밝아졌을 뿐, 특별히 달라진 데가 없었으니까 그때 내가 느낀 어두움은 착각이나 지나친 생각이었을지도 모른다.

기타미 선배는 프로 탐정이 아니었다. 이제와 돌아보면 학폭의 증거 사진을 찍거나 분실물을 찾아 주는 건 둘째치고, 학폭을 그만두게 만드는 것은 탐정의 일이라 할 수 없었다. 다만, 그때 일로 탐정이라는 존재는 나에게 강렬한 인상을 남겼다.

1

내가 인터넷에서 찾아낸 몇 개의 심부름센터와 흥신소 중에 기타미 탐정 사무소를 선택한 이유는 중학생 때 처음 만난 '탐정'을 떠올렸기 때문이다.

아버지의 모교 법학부에 입학한 지 보름도 채 되지 않은 때, 대학생이라는 신분에 겨우 익숙해졌을 무렵이었다. 중학생 때 일은 흐릿했지만 그 이름을 본 순간 갑자기 기억이 되살아났다.

어릴 때 검사인 아버지는 몇 번이나 전근을 다녔고 나와 엄마도 아빠를 따라서 일본을 돌아다녔다. 그러다 대학에 입학하면서 중학교 1학년 중반까지 살았던 곳으로 돌아왔다.

그러고 보니 탐정 견습생이라고 자신을 소개한 소녀와 만난 일도 이곳에 살던 무렵이었다.

'탐정'이라고 검색해도 대개 '심부름센터'였고, '탐정 사무소' 라는 이름이 붙은 회사는 많지 않았다. 그러나 어떤 센터나 사무소도 업무 내용은 크게 다르지 않은 듯했다.

가까운 거리에 있는 업체만 해도 생각보다 많아서 어디로 갈 지 고민하다가 추억 속 소녀와 똑같은 이름의 사무소에 시선이 머물렀다.

광고를 본 적은 없었지만 십 년 이상 이 지역에서 영업 중인 곳 같았다. 십 년 이상 영업을 하고 있다면 나름대로 실적이 있 었을 테고, 인터넷 후기를 봐도 평판이 나쁘지 않았다.

무슨 인연인 것 같아서 바로 그날 상담을 받고 싶다고 연락했 다. 상담은 무료라길래 안심하고 예약한 후 오늘에 이르렀다.

마침 오전만 수업이 있어 대학에서 바로 사무소로 향했다.

1층에 체인 커피숍이 있는 8층짜리 건물 5층에 기타미 탐정 사무소가 있었다.

엘리베이터로 5층에 올라가며 옷소매나 옷자락이 깔끔한지 확인하고, 안경을 닦은 다음 옷차림을 정돈했다. 왼쪽 어깨에 배낭처럼 메고 있던 보자기 꾸러미를 내려, 왼손으로 바꿔 들 었다.

건물 자체는 오래됐지만, 내부는 리모델링했는지 사무실 입 구에는 CCTV가 있었다. 벽에는 '기타미 탐정 사무소'라는 은색

플레이트가 붙어 있고, 그 아래에 호출용 버튼과 카메라가 달린 인터폰이 설치되어 있었다.

"3시에 예약한 기세 요시키입니다."

인터폰에 대고 이름을 말하자 바로 튼튼한 체격의 남성이 나와서 맞아 주었다.

"기다리고 있었습니다."

조폭 영화에 나올 법한 험상궂은 외모였지만 말투가 부드럽고 태도도 정중하다.

아무리 봐도 접수원에 어울리지 않는 외모를 보니, 아마도 조사원일 것이다. 접수원이 바쁘거나, 원래 접수원이 없어서 조사원이 조사 이외의 잡무도 담당하는 걸까.

그가 안내하는 대로 상담실로 향하다가 업무 공간 앞을 지나쳤다.

카운터처럼 가슴 높이 파티션이 통로와 업무 공간을 나누고 있었다. 업무용 공간은 다다미 스무 장 정도의 넓이로, 책상 네 개가 두 개씩 마주 보고 놓인 곳과 책상 두 개가 나란히 놓인 곳이 있었다. 안쪽에도 공간이 더 있는 것 같은데, 통로에서는 보이지 않았다. 안쪽에 있는 작업용 책상 두 개 위에는 아무것도 없이 깔끔했다. 다른 책상 위에는 데스크톱 PC가 있었다.

통로를 사이에 두고 업무 공간 맞은편에 상담실이 있었다. 상담실에는 안이 들여다보이는 큰 창문이 있는데, 지금은 블라

인드가 내려와 있다.

"바로 담당자가 올 겁니다. 여기에서 기다려 주세요."

여기까지 안내해 준 남성이 상담실 문을 열어 주었다.

"네."

상담실 앞에 서서 별생각 없이 업무 공간을 둘러봤다.

컴퓨터가 총 네 대인 걸로 미루어 보아 그렇게 인원이 많지는 않은 듯하다. 지금은 이십 대 중반 젊은 남성이 전화를 받고 있을 뿐이다. 갈색 머리에 편의점 아르바이트라도 할 법한 아주 평범한 청년이다. 탐정 같은 인상은 아니었다. 그러나 한눈에 탐정이라고 알아볼 수 있는 외모라면 미행하기도 힘들 테니 당연할지도 모르겠다.

그는 수화기를 든 채 업무 공간 안쪽에서 정장 차림 남성과 함께 걸어 나온 젊은 여성을 불러 세웠다.

"소장 대리! 내선 2번이요, T 보험사에서."

"내가 다시 걸겠다고 해 줘."

소장 대리……치고는 너무 젊다.

그녀는 상담을 마치고 돌아가는 고객을 배웅하는 것 같았다. 안쪽에 또 다른 상담실이 있을지도 모른다.

그들이 내 옆을 지나쳐 출구 쪽으로 향했다.

남성의 정장 옷깃에 변호사 배지가 달려 있는 걸 깨달았다. 이 사람도 고객일까?

"그럼 잘 부탁해."

"응. 고마워, 시구레 선생님."

"내가 고맙지. 또 연락할게."

그런 대화가 들리고 남자는 밖으로 나갔다.

소녀라고 해도 좋을 듯한 나이로 보이는 여성이 문을 닫고 돌아선다. 그리고 상담실 앞에 서 있던 나와 눈이 마주쳤다.

고양이 같은 눈과 작은 입. 머리는 전보다 짧다. 하지만 얼굴에 어릴 적 모습이 그대로 남아 있었다.

"기다리게 해서……."라고 말하는 그녀의 말을 끊고 이름을 불렀다.

"……기타미 선배?"

기타미 리카는 나를 보고 천천히 눈을 깜박였다.

"다시 한번 인사드리겠습니다. 기타미 조사원입니다."

상담실 테이블을 사이에 두고 마주 앉아 그녀는 "잘 부탁합니다."라고 미소 지으며 말했다.

상담실 밖에서 내가 이름을 부르자 기타미 선배는 깜짝 놀란 듯했다. I중학교를 다녔다고 설명하자, "아아." 하고 끄덕였다. 일단 내가 중학교 후배라는 점은 이해한 듯했다.

무심코 선배 이름을 불러 버렸지만 기타미 선배가 설마 나를 기억할 줄은 몰랐다. 기타미 선배에게 소이치 형의 사건은 당시 몇 건이나 됐던 의뢰 중 하나에 불과했고, 나는 의뢰인도 아닌 데다가 형이 의뢰비를 건네는 현장에 따라갔을 뿐이었다. 나는 소이치 형에게 기타미 선배의 이름을 들었지만 선배는 내 이름조차 몰랐을 것이다.

기타미 선배는 기억에 없는 사람이 자신의 이름과 얼굴을 알고 있다는 점에 대해 별로 경계하는 기색을 보이지 않았다. 선배는 중학생 때 이미 유명했고 교내에서도 어느 정도 이름이 알려진 것 같으니 이런 일에 익숙하겠지. 중학교도, 이 사무소도 같은 시내에 있으니 의뢰인이 같은 중학교 출신이라는 사실 자체는 그리 드문 우연도 아니다. 학창 시절 그녀의 평판을 듣고 의뢰하는 사람도 있었을 테니 나도 그런 사람 중 하나라고 생각할지도 모른다.

"아, 신분증…… 학생증밖에 없는데요."

전화로 예약할 때 신분증을 가져오라는 말을 들었다.

그 생각이 나서 의자에서 조금 엉덩이를 들고 뒷주머니에서 지갑을 꺼냈다. 카드 지갑에 끼워 둔 학생증을 꺼내 테이블 너머로 건넸다.

그녀는 학생증 사진과 내 얼굴을 확인하고 "맞네." 하고 끄덕이고는 학생증을 반대 방향으로 돌려서 나에게 주었다.

"정식으로 의뢰하시면 그때 복사하겠습니다. 일단 돌려드릴게요."

"네. 저기, 편하게 말씀하세요. 탐정한테 의뢰하려니 긴장됐는데 아는 사람이라 안심도 되고, 저도 그게 편해요. 중학교 선후배 사이이기도 하니까요."

"그래? 그럼 그렇게."

중학생 때는 한 학년 차이가 엄청난 벽처럼 느껴졌지만 이렇게 보니 체격이 작아서인지 오히려 나보다 어린 고등학생 같았다.

선배는 전화를 받았던 남성 이상으로, 탐정이라고 들었을 때 떠오르는 이미지와는 거리가 멀었다.

"좀 놀랐어요. 이름이 같다 싶었는데, 설마 선배 본인일 줄은 몰랐거든요."

게다가 아르바이트생이 아니라 정직원 같았다. 조금 전 받은, 사무소 로고가 박힌 명함에는 조사원이라고 쓰여 있었다.

"아까 소장 대리라고 불리지 않았나요?"

"그냥 그렇게 부르는 것뿐이야. 소장님이 자리를 자주 비워서 편의상 직함만 있고 실제로 다른 조사원보다 직책이 높진 않아. 다만 중학생 때부터 일을 도와서 경력이 길긴 해."

기타미 선배는 그렇게 말하고 어깨를 으쓱했다.

"여기는 숙부님이 운영하시는 사무소야. 조사원도 다들 중학생 때부터 나를 아니까 직원이 된 다음에도 그때 이미지가 박혀서…… 예전에는 아가씨라고 부르기도 했거든, 손님 앞에서는 그렇게 부르지 말라고 하니까 소장 대리라고 부르더라."

중학생 때 탐정 견습생이라고 했던 말이 농담은 아니었나 보다. 여자 중학생치고 행동력이 있는 편이라고 생각했는데 숙부 덕분인가.

"사무소 이름을 보고 예전 일이 생각났어? 기억력 좋구나. 내 이름을 잘도 잊지 않았네."

"인상에 깊이 남았으니까요."

내 말을 어떻게 받아들인 걸까? 그녀는 어깨를 으쓱했다.

"학교에서는 해결사처럼 일했지만 지금은 탐정업 법률 내에서만 대응해. 중학교 시절 일을 기억하고 의뢰하러 오는 사람은 그런 해결사 같은 걸 기대하는 경우도 많거든."

"네, 물론 이해해요."

그 말을 듣고 오히려 마음이 놓였다.

"그래? 그럼 다행이고."

노크 소리가 나고 문이 열리더니 갈색 머리의 젊은 남성이 차를 들고 왔다. 조금 전 기타미 선배를 소장 대리라고 부른 남성이다.

"실례합니다."라고 한마디 한 다음, 내 앞에 찻잔을 내려놓았다.

"탐정이 사건을 해결하는 건 드라마 속 이야기야. 우리 일은 어디까지나 조사와 보고니까……. 조사 면에서는 도움이 될 거야."

"이 사람, 말은 저렇게 하면서 해결한 사건이 얼마나 많은데요. 스토커 정체를 밝혀내 달라는 의뢰를 받고, 직접 범인을 잡아서 경찰에 넘기기까지 하고.”

갈색 머리 남자는 그녀 앞에도 찻잔을 내려놓으며 가벼운 말투로 끼어들었다.

기타미 선배는 팔짱을 낀 채 살짝 고개만 움직여 그를 보았다.

“필요하면 A/S를 할 때도 있지만 딱 거기까지야. 고객 만족도 향상을 위한 노력.”

두 사람이 얼마나 친한지 바로 알 수 있었다. 가족처럼 일하는 사무소인가 보다.

이런 장면을 고객에게 보여 주면 장단점이 있겠지만 그렇다고 불쾌하지는 않았다. 오히려 긴장이 풀려서 좋았다.

“탐정업법과 변호사법을 위반하는 일은 안 해. 대리권이 필요한 일은 시구레 선생님한테 부탁하고.”

“아, 시구레 선생님은 변호사 선생님이에요. 아까 지나쳤죠? 경찰이나 변호사가 나설 차례가 되면 소개해 드릴 테니까 걱정하지 마세요.”

“이제 요시이는 전화받아. 필요하면 부를게.”

남성은 기타미 선배보다 나이가 많아 보이는데도 “네.”라고 순순히 대답하고 방에서 나갔다.

다른 조사원보다 직책이 높지 않다고 설명했지만 적어도 막내는 아닌 듯하다.

기타미 선배는 책상 옆에 있는 납작한 상자에서 노트 패드와 펜을 꺼내서 앞에 놓고 상담 준비를 했다.

"탐정은 어떤 일을 하나요? 업무 내용이라고 하나요?"

"사람을 찾거나, 불륜 조사, 신변 조사……, 신원 조사 같은 게 많아. 수락할 수 없는 의뢰도 있으니까 우선 상담을 해 보고, 예를 들어 중학생 때처럼 첫눈에 반한 사람의 주소를 알려 달라는 조사는 쉽게 수락하지 않아."

의뢰인의 신원을 확인한 뒤, 목적이 분명하지 않으면 범죄를 돕는 수단이 될 수 있기 때문일 것이다.

법을 준수하고 그 범위 내에서만 업무를 받는다는 사실도 오히려 바람직하다. 안심하고 의뢰할 수 있겠다. 그러나 걱정되는 부분도 있었다.

"저기……, 조사는 선배가 혼자 담당하나요?"

"기본적으로는 그럴 거야."

기타미 선배는 가느다란 목을 갸웃거리며 손에 든 펜을 한 바퀴 돌린다.

"조사 대상이 그렇게 위험해?"

"어떻게 아셨어요?"

"중학생 때 나를 알고 여기에 왔으면 조사 능력을 의심하지는 않겠지. 그런데 지금 불안하다고 할까, 걱정스러운 표정이거든. 그래서 여자 혼자 하기엔 위험하다 싶은 의뢰인가 싶어서."

그렇게 표정에 다 드러났나. 나는 얼굴을 만졌다.

"조사 대상을 미행하거나 잠복할 때는 2인 1조가 기본이야. 그런 걸 의뢰하려고?"

"아니요, ······아, ······모르겠어요."

미행이니 잠복이니, 지금은 아직 상대방이 어디에 사는 누구인지도 모른다. 하지만 위험할 수 있다고는 생각했다. 여성 탐정에게 의뢰해도 될지 한순간 주저한 것을 간파당했다. 그래도 프로인 그녀를 걱정하는 것 자체가 무례한 일이겠지.

마음을 단단히 먹고 입을 열었다.

"······협박장을 받고 있어요. 누가 범인인지 밝혀 주세요."

중학생 때 그녀가 학교 폭력 현장의 증거 사진을 아주 쉽게 확보한 기억을 떠올리며 덧붙였다.

"가능하면 증거도 수집해 주시면 좋겠어요."

기타미 선배는 삼 초 정도 말없이 나를 보았다. 본다는 것보다 관찰한다는 말이 맞을 것이다.

자리가 불편한 듯 꼼지락거리는 나에게 선배는 직설적으로 말했다.

"그거, 네 이야기 아니지?"

"······왜 그렇게 생각하세요?"

"너는 처음부터 줄곧 초조해하거나 안절부절못하는 기색이 전혀 없거든. 안색도 좋고, 옷도 머리도 단정하고. 누가 괴롭혀서 궁지에 몰린 사람으로 안 보여.”

　술술 말이 흘러나왔다.

　“어떤 가정에서 자랐느냐는 건 말투나 제스처에서 많이 드러나. 부모님도 반듯하신 분 같아, 너도 그렇고.”

　그녀는 다시 조금 고개를 갸웃거렸다.

　“옷도, 신발도 캐주얼하지만 깔끔하고 흐트러지지 않았어. 시계도 명품이고, 부모님께 선물 받았니? 센스도 좋으시네. 그리고 그거.”

　의자 위에 놓은 감색 보자기 꾸러미를 펜으로 가리켰다.

　“요즘 세상에 누가 보자기 꾸러미를 들고 다니니. 그것도 젊은 남자가. 아버지 영향이야? 그거 검사가 자주 사용하잖아?”

　정답이었다. 중학생 때 검사인 아버지가 직장에서는 사건 기록을 이렇게 들고 다닌다고 알려 줘서 그 이후로 나도 보자기를 애용하고 있다. 특히 대학에서 교과서를 정리하는 데 편리하고 부피를 줄일 수도 있어서 자주 사용했다.

　“이야기가 잠깐 샛길로 샜는데. 딱히 지금 말한 게 아니더라도 잠깐 대화를 나눠 보면 네가 반듯한 사람이라는 걸 알 수 있어. 집에 협박장이 왔으면 경찰에 신고했을 거야. 가족과 같이 살지? 그럼 가족도 보통 그러라고 하거든. 그러지 않았다는 건 사태가 그렇게까지 심각하지 않거나, 크게 힘들지 않거나, 아니면 그렇게 할 수 없는 이유가 있다는 말이지. 어떤 내용인지가 제일 중요한데, 단순한 비난이 아니라 '위해를 가하겠다는 내용의 고지'가 있었지?

　그렇다면 경찰도 문전박대하지 않고 상담해 줄 거야. 검사의 집에 날아든 협박장이라면 더욱 그래. 하지만 너는 이렇게 탐정에게 상담을 하러 왔지."

　가타부타 말을 하지 않았지만, 그녀는 그런 나를 신경 쓰지 않고 말을 이었다.

　"굳이 범인을 밝혀 달라고 의뢰하는 건 사태를 심각하게 보고 있고, 힘들어한다는 뜻이야. 그런데도 경찰에 신고하지 않는 건 일을 키우고 싶지 않아서야. 예를 들어 이웃의 시선을 신경 쓴다거나, 왜 협박하는지 짚이는 데가 있다거나……, 자신에게도 꺼림칙한 일이 있거나, 범인을 붙잡아서 복수한다거나……. 많은 가능성들이 있겠지만, 너는 그런 타입은 아닐 것 같아."

　빙글, 빙글. 그녀의 오른손에서 펜이 두 번 돌았다. 무의식적으로 시선을 준 후, 다시 그녀를 바라보았다.

　"즉, 협박장은 네가 아닌 다른 사람이 받았어. 너는 그 사람을 걱정하지만 상대는 경찰의 개입을 원하지 않아. 그래서 탐정에게 상담하러 왔다…… 정도려나? 이렇게 추론했는데 어때?"

　"……탐정은 뭐든 다 꿰뚫어 보나 봐요?"

　"아니, 내가 뛰어나서 그래."

선배는 다시 한번 싱긋 웃었다.

"……잘 알겠습니다."

하긴 통찰력은 있는 듯하다. 행동력이 있다는 사실도 알고 있다. 중학생 때는 지나칠 정도였다. 정체도 능력도 모르는 처음 보는 탐정보다 역시 그녀에게 의뢰하는 게 안심이 된다.

"의뢰인은 제가 아니에요. 아는 남자분인데…… 마카베 겐이치 씨라고 합니다, 제가 예전에 도움받은 분이에요."

의뢰 여부를 최종 결정하는 사람은 내가 아니지만 우선 탐정에게 내용을 설명하고 탐정이 할 수 있는 일인지, 또 탐정이 승낙할지 확인해 두지 않으면 시작도 할 수 없다.

내가 설명을 시작하자 기타미 선배는 노트 패드의 제일 윗줄에 오늘 날짜와 시간대를 적었다.

"그 사람이 협박장을 받고 있구나."

"네. 어쩌다 제가 그걸 발견해서……. 탐정에게 의뢰해서 누가 협박장을 보냈는지 찾아 달라고 하는 게 좋지 않겠느냐고 조언했어요."

머릿속에서 말할 순서를 정리하고 자세를 똑바로 했다.

"마카베 씨는 아주 오랫동안 보지 못하다가 지난달에 우연히 다시 만났는데요……."

업무상 전근이 잦은 아버지 때문에 나는 어릴 때부터 몇 번 이사를 다녔다.

마카베 씨는 기타미 선배와 처음 만난 이 지역에서 이사한 이후, S현 N시에 살 때 만났던 이웃이다. 의대생이던 그가 나에게 과외를 해 줬고, 몇 번이나 함께 놀러 간 적도 있었다.

밝고 사교적이며 친구가 많은 사람이었다. 중학생인 나에게 대학생은 까마득한 어른이었고, 마카베 씨는 동경의 대상이자 멋있는 형이었다.

나는 중학교 3학년 여름까지 마카베 씨에게 과외를 받았고, 우리 집이 N시에서 다른 곳으로 이사 간 다음에는 고등학교 입시로 바쁘기도 해서 자연스레 사이가 멀어졌다.

그러고 나서 몇 년이 지난 바로 지난달에 마카베 씨를 다시 만났다. 무심코 인테리어 매장에 들어갔는데, 그 가게의 점장이 바로 마카베 씨였던 것이다. 의사를 꿈꾸던 마카베 씨가 도대체 왜 인테리어 가게에서 점장으로 일하고 있는지 모르겠지만 굳이 이유를 캐묻지는 않았다. 다시 만난 기념으로 마카베 씨가 밥을 사 주었고, 그리운 마음에 이야기꽃이 피었다. 그 뒤로도 몇 번 더 만났다.

"지난주에 저녁을 먹은 뒤, 마카베 씨네 집에 갔어요. 아니, 그것보다는 취한 형을 제가 데려다준 건데요."

마카베 씨는 사귀는 여성과 약혼을 했다며 기쁘게 그 이야기를 털어놓았다.

스마트폰으로 찍은 두 사람의 사진도 보여 줬다. 마카베 씨의 약혼녀는 화려한 외모는 아니지만 기품 있고 바른 여성 같아 보여서 호감이 갔다. 여기 이사 오기 전 K현에 살 때 알게 된 여성이라고 했다.

"우연히 가까운 곳에 살아서 몇 번 마주치다가 자연스럽게 친해졌어⋯⋯. 내가 전 여자 친구와 헤어졌을 때 따뜻하게 위로해 줬고. 그때 좀 의기소침해했거든. 그녀에게 정말 구원받았다고나 할까⋯⋯. 운명이라고 생각했어."

그녀의 사진을 보면서 마카베 씨는 "같이 있으면 마음이 놓여."라고 말하며 눈이 가늘어졌다.

대학생 때 마카베 씨는 항상 사람들에게 둘러싸여 있었고 그 중에는 외모가 화려한 여성들도 많았다. 그런 그가 결혼 상대로 수수한 타입의 여성을 선택한 점이 의외였지만, 그렇기에 더욱 진지하다는 걸 알 수 있었다.

"축하드려요."라고 내가 말하자 마카베 씨는 쑥스러워했다. 쑥스러움을 감추려는 듯 잔을 거듭 나누다 보니 어느새 그는 혼자 걷지 못할 정도로 취해 버렸다.

미성년자라서 무알코올 음료를 마셔서 다행이었다. 아직 그렇게 늦은 시간이 아니어서, 같이 전철을 타고 역에서 택시를 이용해 집까지 데려다 주었다.

"마카베 씨가 비틀거리길래 부축해서 침실로 데려갔어요. 그때 휴지통을 차서 쓰러트렸는데."

휴지를 다시 주워 넣는 그때, 편지가 눈에 들어왔다. 마카베 씨가 찢어 버렸는지 상태는 엉망이었지만 간신히 글자는 읽을 수 있었다.

"양심이 있으면 결혼하지 마라. 그렇게 쓰여 있었어요."

다음 날 취기가 가신 마카베 씨에게 물어보니, 한두 달 전부터 협박 편지가 왔다고 했다. 마침 여자 친구인 이노우에 가나미 씨와 결혼하기로 하고 둘이 신혼집으로 이사했을 때였다.

"제가 본 편지 외에도 협박장이 몇 통이나 더 왔다고 해요. 경찰에 가 보자고 했지만, 마카베 씨가 내켜 하지 않아서……. 실제로 아직 무슨 짓을 당한 게 아니라 경찰이 해 줄 수 있는 게 없다고, 이웃의 눈도 걱정되고, 무엇보다 결혼을 앞둔 중요한 시기에 이노우에 씨를 불안하게 하고 싶지 않다고요. 지금은 마카베 씨 혼자 살지만 이제 곧 같이 살 거라서 이노우에 씨가 집에 자주 드나든대요."

"이노우에 씨는 협박장이 왔다는 건 모르는 거네."

"그런 것 같아요. 지금까지는요."

지금까지 받은 편지도 그녀가 보지 못하게 버렸다고 했다.

내가 잠깐 말을 쉬자 "그렇군." 하고 기타미 선배는 또 펜을 손 위에서 한 바퀴 돌렸다. 습관인가 보다.

"마카베 씨 본인은 탐정이 사건을 조사하는 데에 동의했어?"

"네. 제가 설득했어요. 경찰이 싫으면 탐정이나 변호사에게 상담해 보자고요. 본인도 '그럼 그러자.'라고 하더라고요."

내버려둔다고 협박이 멈출 거라는 보증도 없다. 이대로 가면 언젠가 이노우에 씨에게도 들킬 것이다. 결혼해서 같이 살면, 이노우에 씨가 우편물을 먼저 볼 수도 있다.

실제로 피해가 없다고 해도 이런 협박이 지속되면 마카베 씨도 정신이 피폐해질 테고, 제일 중요한 것은 실제로 무슨 일이 벌어진 뒤에는 늦어 버린다.

협박 수위가 높아지기 전에 어떻게든 해결하자는 내 생각에 마카베 씨가 동의했다.

그렇다고 탐정이면 아무나 다 좋은 것도 아니다. 우리가 원하는 조건을 제대로 듣고, 주위에 알려지지 않게 은밀히 움직일 수 있는 탐정이어야 한다. 그러나 마카베 씨는 의지할 수 있는 전문가를 알지 못했다. 다른 지역에서 이사 온 지 얼마 되지 않았으니 당연히 소문조차 듣지 못했다고 한다.

우리 가족에는 법률 관계자가 많으니 친척 중에 누가 유능한 탐정을 알지 않을까 싶어, 마카베 씨는 나에게 부탁했다. ……부탁받은 건 좋지만, 내 주위에도 사립 탐정에게 의뢰한 적이 있는 사람을 찾을 수 없었다. 결국 인터넷과 전화번호부에서 탐정을 찾을 수밖에 없었다.

"이노우에 씨와 이웃이 모르게 범인을 찾아 주시면 좋겠어요. 가능할까요?"

"그렇다고는 생각하지만, 우선 만나서 자세한 사정을 듣고, 조사 비용도 설명하고, 사건을 의뢰할지 직접 본인의 의사를 확인해야 해."

"네, 그야 물론이죠. 감사합니다."

나는 고개를 숙였다.

"바로 마카베 씨에게 연락하겠습니다. 예약을 잡아서 직접 오라고 말해 둘게요."

탐정의 평판은 실제로 의뢰했던 사람의 의견을 듣는 게 제일 확실하다고 인터넷에도 쓰여 있었다. 기타미 선배라면 어떻게 일하는지 잘 알고 있으니 다행이다.

일하는 방식은 제쳐 두고 확실히 성과를 내는 탐정이라는 점은 알고 있다. 또한 중학생 때와는 다르게, 지금은 그렇게까지 무모한 행동은 하지 않겠지.

조사를 시작한다면 한시라도 빠른 게 좋다. 마카베 씨도 당장 기타미 선배의 설명을 듣고 싶을 것이다.

약혼녀에게 들키지 않도록 만전을 기하기 위해 내가 연락 담당을 맡아도 된다.

감사하다고 말한 뒤 기타미 탐정 사무소에서 나왔다.

기타미 선배와 전화 담당 요시이가 굳이 자리에서 일어나 문 앞까지 배웅해 주었다.

올 때보다 가벼워진 발걸음으로 역으로 걸어가며 서둘러 마카베 씨에게 전화를 걸었다.

마카베 씨의 기대를 저버리지 않고 좋은 탐정을 소개할 수 있어서 만족스러웠다.

몇 번의 전화벨이 울린 후 부재중 전화로 넘어갔다. 탐정과 만났고, 나중에 자세히 메일을 보내겠다고 메시지를 남겼다.

집에 돌아온 뒤 메일을 보냈다. 마카베 씨의 근무시간이 끝났을 시각일 텐데 연락이 오지 않았다. 일이 늦게 끝나는지도 모른다.

나는 의뢰할 수 있는 탐정을 찾았고, 의뢰하려면 본인이 직접 나와야 한다고 설명한 뒤 기타미 탐정 사무소의 이름과 연락처를 남겼다. 필요하면 함께 갈 수 있고, 연락도 내가 맡아서 하겠다고 덧붙였다.

부모님과 저녁을 먹고 내 방에서 대학 과제를 마치고 목욕을 한 다음 잠들었다. 평온한 기분이었다.

큰일을 끝냈다는 안도감에 푹 잘 수 있었다.

잘 때 스마트폰을 가까이에 두지 않아서 몰랐는데, 다음 날 아침에 보니 날짜가 바뀔 즈음 마카베 씨의 간결한 답장이 와 있었다.

'고마워. 가 볼게.'

그러고 나서 일주일이 지나고, 열흘이 흘렀다.

기타미 탐정 사무소에 가 보겠다는 답장 이후, 마카베 씨에게 연락은 오지 않았다. 잘됐을까, 어땠으려나. 그런 건 고사하고 결국 마카베 씨가 기타미 선배에게 의뢰했는지조차 알 수 없었다.

기타미 선배를 소개하는 내 역할은 끝났지만 계속 신경이 쓰였다. 조사 내용이나 진척 사항은 마카베 씨의 개인적인 일이라 나와 상관은 없다. 그러나 소개한 이상 책임은 있었다.

중학생 때도 기타미 선배는 손쉽게 의뢰인의 기대에 부응했다. 조사 능력은 전혀 걱정할 필요 없다. 문제가 있다면 조사 능력을 제외한 다른 부분이다.

기타미 선배 자신이 조사와 보고만 한다고 말했으니 걱정할 일은 없을 테지만 혹시 선을 넘어서 마카베 씨와 문제가 생긴다면……. 그건 바라는 일이 아니었다.

이상한 선입견이 있으면 좋지 않을 것 같아 굳이 말하지 않았지만, 기타미 선배에 대해 내가 알고 있는 사실을 미리 설명해 둬야 했을까?

의뢰 범위를 분명히 정해 두라고, 일을 키우고 싶지 않다고, 제대로 말하라고 당부할걸 그랬다.

한동안 고민하다가 기타미 탐정 사무소에 처음 간 날부터 딱 두 주가 지났을 무렵, 마카베 씨에게 연락해 봤다.

'탐정에게 조사 의뢰하는 거 어떻게 됐나요? 범인은 찾을 것

같아요?'

메일을 보냈지만 금방 답장이 오지 않았다.

답장이 바로 오지 않자, 왠지 마카베 씨가 아직 기타미 선배를 만나지 않았다는 예감이 들었다.

그날은 하루 종일 스마트폰을 신경 쓰며 들고 다녔다.

밤이 되어서야 내가 생각한 그대로의 답장이 왔다.

'마침 요즘 바빠서 아직 못 갔어.'

메일을 보낸 직후이니 상대방도 괜찮은 시간이라 통화할 수 있을 것 같았다. 나는 메일을 확인하고 바로 전화를 걸었다.

전화벨이 세 번 울린 후 마카베 씨가 받았다.

"안녕하세요. 밤늦게 죄송해요."

"아니야, 마침 혼자 있어서 괜찮아. 모처럼 알아봐 줬는데 미안해. 실은 아직 결심을 못하고 고민하고 있었어."

이노우에 씨가 있는 자리에서는 이런 이야기를 할 수 없다. 마침 타이밍이 좋았다.

"계속 협박당하고 있죠?"

내가 묻자 마카베 씨는 입을 다물었다.

"아아, 응…… 그렇지. 그 후로 또 왔어."

협박장이 더는 오지 않아서 상담할 필요가 없어진 건 아니었다.

마카베 씨는 조금 빠르게 말을 이어 갔다.

"기분은 나쁘지만 지금 실제로 해를 입은 게 아니라서…… 탐정에게 의뢰해서 해결해야 할지 말지도 모르겠어. 네가 소개한 사람이라면 확실하겠지만 내게는 역시 좀 문턱이 높다고 할까."

아무래도 미적지근하다.

얼마 전 대화할 때는 의뢰에 긍정적이었는데 지금은 마음이 달라진 걸까. 아직 사무소에 가지도 않았다면 기타미 선배가 마음에 들지 않은 것은 아니다.

"의뢰할지 말지 결정하는 건 상담을 해 본 다음이어도 괜찮아요. 우선 만나 보면 어떨까요?"

"그렇게 생각했는데 일단 가나미 몰래 사무소에 갈 시간을 내기가 힘들고, 일이 없는 날에는 의외로 거의 붙어 있어서……. 의뢰를 하면 탐정에게 연락도 오잖아? 가나미를 불안하게 만들거나 의심을 사서 협박장을 들키면 오히려 상황은 더 나빠질 테고."

"그런 건 알아서 해 줄 거예요. 제가 대신 연락을 맡아도 돼요. 제가 연락하면 이노우에 씨도 의심하지 않을 거예요."

"그러네. 그럼 좋겠다. 고마워, 조금 더 생각해 볼게."

안 될 거라고 직감했다.

생각은 있지만 상담 시기를 고민만 하다가 의뢰하지 않는 패턴이다.

이대로는 안 된다고 생각하면서도 더 나아가지 못하고 질질 시간만 끌게 된다. 일이 생긴 다음에는 늦는다.

답답하지만 기타미 선배 사무소에 마카베 씨를 억지로 끌고 갈 수도 없는 노릇이다.

전화를 끊고 잠시 스마트폰 화면을 바라봤다.

소이치 형을 떠올렸다. 소이치 형과 마카베 씨는 얼굴도, 성격도 전혀 닮지 않았는데 자신만 참으면 언젠가 괴롭힘이 끝날 거라고 생각하는 점은 똑같았다.

중학생 때 학교 폭력에 시달렸던 소이치 형이 기타미 선배에게 의뢰하지 않았다면 어떻게 되었을까. 그 학교에 기타미 선배가 없었다면.

그때도 학교 폭력 증거를 수집해 달라고 기타미 선배에게 처음 말을 꺼낸 사람은 나였다.

그 결과 소이치 형은 학교 폭력에서 벗어날 수 있었다.

기타미 선배가 함정을 판 덕분에 형을 괴롭히던 가해자는 도망치듯 전학을 갔다. 당시에는 이렇게까지 해야 하나 싶어 마음이 무척 불편했지만 의뢰한 그 사실 자체는 틀리지 않았다. 상황을 바꿔 보려 했던 노력이 잘못됐다거나, 의지할 사람을 잘못 선택하지는 않았다.

지금이라면 분명 다른 결과를 낼 수 있다.

카드 지갑에서 기타미 선배의 명함을 꺼내 사무소로 전화를 걸었다.

늦은 시간이라 받지 않을 것 같았는데 벨이 세 번 울리자 남성이 받았다.

기타미 선배는 조사하러 나가서 자리에 없었지만 다음 날 상담 예약은 잡을 수 있었다.

그때 결심이 섰다.

* * *

"시간 딱 맞춰 왔네요."

기타미 탐정 사무소에 두 번째 상담을 하러 찾아왔다. 요시이가 상담실로 안내해 주었다.

업무 공간에 기타미 선배는 보이지 않았으나 요시이가 차를 내 주고 몇 초 후에 어딘가에서 나타나 내 맞은편에 앉았다.

"오래 기다렸지."

미소 짓는 그녀에게 인사하고 바로 본론으로 들어갔다.

"마카베 씨에게 들었어요. 아직 의뢰 안 했다고."

기타미 선배는 별일 아니라는 것처럼 고개를 끄덕였다.

"마음이 바뀌었나 봐. 별일 아니야."

"의뢰할 마음이 사라진 건 아니에요. 어떻게든 해야 한다는 걸 본인도 잘 알지만 첫걸음을 못 뗀다고나 할까요.

사건을 의뢰해 봤자 꼭 해결될 것 같지도 않은데, 오히려 이노우에 가나미 씨에게 들킬 가능성만 높아지니 이런저런 생각에 주저하나 봐요. 이대로 내버려두면 편지만으로 끝나지 않을 수도 있는데 말이에요."

마카베 씨의 마음이 이해되지 않는 건 아니다. 탐정에게 의뢰한다는 것은 과감한 결단이 필요하다. 마카베 씨는 입 밖에 내지 않았지만 비용 문제도 있다. 약혼녀에게 들킬 위험을 감수하고 돈까지 냈는데, 과연 그만큼의 효과를 얻을 수 있을까. 그걸 확실히 알 수 없으니 당연히 망설일 수 있다.

하지만 이대로 내버려둬도 사태가 나아진다는 보장이 없다. 오히려 악화될 가능성이 크다. 그럴 경우 위험을 생각하면 주저할 때가 아니다.

냉정하게 생각하면 조금이라도 빨리 손을 써야 할 텐데, 무슨 일인지 마카베 씨는 그러지 못하고 있다. 마카베 씨가 우유부단하다고 생각한 적이 없어서 좀 의외였지만, 막상 당사자가 되면 또 주저할지도 모른다.

협박장은 단순한 장난이고 내버려두면 언젠가 멈출 거라고 믿고 싶겠지만, 그렇지 않다는 걸 깨닫게 되면 후회해도 늦을 뿐이다.

게다가 내가 봤던, 결혼을 하지 말라는 그 편지는 과격한 문장을 사용하지 않은 만큼 오히려 더 기분 나빴고, 단순한 장난이라고 생각되지 않았다.

"본인이 원하지 않으면 어쩔 수 없어. 내 마음대로 조사할 수도 없고."

기타미 선배는 냉정하게 타이르듯 말했다.

즉, 의뢰가 있어야 조사할 수 있다는 말이다. 방법이 전혀 없다면 이렇게 말하지는 않을 것이다. 조사를 하면 범인을 찾아낼 수 있다는 자신감이 엿보였다.

그걸 확인하고 싶었다.

"제가 의뢰할게요."

기타미 선배를 똑바로 보며 말했다.

"친구를 협박하고 있는 범인을 찾아내서 증거를 수집해 주세요. 협박 당사자가 아니더라도 의뢰가 가능한가요?"

경찰에 피해 신고를 하려면 본인이 해야 한다. 그러나 탐정에게 의뢰할 때 그런 규칙은 없을 것이다.

기타미 선배는 큰 눈이 휘둥그레지더니 문득 생각이 났다는 듯 눈을 한 번 깜박였다.

"……가능은 하지."

나는 고개를 끄덕이고 자세를 고쳐 앉고는 다시 한번 고개를 숙였다.

"그럼 의뢰할게요. 본인도 의뢰하고 싶을 거예요. 결단하지 못했을 뿐이지……. 망설이다가 돌이킬 수 없게 될지도 몰라요. 가능한 한 이웃이나 이노우에 씨가 모르게 범인을 찾아 주세요. 증거가 있으면 경찰이 나설 수도 있고, 협박한 상대방과 협상도 가능해요."

경찰을 끌어들이는 건 원하지 않더라도, 경찰이 움직일 만한 증거가 있으면 범인과의 협상을 유리하게 풀어 나갈 수 있다. 만일의 사태에 대비할 수도 있다.

"가족도 아닌 사람을 위해서 네가 조사 비용을 낸다고?"

선배는 고개를 살짝 왼쪽으로 기울였다.

"조사 비용이 얼마인지 알아? 만 엔 정도가 아니야."

"예전에 절 도와주신 분을 위해 약혼 선물이라고 생각하면 그 정도는……."

기타미 선배의 재미있어하는 시선에 나는 멋쩍어져서 선배를 제대로 바라볼 수 없었다.

"그게 용서할 수가 없잖아요. 비열하고요."

진지해지고 말았다.

인테리어 가게에서 다시 만났을 때, 인사를 하자 당혹스러워했던 마카베 씨의 표정이 지금도 생생하다. 기세 요시키라고 이름을 말하자 바로 기억해 내고 밥도 사 줬지만, 마카베 씨는 예전과 어딘가 달랐다.

내가 아는 마카베 씨는 밝고 사교적이고 누구와도 금세 친해지는 사람이었다. 하지만 내가 말을 걸었을 때 그는 잠깐 경계하는 눈빛을 보였다.

같이 밥을 먹고 이야기를 나눠 보니 예전 그대로라서 안심했지만, 그래도 언뜻 표정에 그늘이 보여서 걱정되었다.

꾸깃꾸깃한 협박장을 보고서야 그 이유를 알 수 있었다.

모르는 사람에게 계속 협박을 당하는 상황에서 갑자기 말을 건 사람을 경계하는 건 당연한 일이다.

협박장 이야기를 꺼내자 마카베 씨는 많이 흔들렸다. 입으로는 신경 쓰지 않는다고 말하고 있었지만, 그게 분명히 마카베 씨의 마음에 그늘을 드리우고 있었다.

잠깐이라고는 해도 그 밝고 긍정적인 사람을 타인에게 겁을 먹을 만큼 궁지에 몰리게 한 협박범이 경멸스러웠다.

하물며 사랑하는 사람과 약혼하고 새 가정을 꾸리려는 시기, 그 행복에 찬물을 끼얹는 것으로 모자라 재까지 뿌리는 짓은 용납할 수 없었다.

"정의감이 강하네."

기타미 선배의 말에 퍼뜩 정신이 들었다.

머리가 차가워지고 갑자기 부끄러운 마음이 들었다.

"……그렇지 않아요."

나는 선배의 시선을 피했다.

마카베 씨가 걱정되는 건 사실이고 범인도 용서할 수 없다. 그냥 지나칠 수 없다는 마음은 분명하다.

그러나 그것만은 아니었다.

해결할 수 있는 방법이 있어도 '피해자' 본인이 움직이려고 하지 않는 것. 더 확실하게 말하면 싸우려고 하지 않는 사실이

답답했다. 그 답답함은 이미 경험한 적이 있다.

아무것도 하지 않은 탓에 늦어 버리면 어쩌나 싶은 초조함 그리고 그걸 잘 알면서도 손 놓고 있다가 결국 후회할 거라는 위기감.

스스로 납득할 만큼 옳다고 생각하는 일을 하고 싶다. 거창하게 정의감이라고 하면 듣기에 좋을지 몰라도 독선적인 자기만족일지도 모른다.

중학생 때 선배의 행동도 어쩌면 비슷한 감정에 기반하지 않았을까.

"좋아. 의뢰 자체는 문제없어. 네가 원하면 맡을게."

고개를 들었다.

"정말이에요?"

그녀는 끄덕였다.

"착수금은 후배 할인으로 5만 엔이면 돼. 교통비나 실비는 받을 거야. 나머지는 범인을 잡아내면 성공 보수 15만 엔."

오른손 손가락을 펼쳐 보인다.

착수금 5만 엔.

내가 알아본 탐정의 일반적인 조사 비용과 비교하면 상당히 양심적이다.

성공 보수라는 점이 특이했다. 인터넷 검색에 따르면 탐정의 조사 비용은 시간당 계약이 많고 조사가 길어지면 몇백만이나 비용이 든다고 한다.

"그래도 돼요?"

"소장 대리 권한."

선배는 이름뿐인 직책이라고 했으면서 가슴을 펴고 그렇게 말했다.

이렇게 얼렁뚱땅 넘어가도 될까. 표정에 그 걱정이 드러났는지 기타미 선배는 "괜찮다니까."라며 웃었다.

"하지만 그만큼 조사 인원을 할애하지는 못해. 도움이 필요할 때는 너도 도와줘. 잠복 같은 게 필요할지도 모르고. 별로 위험한 일이 있을 것 같지는 않지만 무슨 일이 있더라도 너라면 안심이야. 무술 배운 적 있지?"

"어떻게 알았어요?"

아버지 권유로 초등학생 때부터 합기도 도장에 다녔지만 물론 그녀에게는 말하지 않았다.

기타미 선배는 입술 앞에 검지를 세우고, "영업 비밀."이라고 말했다.

소름이 끼쳤다. 이런 일이 전에도 있었다.

그녀는 웃으며 덧붙였다.

"몸에 붙은 근육이나 손 모양, 걸음걸이, 자세 같은 거랄까."

그런 것까지 알 수 있나 싶어 놀란 표정을 지었더니, 기타미 선배는 조금 전까지와는 약간 다른 곤혹스러운 미소를 지었다.

"만일에 대비해서 다시 한번 말해 두지만 나는 그냥 탐정이고 정보를 수집해서 의뢰인에게 보고하는 것뿐이야. 서비스로 그 이상을 하기도 하지만 추리소설 속 명탐정처럼 매번 깔끔하게 사건을 해결할 수는 없어."

처음 면담할 때부터 명탐정처럼 나에 관한 사실을 추리해서 다 맞춰 놓고는 이제 와서 이런 말을 한다.

현실은 소설과 다르다고 못을 박는 거겠지.

"물론 가능한 한 최선을 다하겠지만 원하는 결과가 나오지 않아도 착수금과 실비는 환불 안 되니까 그 정도는 알아 둬. 그래도 괜찮겠어?"

물론 잘 알고 있다. 성과가 나오지 않았다고 일을 시작할 때 필요한 비용을 돌려 달라고 할 생각은 없다.

오히려 착수금 5만 엔이 충분하리라고는 생각도 하지 않았다.

오늘 일부라도 착수금이 필요할지도 몰라서 아르바이트로 번 돈을 찾아왔지만 절반이나 남겼다.

"알겠습니다. 잘 부탁드려요."

앉아서 고개를 숙였다.

그때도 그랬다.

처음 만난 '탐정'의 훌륭한 수완을 보고 기타미 선배라면 어떨까 생각했다. 그래서 학교 폭력 증거를 수집해 달라고 부탁했다.

분명 이걸로 해결할 수 있다고 생각했다. ……풋내기 같은 말을 덧붙이자면 그렇게 정의를 실현할 수 있다고 믿었다.

 '결과는 그렇지 않았잖아. 다시 똑같은 짓을 한다고?' 누군가에게 말하면 어이없어할지도 모르지만, 다시 한번 해 보고 싶은 마음이 어딘가에 있었을지도 모른다.

 나쁜 기억으로 끝내는 게 아니라 같은 선택으로 다른 결과를 이끌어 내고 싶었다. 이번에는 꼭.

 내가 지갑을 꺼내자 기타미 선배는 미소 지으며 말했다.

 "영수증 줄게."

2

　기세 요시키가 똑바로 등을 펴고 교과서처럼 깔끔한 각도로 고개를 숙이고 나가는 모습을 지켜본 뒤, 업무 공간에 돌아오자 기다렸다는 듯 요시이가 다가왔다.

　"수임하셨어요?"

　"응. 기세가 조사 비용 내겠대."

　"진짜요? 부자인가 봐요, 아직 젊은데. 가족이나 애인도 아닌데 직접 비용을 내고 조사를 부탁하다니, 통이 크네요."

　기세가 지인이 받은 협박장 때문에 상담하러 왔다는 사실은 다른 조사원들도 알고 있다. 그 후 마카베 본인의 연락이 오지 않아서 결국 의뢰는 취소되었나 싶었다. 설마 기세가 자기 돈으로 남을 위해 조사를 의뢰할 줄이야. 이건 나도 예상하지 못했다.

불륜 조사 보고서를 작성하던 스미노도 컴퓨터 화면에서 눈을 떼고 이쪽을 바라봤다.

"선배라고 부르던데 아가씨 지인이었나요?"

"중학교 후배야. 지인이라고 할 정도는 아니고."

"그럭저럭 잘생겼잖아요. 좀 꽉 막혀 보이긴 하지만요. 어때요, 그런 타입. 잘사는 집 아들이죠? 신데렐라가 될 수 있어요."

"나는 연상이 좋아."

"아, 그럼 나 같은 타입?"

"요시이는 연상으로 안 보여."

"에이."

장난치는 요시이 뒤에서 스미노가 손을 뻗어 상담실에서 가지고 나온 계약서와 고객 정보 시트를 가져간다.

기세의 주소, 이름이 쓰인 시트를 보며 검지로 턱을 긁적거렸다.

"친구를 위하는 마음도 있겠지만 아가씨 실력을 꽤 높게 봐주지 않았습니까? 아니라면 자비로 의뢰하진 않겠죠."

"글쎄, 그렇게까지 순수하게 감탄하면 좀 죄책감 생기는데……."

"아아, 홈스 놀이 하셨어요?"

"조금. 아버지 직업이나, 무술 배웠지? 뭐 그런 거. 대회 출전 기록 같은 건 아마추어라도 십 초면 조사할 수 있는 거긴 한데."

"정직한 사람이고 솔직한 성격이면 남을 의심해야 한다는 생각 자체가 없어요."

처음 사무소에 찾아왔을 때, 상담자 기세의 이름과 연락처는 알고 있었다. 어느 대학 어느 학부에 다니는지는 첫 상담에서 보여 준 학생증에도 쓰여 있었고, 기본 정보가 확보되니 지엽적인 정보를 모으기 쉬웠다. 가족 사항도 하루면 다 조사할 수 있다. 특히 아버지 직업이 워낙 특수한 덕분에 기세는 동네나 학부 내에서도 비교적 유명했다. 정보는 금세 수집할 수 있었다.

아버지가 검사장, 할아버지가 고등법원 판사, 어머니가 전직 법원 서기관. 소문이 날 만한 법조계 명문가이다.

기세도 가족과 마찬가지로 법조인의 길을 목표로 한다고 했다.

저렇게 쉽게 내 손바닥 위에서 놀아나도 될지 걱정되기도 하지만, 진지하고 바른 만큼 사물의 이면이나 술책에 익숙하지 않은 것이다.

패션은 요즘 유행하는 스타일이지만 말투나 제스처는 척 보기에도 좋은 집 도련님 느낌이 드는, 때 묻지 않은 모습이었다.

내가 유능한 탐정이라는 건 사실이지만, 짧은 시간에 상담자가 이해할 수 있도록 설명하기 어려우니까, 이렇게 충격요법 같은 쇼를 선보이기도 한다.

단시간에 상담자 정보를 수집해서 앞지르는 것도 탐정의 조사 능력이 부족하면 불가능하다.

나는 개인적으로 현실의 탐정에게 추리력보다 조사 능력이 필요하다고 생각한다. 그러나 의뢰인은 추리소설 속 탐정처럼 추리를 선보이면 좋아하고 안심하는 듯했다.

기세가 "봉투가 없어서 죄송합니다."라고 예의 바르게 말하고 두고 간 5만 엔을 봉투에 넣어 금고에 보관했다.

흔치 않은 타입의 의뢰인이다.

세상 물정을 모르는 것 같고 순진해서 이쪽이 먼저 손을 내밀고 싶어진다.

자신이 어려움에 처한 것도 아닌데 심각한 표정이었다. 지인이 불합리한 일을 당하고 있다는 사실을 자기 일처럼 분개했다.

가는 안경테와 길게 째진 눈매 탓일까, 차분한 말투 탓일까, 얼핏 차가워 보이는데 속은 의외로 뜨겁다. 그러나 의식적으로 냉정함을 유지하려는 인상을 받았다. 두뇌 회전도 나쁘지 않다. 지나치게 올곧고 매우 섬세해 보이는 성격이 걱정이긴 하지만 그대로 성장하면 좋은 검사가 될지도 모른다.

"착수금 5만은 너무 싸지 않습니까?"

계약서를 확인한 스미노가 말했다.

요금 할인에 대해서는 나에게 재량권이 있으니 책망하는 말투는 아니었지만, 너무 후한 것 같다는 의미가 전해진다. 오히려 왠지 흐뭇해하는 목소리였다. 요시이가 바로 끼어들었다.

"안경 쓴 남자는 싸게 해 줘요?"

"미리 투자하는 거야. 장래성을 샀어."

계약서를 스미노에게 받아 들고 새 파일에 철하며 대답했다.

괴롭히거나 스토킹하는 범인을 찾아 달라거나, 증거를 수집해 달라는 의뢰인은 가끔 있다. 그러나 괴롭힘을 당하는 본인이나 가족 외에 의뢰를 받은 것은 처음이었다.

우선 협박 피해를 받는 본인, 마카베 겐이치를 만나지 않으면 아무 소용이 없다.

기세의 말을 들어 보면 마카베는 위기감이나 탐정에게 의뢰할 필요성은 인식했고, 조사를 거부하는 건 아닌 듯하니 협조는 얻을 수 있을 것 같다……. 하지만 한때 의욕이 있었지만 막상 탐정을 소개하려 하니 주저한다고 했다. 그 이유가 신경 쓰인다. 기세는 단순히 비용 대비 효과를 고려해서 첫걸음을 떼지 못한다고, 별로 깊게 생각하지 않는 듯하지만 그 이유만은 아닌 듯했다.

기세가 봤다는 협박장의 문장도 마음에 걸렸다.

양심이 있으면 결혼하지 마라……. 편지에 그렇게 쓰여 있다고 기세는 말했다. 협박치고는 미묘하게 의미심장한 문장이다.

단순한 협박이라기보다 상대를 단죄하는 듯한 뉘앙스다.

탐정을 고용하는 것, 특히 친구인 기세가 소개한 탐정을 고용할지 주저하는 이유는 거기에 있을지도 모른다.

예를 들어 탐정이 건드리면 곤란하다든가……. 경우에 따라 현 단계에서 마카베 본인의 협조는 기대할 수 없을지도 모른다.

"장래성이라니, 그건가요? 몇 년만 기다리면 멋진 남자가 된다는 뭐 그런 거."

"바보. 일 말이야. 시구레 선생처럼 단골이 될지도 모르잖아."

기세에게 마카베의 자택과 근무처가 어디인지는 들었다. 스마트폰 지도 앱에 두 곳의 주소를 입력하고 실행시켰다.

"검사장 아들에 판사 손자야. 조만간 기세도 검사가 될 테고, 미리 은혜를 베풀어 둬서 나쁠 것 없어."

* * *

마카베가 점장으로 일한다는 인테리어 가게는 제일 가까운 역에서 조금 떨어진, 세련된 매장이 줄줄이 늘어선 지역의 편집 숍과 모자 가게 사이에 있었다.

쇼윈도 오른쪽의 관엽식물 화분 사이로 입구가 있다. 진갈색 나무틀에 유리를 끼운 문이 활짝 열려 있어 매장 안의 모습이 들여다보였다. 환하고 들어가고 싶은 분위기의 가게다. 쇼윈도에 흰 색 글자로 'Stray Dog'라고 가게 이름이 쓰여 있었다.

가게에 들어가 천천히 걸으며 내부를 둘러본다.

생각보다 넓은 가게다. 대형 가구 외에 식기나 관엽식물, 캔들, 시계 등 잡화도 놓여 있다. 안쪽에는 침대 커버, 쿠션 커버, 커튼 등을 진열한 코너가 보였다. 그 근처에 계산대가 있으나 지금은 아무도 없다.

문양이 있는 토기 화분을 크기별로 겹쳐 쌓은 코너를 지나 테이블에 장식할 수 있는 크기의 선인장, 에어 플랜트가 진열된 진열대의 앞에 멈춰 섰다.

적당한 화분을 보는 척하면서 마카베의 모습을 찾았다.

점원은 보아하니 두 명뿐이다. 가게 안을 돌아다니며 진열된 식기 위치를 정리하는 여성과 커튼 코너 앞에서 손님 두 명에게 카탈로그를 보여 주며 설명하는 키 큰 남성. 둘 다 티셔츠에 블루 데님을 맞춰 입고 검은 히프 색을 허리에 둘렀다.

카탈로그를 손에 든 사람이 마카베 겐이치일 것이다.

선인장을 진열대에 내려놓고 조금 더 가까이 다가갔다. 가공하지 않은 천을 걸쳐 둔 소파를 만져 보고 소파에 앉을 때 어떤 느낌인지 확인하는 척하며 관찰했다.

이목구비가 또렷하고 눈길을 끄는 외모다. 입고 있는 옷은 심플하지만 수수한 인상은 전혀 없다. 기세가 학창 시절 마카베는 사교적이고 항상 사람들에게, 특히 여성들에게 둘러싸여 있었다고 말했는데, 그 점도 수긍이 갔다. 손님과 나누는 대화를 들어 봐도 붙임성이 좋고 자신이 먼저 문제를 일으키는 타입은 아닌 듯하다.

이 남성이 협박을 당한다는 말을 듣고 처음 떠오른 생각은 누군가의 질투, 혹은 여자 문제 정도였다.

예를 들어 예전에 사귀던 여성, 마카베에게 버림받은 여성이 협박장을 보냈고, 마카베에게 미련이 남아 결혼하지 말라고 협박한다는 가설도 고려할 수 있다.

아니, 아직 가설을 세우기는 이르다.

나는 머리에 떠오른 생각을 지워 버렸다.

적은 정보에 의지해 생각이 굳어 버리면 위험하다. 시야가 좁아진다.

기세가 마카베를 순수한 피해자로 보고 있기 때문에, 생각이 한 방향으로 쏠리고 만다. 기세가 말한 대로 마카베가 선량한 사람이라고 단정할 수 없고, 누군가의 원한을 샀는지도 알 수 없다. 지금 단계에서는 무한한 가능성이 있었다.

소년처럼 뒷머리를 짧게 친 젊은 여성 점원이 앞을 지나간다.

나는 소파에서 떨어져 관엽식물 코너 진열을 정리하기 시작한 여성 점원 옆에 슬쩍 섰다.

유리 용기, 액자에 진열된 에어 플랜트 중에서 둥근 병 하나를 집어 들었다.

"이거, 조화가 아니라 진짜 식물이죠? 이대로 장식해 둬도 시들지 않나요?"

말을 걸자 점원은 상냥하게 응대해 주었다.

"네, 이 근처에 있는 건 공기 중에 있는 수분을 흡수해서 성장하기 때문에 흙이나 물이 필요 없어요. 그래서 여러 형태로 장식할 수 있어요. 이렇게 액자나 유목과 조합하니 오브제 같죠?"

나이는 나와 같거나 조금 위일 것이다. 아르바이트생일지도 모른다. 너무 친근하게 달라붙지도 않고 차갑지도 않은 응대에 호감이 갔다.

"가구뿐 아니라 식물까지 취급하다니 재미있네요. 소파나 테이블은 쉽게 새 제품을 사서 바꾸지 못하지만 이런 소품은 보기만 해도 즐거워요."

"말씀 감사해요. 식기나 캔들 같은 것도 있으니 천천히 둘러보세요."

잠시 대화를 나눈 후 틈을 봐서 가게 안을 둘러본다.

"저 사람이 점장님이세요? 아직 젊은데 이런 가게를 운영하신다니 대단하네요, 멋있고요. 상품도 디스플레이도 센스가 뛰어나네요."

계산대에 들어간 마카베에게 시선을 멈추고, 어쩌다 보게 된 듯 말한다. 여성 점원은 전혀 의심하는 기색 없이 "감사합니다."라고 하며 웃었다.

"오너는 따로 계신데요, 매입이나 디스플레이 같은 건 거의 점장님 혼자 하세요. 분명 좋아하실 거예요."

마카베는 고용된 점장이라는 말 같다.

기세의 과외 교사를 했을 무렵에는 의학부에 다녔다고 했으니 어떤 경위로 인테리어 가게 점장을 하게 되었는지 마음에 걸렸다. 하지만 아르바이트생에게 그 정도 정보는 끌어낼 수 없겠지. 직장 내 인간관계나 마카베의 인품에 대해 조금이라도 끌어낼 수 있다면 다행이다.

다시 한번 가게 내부를 둘러보고 좋겠다는 둥 내숭을 떨었다.

"나도 이런 가게에서 일하고 싶다. 점장님도 멋지고. 점장님이랑 언니, 두 명이 하는 거예요?"

"한 분 더 아르바이트생이 있어서 저랑 교대해요. 지금은 없지만요."

"그렇구나, 그럼 모집은 안 하나 봐요. 아쉬워라."

내가 어깨를 축 늘어뜨리자 여성 점원은 "후훗." 하고 웃으며 말했다.

"더 바빠지면 사람을 구할지도 몰라요, 좋은 직장이에요."

듣기 좋은 말이겠지만 그래도 위로해 준다.

직장 분위기는 좋은 듯하다. 점원의 말에서 받은 인상에 불과하지만 아르바이트생도 마카베를 잘 따르는 듯하다.

"오늘은 아쉽게도 볼일이 있어서 천천히 둘러볼 수 없네요, 또 올게요. 가게는 몇 시까지 해요? 쉬는 날이 있어요?"

"가게는 6시까지고, 수요일이 휴무예요."

"점원분이나 점장님도 6시에 퇴근해요?"

은근슬쩍 덧붙인 질문에 점원은 쓴웃음을 지었다.

"점장님은 대개 7시쯤 퇴근하시는데요, 약혼자가 있어서 안 돼요. 얼마 전부터 같이 살고 있대요."

"어머, 들켰나? 아쉽네요."

협박 편지가 온 건 이노우에 가나미와 약혼한 다음부터라고 들었다. 결혼을 하지 말라는 편지 내용을 생각하면 범인은 그들이 결혼을 전제로 교제하는 사실을 알고 있는 누군가이다.

그리고 직장 동료는 교제 사실을 알고 있다. 그 사실을 안 것만으로도 수확 하나를 거뒀다.

너무 인상에 남아도 좋지 않다. 지금은 물러나야 한다.

친절한 점원에게 인사하고 가게를 뒤로했다.

직장 다음은 자택이다. 'Stray Dog'를 나와 요시키에게 들은 마카베의 집 주소로 곧장 향했다.

오늘은 조금 바람이 세다. 4월도 하순에 접어들었는데 얇은 블루종만 걸쳤더니 제법 쌀쌀하다. 가능한 한 해가 드는 곳을 골라 걸었다.

마카베와 가나미가 사는 집은 주택지 끝에 있었다.

2층짜리 단독주택으로 주위를 낮은 담이 둘러싸고 있다. 담이 끊어진 부분에는 이전에 문이 달려 있었나 본데 지금은 뻥

뚫려 있다. 거기에서 2미터 정도 짧은 포석이 깔린 길이 건물로 이어졌다. 복고풍 디자인이다.

건물 앞에 소형차 정도를 세울 수 있는 공간이 있지만 차는 보이지 않았다. 대신 앞에 바구니가 달린 자전거 한 대가 담에 기대 세워져 있다.

역이나 버스 정류장에서 떨어져 있어서 교통편은 별로 좋지 않지만 이십 대 남녀의 신혼집으로는 훌륭했다. 건물 자체는 상당히 오래되어 보이고 작지만 그렇다고 초라해 보이지는 않았다.

근무처에서 봤던 세련되고 도시적인 이미지의 마카베가 약혼녀와 둘이 이 집에서 살고 있다고 생각하니 절로 흐뭇한 미소가 지어졌다.

정면에서 보이는 곳에 창문이 두 개, 현관문을 사이에 끼고 있다. 커튼이 쳐져 있고 인기척은 느껴지지 않았다.

부지에 들어가 담과 건물 사이를 빙 둘러보았다. 오른쪽과 돌아 들어간 뒤쪽에도 하나씩 창이 있었다. 빛이나 소리가 새어 나오지 않았다. 아직 아무도 돌아오지 않은 듯했다.

집 정면으로 돌아와 다시 한번 건물을 관찰했다. 인터폰은 문 오른쪽에 있고, 왼쪽에 'MAKABE · INOUE'라고 쓰인 목제 명패가 걸려 있었다. 심플하게 나무판에 스텐실로 글자를 인쇄했는데 직접 만든 듯하다. 호적을 올리기 전까지 사용하는 임시 명패일 것이다.

우편함은 인터폰 아래에 설치되어 있다. 벽에 부착된 상자 모양의 우편함이다. 뚜껑이 달렸지만 잠겨 있지는 않았다.

뚜껑을 열고 안을 들여다봤다. 광고 우편물에 섞여서 흰 봉투가 보였다. 꺼내서 확인했다. 겉에는 마카베의 이름과 주소가 인쇄된 라벨 스티커가 붙어 있고, 보낸 사람 이름은 아무 데에도 쓰여 있지 않다. 가볍다. 스마트폰의 불빛으로 비춰 봤지만 속까지는 보이지 않았다. 스마트폰 카메라로 봉투를 촬영하고 우편함에 돌려놓았다.

오늘 안에 마카베와 이야기를 하고 싶지만 그가 7시에 가게를 나선다 해도 집에 오면 7시 반. 아직 상당히 시간이 남아 있다.

일단 마카베의 집을 떠나 다른 일을 끝낸 다음 마카베의 귀가 시간에 맞춰 다시 돌아오기로 했다.

마침 스미노가 근처 역에서 다른 일로 잠복 중이다. 두 역 정도 이동해서 스미노가 잠시 쉴 수 있도록 불륜 잠복 조사를 한시간 교대했다. 마침 스미노가 쉬고 돌아온 직후에 타깃이 여성과 함께 모텔에서 나왔기에, 차 안에서 사진을 찍고 스미노를 차에 남겨 둔 후 차에서 내려 여성을 걸어서 따라갔다. 여성이 택시에 탄다면 스미노에게 차로 쫓아가라고 부탁하려고 했으나, 지하철을 탔기 때문에 옆 차량에 올라서 미행을 계속했다. 스미노 혼자였으면 이 시점에서 놓쳤을 테지만 마침 내가 합류했을 때라 운이 좋았다.

여성은 자신이 미행당하고 있다고는 꿈도 꾸지 못한 듯하다. 무방비한 상대를 미행하는 것은 간단해서 어려움 없이 여성이 어디에 사는지 밝혀낼 수 있었다.

오늘은 사진이라도 건지면 감지덕지인데, 하루 만에 불륜 상대의 주소지까지 조사할 수 있었다. 스미노에게 이 사실을 알려주고 아낀 시간을 뿌듯해하며 서둘러 마카베의 집으로 향했다.

상황을 보고 마카베의 집에는 다른 날에 가야겠다고 생각했지만 불륜 상대 여성이 모텔을 나온 뒤, 다른 곳에 들르지 않고 곧장 집으로 돌아갔기 때문에 아슬아슬하게 7시를 넘겨 마카베의 집에 도착했다.

마카베의 집 앞에 도착했을 때 근처는 이미 어두웠지만 다행히 아직 정문 창에 불빛은 켜져 있지 않았다.

우편함을 확인하니 편지는 아직 그대로 있었다.

마카베의 집 부지에서 나와, 이웃의 의심을 사지 않도록 스마트폰으로 통화하는 척하며 한동안 집이 보이는 위치를 오갔다.

마카베와 이노우에, 둘 중 누가 먼저 집에 돌아올지 알 수 없으니 집 앞에서 기다릴 수도 없다.

십 분 정도 지나 역 쪽에서 마카베가 걸어오는 모습이 보였다. 이노우에는 같이 있지 않은 듯하다. 달리 지나가는 사람도 없다.

나는 마카베의 집 앞에 멈춰 서서 마카베가 다가오기를 기다렸다.

"안녕하세요."

"……안녕하세요. 어, 당신은."

집 앞에서 모르는 사람이 기다리고 있다는 사실에 놀랐나? 오늘 가게에서 나를 보고 얼굴을 기억했나? 어쨌든 상관없었다. 애초에 숨길 생각도 없었다.

"기타미 리카라고 합니다. 탐정입니다."

짧게 자기소개를 하자 마카베의 안색이 달라졌다.

"잠시 말씀 좀 나누고 싶은데요."

"죄송하지만 이제 곧 가나미가…… 약혼녀가 오기로 되어 있어."

'오기로 되어 있다.'라니, 아직 동거하지는 않는다는 것일까. 명패를 가리키며 "같이 살지 않나요?" 하고 묻자 "그럴 예정인데." 하고 짧게 부정했다. 당연할지도 모르지만 사적인 것을 말하고 싶어 하지 않는 듯했다.

"다른 날이라도 상관없습니다. 오늘은 바로 돌아가겠습니다. 인사를 드리러 왔을 뿐이니까요."

마카베는 거기에는 대답하지 않고 내 앞을 지나 문 앞에 서서 열쇠를 꺼낸다.

당혹스러워하기는 했으나 기세에게 소개해 달라고 부탁한 만큼 너무 차갑게 대할 수는 없을 것이다. 집에 들일 수는 없겠지만, 나를 무시하고 자신만 집에 들어가서 내가 집 앞에 계속 서 있어도 곤란하다. 어떻게 할까 고민하는 모습이 눈에 빤히 보였다.

마카베는 열쇠를 들고 한동안 망설이는 듯했지만 생각이 났다는 듯 손을 뻗어 우편함을 열었다.

한꺼번에 꺼낸 우편물 제일 위에 흰 봉투가 있었다. 깜짝 놀랐는지 그대로 굳어 버렸다. 마카베가 본 적이 있는 것인 듯하다.

"뭔가 왔나요?"

"……아니."

마카베는 내용물도 보지 않고 흰 봉투를 꽉 구겨 버렸다.

순순히 말해 줄 것 같지 않아 질문을 바꿨다.

"이노우에 씨는 항상 이 시간쯤에 일을 마치고 돌아오나요?"

"……어떻게?"

"마카베 씨보다 먼저 집에 오면 이노우에 씨가 우편함을 열어 볼 위험이 커서요."

마카베가 제일 걱정하는 문제였다. 그는 잠시 망설인 후 대답했다.

"……내가 빨라. 직장이 가까우니까. 우편물이 오는 시간은 대개 일정해서 저런 협박장이 오게 된 다음부터는 쉬는 날에 같이 있어도 가능한 한 내가 직접 확인해."

"우편물이 몇 시쯤 오나요?"

"대개 3시에서 4시 사이려나. 날에 따라서는 좀 늦을 때도 있어. 6시쯤이나."

"누가 협박장을 보냈는지 짐작 가는 사람은 없나요? 누군가 원한을 산 기억은요?"

"없어."

짜증이 배어나는 목소리였다.

"오늘은 돌아가 줘. 의뢰할지 말지는 아직 정하지 못했어. 조금 더 생각하고 싶어. 이런 식으로 갑자기 들이닥치면 곤란해. 필요하다고 생각하면 이쪽에서 연락할 테니까."

단숨에 말하더니 한마디 덧붙였다.

"일단 의뢰하겠다고 해 놓고 미안하네."

가게에 있을 때와 달리 여유가 없는 표정이다.

집 앞에서 길게 이야기하면 이웃이 수상쩍어할 수 있다고 생각하는지도 모르겠다. 그 이상으로 내가 이노우에와 맞닥뜨릴까 걱정도 될 것이다. 그러나 그뿐일까? 나와 대화하고 싶어 하지 않는 이유가 더 있는지 알 수 없었다.

"상담하겠다던 분이 마음을 바꾸는 건 흔한 일이니 괜찮습니다. 계약은커녕 직접 상담도 아직 하지 않았고요."

"그럼……."

"하지만 저는 이미 다른 분께 의뢰를 받아서 대응 중입니다. 마카베 씨의 의사는 상관없습니다. 편지가 이노우에 씨나 이웃에게 알려지지 않도록 조사할 때 최대한 주의하겠습니다. 의뢰인이 그렇게 하길 원했거든요."

"다른 사람이라니?"

마카베가 의아해하며 눈썹을 찌푸린다.

"조사 의뢰를? 누가⋯⋯."

"그건 말씀드릴 수 없습니다."

묻기는 했지만 마카베도 바로 누군지 짐작이 간 듯했다.

기세가 직접 말하지 않았으면 내가 가르쳐 줄 수는 없었다. 그러나 기세도 숨길 생각은 없을 것이다. 마카베에게 비밀로 조사를 진행하라고도 말하지 않았다.

기세는 단지 한 걸음 앞으로 내딛지 못하겠다는 마카베 대신 계약서에 서명하고 비용을 부담하겠다고 나섰을 뿐이다. 마카베 본인이 조사를 원하지 않을지도 모른다고는 생각하지 않았을 것이다. 협조하지 않으리라고는 상상조차 하지 않았다.

나는 기세만큼 낙관적이지는 않았으나 마카베가 협조하지 않으면 조사의 난이도가 달라지기 때문에 어떻게든 그의 협조를 끌어내고 싶었다.

거절당하면 어떻게 설득해야 하나 고민했으나 비벼 볼 여지가 없을 정도도 아니다.

이 모양새라면 강하게 나가면 어떻게 될 것 같았다.

"조사할 거면 빠른 편이 좋고, 어차피 의뢰할 거면 실력 좋은 탐정이 제일이죠. 비용 대비 효과가 당연히 걱정되시겠지만, 의뢰인은 따로 있고 무료인 셈이니까 시험 삼아 협조해 주시겠습니까? 그편이 조사 결과도 빨리 나옵니다."

그만큼 이노우에게 들킬 위험도 낮아진다. 숨긴 뜻을 그렇게 알렸다.

마카베는 말없이 눈동자가 흔들렸다.

망설이는 듯하다.

언제까지고 가나미에게 숨길 수 없다, 이대로 협박이 계속되면 언젠가 알려질 거라고 마카베도 걱정은 하고 있을 것이다.

"생각해 보세요. 다시 찾아뵙겠습니다. 이노우에 씨와 같이 있지 않을 때 먼저 연락드린 다음에요."

한 번 더 압박하면 넘어올 것 같았지만 굳이 그러지 않고 등을 돌렸다.

그에게도 생각할 시간이 필요하겠지. 머리가 식으면 나를 돕는 편이 좋다고 깨달을 것이다.

또한 재촉당하기보다는 가만히 스스로 고민해서 납득한 뒤에 협력하자고 결심하는 편이 후에 적극적인 협조를 기대할 수 있다.

부지에서 나오기 전에 뒤를 돌아 마카베의 손안에 있는 봉투를 봤다.

사실은 당장이라도 편지를 보고 싶었으나 지금 지나치게 강요하면 마카베가 뒤로 물러날지도 모른다.

여유가 있는 척하며 말했다.

"그거, 버리지 마세요. 증거니까요."

마카베는 아무것도 대답하지 않았다.

* * *

사무소 내 자리에서 스마트폰으로 찍은 사진을 출력하여 확인했다.

흰 봉투는 어디에서나 팔 것 같은 아무 특징도 장식도 없는 것이다. 마카베의 주소와 이름이 쓰여 있는 라벨 스티커도 마찬가지로 범인의 단서는 얻을 수 없을 것 같다. 손으로 쓴 부분이 없으니 보낸 사람의 필적도 알 수 없다.

우표에 찍힌 소인에서 이 편지를 어느 우체국에 접수했는지 알아냈을 뿐이다. 그 관할구역에 협박장을 보낸 사람의 집이나 직장이 있을 가능성이 크다.

S현 N시 N초. 나에게는 낯선 곳이다. 그러나 아마 마카베는 짚이는 데가 있겠지.

마카베에게 직접 물을 수 없어서 스마트폰을 꺼내 기세에게 전화를 건다.

"네."

"마카베 씨에게 과외받을 때 S현에 살았어?"

인사도 없이 본론으로 들어갔다. 기세는 "뭐예요? 뜬금없이."라며 어이없어했다.

"네, S현 N시예요."

바로 대답이 돌아온다. 예상대로였다.

"N초?"

"S초예요. N초는 옆 지역이에요."

"마카베 씨는 N초에 살았어?"

"아니요, 마카베 씨도 S초인데요."

그래도 옆 지역이라면 생활권이다. 예전에 마카베가 살던 지역, 그 근처.

편지를 보낸 사람은 마카베가 S현에 살던 당시 접점이 있던 사람이라고 추측해도 좋을 것이다.

"마카베 씨가 어느 대학에 다녔어? S현 내에 있지?"

"맞아요. 현 내에 있는 T대학이에요."

"너는 언제 S초에서 이사 갔어?"

"중학교 3학년까지 마카베 씨가 공부를 봐 주셔서…… 여름 방학 때 이사한 것 같아요. 열다섯 살 때예요."

기세는 지금 열아홉이니까 사 년 전 여름이다.

적어도 그때까지는 마카베가 S초에 있었다는 말이다.

"당시 마카베 씨는 대학교 몇 학년이었어?"

"3학년이었어요. 나보다 여섯 살 위니까."

"언제쯤 연락이 끊어졌어?"

"이사해서 바로 한두 달요. 제가 입시 때문에 바빠져서……. 연하장 정도는 보냈을 텐데요, 답장이 없었어요. 죄송해요, 그냥 어느새 그렇게 돼서 자세하게는 몰라요."

그 몇 달 동안 무슨 일이 생겨서 마카베는 S초를 떠나야 했을 것이다. 당시는 아직 의대생이었다. 대학을 중퇴하고 이사했다는 말이다. 뭔가 이유가 있을 것이다. 기세에게 이사한 사실을 알리지 않은 이유도 단순히 잊어서가 아니다. 그런 걸 생각할 여유도 없는 상황이었거나 아니면 말할 수 없는 사정이 있었을지도 모른다.

내 질문에 전부 답한 뒤 기세가 물었다.

"뭐 알게 되신 게 있어요?"

"편지는 S현 N시 N초에서 보낸 것 같아. 마카베 씨가 같은 시내의 S초에 살 때 알던 사람이 범인일지도. 마카베 씨가 누구랑 싸웠다든가 그런 말 못 들었어?"

"아뇨, 전혀요……. 붙임성이 좋고 친구도 많아서 늘 주위에 사람이 있었어요. 여자한테도 인기가 있었지만 싸웠다는 얘기는 들어 본 적 없어요. 제가 그때 중학생이라 못 들었을지도 몰라요."

기대는 하지 않았다. 기세에게 짚이는 데가 있었으면 진작 말했겠지. 역시 뭔가 있었다면 기세가 S초에서 이사한 다음이다.

"어디에서 편지를 보냈는지 알아냈어요?"

"우표 소인에서 알 수 있는 범위라, 아직 전혀 좁히지 못했어. 마카베 씨에게 인사하고 왔어. 조사에 협조해 달라고 부탁했어. 찬찬히 대화는 못 했고."

"제 맘대로 의뢰해서 화내던가요?"

"그런 느낌은 아니었어. 놀라기야 했지. 네 이름이 나오지는 않았지만 뭐 눈치챈 거 같더라."

마카베가 나를 반기지 않았다는 사실은 말하지 않았다.

"마카베 씨에게는 제대로 이야기를 들으러 가야하지만 이삼일 시간을 두는 편이 좋을 거야. 그 전에 조사해 두고 싶은 것도 있으니까, 또 연락할게."

어느새 늦은 시간이다. 서둘러 정리하고 전화를 끊었다.

스마트폰을 내려놓고 앉아서 그대로 몸을 쭉 펴고 생각한다.

비용이나 정신적인 문제 때문에 탐정에게 의뢰하는 일을 부담스러워하는 사람은 많다. 일단 의뢰하기로 했다가 그만두는 사례도 흔하다. 그러나 마카베가 기세에게 탐정을 소개해 달라고 해 놓고 결국 의뢰를 취소한 이유는 그런 부담 때문은 아니었다. 탐정이 집에 드나들거나 조사하는 모습이 눈에 띄어 이웃이 수상하게 여기면 곤란하다는 말도 거짓은 아니겠지만 그 뿐이라고 생각되지 않는다.

탐정이 들쑤시면 난처할 만한 일이 마카베에게 있는 게 아닐까?

그렇다고 이대로 협박이 계속되어도 곤란하다. 방치했다가 이노우에도 눈치챌 수 있다. 그래서 어떻게 해야 할지 갈팡질 팡하는 게 아닐까?

그런 가능성을 고려하긴 했지만 실제로 마카베를 만나 본 뒤 의심은 더 깊어졌다.

오해나 정당한 이유라고 할 수도 없는 사소한 트집이라도 협박을 당한다면 나름대로 계기가 된 사건이 있을 것이다.

개중에 정말 엉뚱한 트집이 잡혀 이유도 없이 괴롭힘을 당했을 수도 있다. 마카베는 짚이는 데가 없다고 했지만, 내심 기억은 할 것이다.

마카베 본인에게 사정을 듣는 게 제일 빠르지만 지금은 자세한 설명을 들을 수 없다. 먼저 이쪽에서 어느 정도 정보를 파악해 두자.

기세가 마카베의 부모님께 물어볼 수도 있을 테지만, 그건 마카베가 협조하지 않을 때를 대비한 마지막 수단이었다.

"수고하십니다, 소장 대리."

내가 언제 한숨을 쉴지 지켜보기라도 한 듯, 요시이가 커피 컵을 건네주었다. 고맙다고 말하고 받아 들었다.

요시이도 컵을 들고 내 책상의 대각선 앞에 있는 자기 자리에 앉아 엉뚱한 방향을 향해 있던 의자를 반 바퀴 돌려, 이쪽을 본다.

"어떻던가요? 그 의뢰인. 아니 피해자였나."

"음, 뭘 숨기고 있는 것 같아. 왜 협박하는지 모르겠다고 했지만 떳떳이 밝힐 수 없는 사연이 있는 게 아닐까. 대학을 중퇴한 것도 마음에 걸려."

컵에 입을 댔다. 아메리카노였다. 같은 커피 메이커를 사용해도 요시이가 내려 주는 아메리카노는 특별히 더 맛이 좋았다.

"잘사는 집 도련님에다 학교도 좋았잖아요. 무슨 일이었을까요? 집이 망했다거나?"

"글쎄, 마카베 씨 아버지는 의사라니까, 그럴 것 같진 않은데……. 게다가 집이 망한 게 무슨 이유가 될까? ……안 될 것도 없나, 채권자인가. 하지만 당시 본인은 대학생이었잖아."

채권자가 원한을 품었으면 망하게 한 사람을 괴롭힐 것이다. 또한 마카베의 부모님이 빚을 지고 파산했다는 말은 못 들었다.

"아닐 것 같은데 일단 관보를 조사해 둬."

"넵, 나중에 부모님 이름을 알려 주세요. 그래도 지금 협박 때문에 힘들어 죽겠는데 과거에 껄끄러운 일이 있었다고 조사를 관둘까요?"

"기세가 탐정으로 나를 소개해서 그럴지도 모르지. 나에게 밝히기 싫은 과거가 그대로 기세에게 들킬 거라고 나중에야 깨닫고 걱정하는 걸지도 몰라."

"아아, 그러네요. 그 사람 척 보기에도 성실하고 결벽증도 있어 보였고. 경멸받을 거라고 생각했을지도요."

"여자 문제일 수도 있어. 기세 말로는 학창 시절에 마카베 씨가 인기 있었다니까……. 누구를 임신시켰다든가 그런 부류도 있을 법해."

마카베가 다니던 T대학은 사립학교라 학비도 매우 비쌌을 것이다. 틀림없이 일 년 치 학비가 내 연봉을 훌쩍 넘는다. 중퇴라니 아깝다. 그래도 그럴 수밖에 없었다면 뭔가 심상치 않은 사정이 있었을 것이다. 아니, 마카베의 집은 부유했다니 학비쯤은 가볍게 생각했으려나.

"그래서, 기세 군 어때요? 넘어올 것 같아요?"

"연하는 싫다니까."

"하지만 검사 아들이에요. 결혼하면 부잣집 사모님이라고요. 그런 사람이 남편이라면 학비는 턱 내주지 않겠어요? 여성의 진학이나 사회 진출도 이해해 줄 것 같고."

화살이 그쪽으로 튈 줄 몰랐다.

컵을 기울이던 내 손이 멈춘 것을 보고 요시이가 '아차' 하는 표정을 지었다.

"숙부님께 무슨 말 들었어?"

요시이는 시선을 피했지만 내가 계속 지켜보자 체념했다는 듯 숨을 내뱉었다.

"……조금이라면 도울 수 있고, 장학금 보증인도 하겠다고요."

"마음은 고맙지만 오지랖 부리지 마."

딱 잘라 버렸다. 요시이는 멋쩍다는 듯 어깨를 으쓱했다.

섬세함이 부족하긴 해도 요시이에게 악의가 없는 건 알고 있다. 한 부모 가정에서 자라, 중고등학생 때 아르바이트를 했고, 고등학교를 졸업한 뒤 바로 일을 시작한 나를 숙부나 요시이, 스미노도 줄곧 신경 써 줬다.

누군가에게 학비를 의지할 마음이 없어서 화제로 삼고 싶지 않았지만 말투가 너무 딱딱했나 싶어서 경직된 표정과 말투를 풀었다.

"요시이도 대학은 안 갔잖아."

"저와는 다르죠. 아가씨는 머리가 좋잖아요. 국립대도 척척 붙을 만큼 성적이 우수했다던데."

"머리가 좋고 나쁘고와 공부가 좋으냐 싫으냐는 다른 문제야."

하긴 나는 지식이 늘어나는 게 재미있어서 공부를 좋아한다.

그러나 요시이나 스미노는 대학에 가지 않았어도 우수한 조사원이다. 나도 별로 불편하지 않았다.

"대학에 가고 싶으면 내 힘으로 어떻게든 할 거야. 저금도 하고 있고. 그냥 지금은 일이 재미있어서, 지금이 아니라도 괜찮겠다 싶어."

"시구레 선생님이 아가씨는 반드시 좋은 변호사가 될 거래요. 그럼 채용하고 싶다고 그랬어요."

"그것 참 영광이네."

탐정업 법률을 공부할 때 흥미가 생겨 다른 법률서도 몇 권인가 읽었다.

그때 우연히 시구레와 대화할 기회가 있었다. 변호사 일에 대해 조금 물어봤는데 그걸 기억하고 있나 보다. 잘 봐 주니 고맙긴 하지만 나는 탐정이다. 법률가가 될 생각은 없고 어울린다고도 생각하지 않았다.

"법이라는 정의의 이름 아래 움직이다니 아니야. 그런 건 안 맞아."

"혹시 아직도 신경 쓰여요? 그때는 중학생이었잖아요."

"남의 흑역사를 파헤치지 마."

"명확한 규칙 안에서 움직이는 게 좀 갑갑해."라고 덧붙인 후 아직 조금 남아 있던 따뜻한 커피를 다 마셨다.

그 이야기는 끝이라는 의미를 담아 일부러 탁, 하고 컵을 내려놓았다. 메모장에 기세에게 들은 입학 연도와 대학교 이름을 쓰고, 계약할 때 들었던 마카베의 부모님 이름도 아래 추가했다.

내가 메모를 내밀자 요시이는 그대로 앉아서, 의자 바퀴를 끌고 다가와 손을 뻗어서 받았다.

"이거. 의뢰인의 대학 졸업 앨범과 가능하면 졸업생 명단도 구해 줄래? 우선 동창부터 파 보게. 피해자에 대해 아는 것이 범인에게 가는 중요한 첫걸음이니까. 관보 검색은 검색 결과가 나왔을 때만 알려 줘."

"라저."

범인은 자신의 흔적을 숨겼겠지만, 마카베는 그렇지 않다. 그의 과거에 무슨 일이 있었었는지는 조사하면 금세 알아낼 수 있을 것이다.

어느 정도 구체적인 사건이나 이름이 나오면 마카베도 체념하고 감추고 있는 사실을 말해 줄 것이다.

3

　기타미 선배의 보고에 의하면 협박장은 나와 마카베 씨가 예전에 살던 곳의 옆 지역에서 날아들었다고 한다. 즉, 범인은 마카베 씨가 S현 N시 S초에 살던 당시에 연관된 사람일 가능성이 크다.

　기타미 선배가 실제로 S초를 찾아가 당시 상황을 아는 사람에게 물어보러 가겠다고 해서 나도 따라 나섰다. 기타미 선배도 처음부터 그럴 생각이었는지 흔쾌히 승낙했다.

　기타미 선배는 S초 지리를 잘 모르니 내가 있으면 길도 쉽게 찾으리라 기대하는 듯했다.

　오전 강의가 끝난 뒤, 기타미 탐정 사무소로 갔다.

오늘은 비교적 기온이 높다. 햇빛이 부드럽고 4월도 끝나 가 마침내 봄다워졌다. 밤에는 아직 겉옷을 걸칠 필요가 있지만 다음 주쯤부터는 긴소매 셔츠 한 벌로 외출할 수 있을지도 모른다.

기분 좋은 날씨라서 역 하나 정도의 거리를 걸어서 예정 시간에 딱 맞춰 사무소에 도착했다.

문을 열어 준 사람은 기타미 선배가 아니라 요시이다.

왼손에 든 보자기 꾸러미(마카베 씨 본가에 갈지도 모른다고 생각해 과자를 담았다.)를 흥미진진하게 바라보며 말했다.

"좋아요, 옛날 무사 같아요. 보자기 남자 완전 멋지네요. 앞으로 유행할 거예요."

나쁜 의미는 없고 칭찬인 것 같아서 일단 감사하다고 말했다. 이유는 잘 모르겠고, 애초에 내 착각일지도 모르지만, 무엇인가를 기대하는 듯한 눈으로 나를 보는 것 같다.

또 한 사람 우락부락한 남자는 조사하러 나갔는지 오늘은 볼수 없었다.

요시이가 전과 같은 상담실로 안내했다. 상담실에는 기타미 선배가 있고 테이블 위에 노트 패드와 어떤 명단 같은 것을 펼치고 스마트폰을 귀에 대고 있었다.

들어오라고 손짓했다. 전화를 방해하면 안 되겠다 싶어 말없이 방에 들어갔다. 소리를 내지 않도록 의자를 끌었을 때였다.

"아, 여보세요. 세가와 씨? T대 의학부에서 같이 배웠던 요쓰야예요."

당당히 가명을 대는 기타미 선배를 보고 소름이 끼쳤다.

도대체 무슨 일인가 싶어 바라보니, 그녀는 의자에 편안히 기대어 앉아 말하고 있었다.

"지금 동기회 명단을 다시 작성하고 있어서요⋯⋯. 아하하, 맞아요. 세가와 씨, 명단에 등록한 주소는 지금도 그대로예요? 요코하마⋯⋯ 응, 그렇군요."

평소의 선배와는 달리 어딘가 격식 차린 목소리에 말투도 조금 어른스럽다.

옆에서 듣고 있자니 조마조마했지만 상대에게 의심받는 일은 없이 대화가 진행되는 것 같았다.

"알겠습니다. 그것뿐이에요. 감사합니다. ⋯⋯앗, 죄송해요, 그러고 보니."

아주 자연스럽게 퍼뜩 생각이 난 듯 기타미 선배가 작게 소리쳤다.

"마카베 겐이치 씨, 아세요? 세가와 씨랑 같은 세미나였지 않나 해서⋯⋯."

나는 다시 그녀를 바라봤다.

선배는 연기에 집중했는지 나를 쳐다보지 않았다.

"동기 모임, 안 오셨죠? 성격도 밝고 항상 사람들 중심에 있는 사람이었는데 왜 안 오셨나 해서요."

전화기 너머에 있는 상대방 음성은 나에게 들리지 않았지만, 선배의 질문에 뭐라고 대답한 듯했다.

"네? 그래요? 무슨 짓을 했는데요? ……뭐라고요?"

선배가 갑자기 소리 질렀다.

연기가 아니라 진짜 놀란 것처럼 보였다.

엉거주춤 일어났지만 역시 선배는 이쪽에 눈길조차 주지 않았다.

"어머, 그래요? 몰랐어요. 그럼 동기 모임에 올 리가 없겠네요."

새로운 정보를 얻었나 보다. 그러나 더 파고들지 않고 두세 마디 말을 나누더니 통화를 마쳤다. 꼬리가 밟히기 전에 끊어 버린 것이다.

스마트폰을 내려놓고 드디어 나에게 시선을 향했다.

"안녕하세요. 방금 누구와 통화했어요?"

"마카베 씨의 동기. 지금은 데면데면해 보여."

책상에 펼쳐 놓은 명단 밑에 깔린 졸업 앨범을 손으로 가리켰다. 펼친 페이지에 메모가 붙어 있고, 줄줄이 늘어선 사진과 이름 중에 조금 전까지 대화한 상대도 있는 듯했다.

"마카베 씨는 대학을 중퇴했으니까 졸업 앨범에는 거의 사진이 실리지 않았는데 세미나 사진에 몇 장 찍힌 게 있었어."

사진에 함께 찍힌 학생을 찾아 어찌어찌 연락처까지 입수했다고 한다. 마카베 씨의 집을 찾아간 지 아직 이틀밖에 지나지 않았는데 상당히 빠르다. 역시 프로는 다르다고 감탄하며 앨범 사진을 바라봤다.

"용의자는 아니죠?"

"방금 전 사람? 아마 상관없을걸. 대학에 다닐 때 마카베 씨가 누구와 친했는지 물어보고 용의자가 될 만한 사람이 있나, 힌트라도 얻을까 싶어서 전화해 봤을 뿐이야."

기타미 선배는 숄더백에 스마트폰을 넣고 의자 등받이에 걸쳐 둔 겉옷을 들고 일어섰다.

"이제 그만 갈까?"

"괜찮아요? 스마트폰으로 걸면 상대방한테 선배 번호가 남을 텐데."

"이거, 선불 폰인데 이달 말까지만 쓰는 거라 괜찮아. 그리고 의외로 전화가 다시 오지는 않아."

"다녀올게."

선배가 요시이에게 말하자 그는 미소 지으며 "다녀오세요." 하고 손을 흔들었다.

요시이가 왜 묘한 시선으로 보는지 알 수가 없어서 나는 당황한 채 고개만 숙여 인사하고 지나쳤다.

그걸 간파했는지 선배가 복도로 나온 뒤에 말했다.

"저래 보여도 우수해. 섬세함은 없지만."

그녀는 체격이 작은 데 비해 걸음이 빨라 내가 보조를 맞출 필요도 없었다.

사무소가 입주한 건물을 나와서 역을 향해 걸으며 틈을 노려 말을 걸었다.

묻고 싶은 게 몇 개 있었다.

"아까 말한 이름이요."

"요쓰야 리에? 그 사람도 졸업 앨범에서 찾은 마카베 씨 동기야."

"모르는 사람이죠?"

"전혀."

남의 이름을 당당히 대고 같은 대학 동기에게 뻔뻔하게 전화를 거는 대담함이 놀랍다.

"두 사람이 서로 잘 알고 최근에 연락이라도 했으면 어쩌려고요?"

"그럼 적당히 얼버무리고 끊어야지. 처음 인사해 보면 대강 알아. '아, 안녕…….'이나 미묘하게 반응하는 경우는 상대가 요쓰야라는 이름을 기억하지 못하는 거니까 괜찮아. 가능한 한 눈에 잘 안 띄는 인상의 사람을 골랐고."

옆에서 듣는 것만으로도 조마조마했는데 선배는 태연하다.

실제로 상대방이 제대로 속아 넘어가 정보도 제공한 것 같으니 작전은 성공이겠지만 나는 도저히 흉내도 못 내겠다.

"뭐래요? 아까 전화에서."

IC카드를 찍고 개찰구를 빠져나가자마자 제일 듣고 싶은 말을 물었다.

"마카베 씨가 어떤 사람인지 알아보려고 통화했죠?"

선배는 바로 대답하지 않았다.

마카베 씨에 관한 부정적인 정보 때문에 주저하는 것 같았다. 나를 무시하는 건 아닐 테니 얌전히 선배가 대답하기를 기다렸다.

"……마카베 씨, 대학에서 같이 다닌 사람들과는 지금 전혀 교류가 없는 것 같아. 사실은 마카베 씨 대학생 시절 이야기 같은 걸 들으면 좋겠다 싶었는데."

플랫폼으로 가는 계단을 말없이 다 오른 뒤, 선배가 내 쪽은 보지 않고 말했다.

"'마카베 씨는 동기 모임, 안 오셨죠?' 하고 넘겨짚으니까 '어머, 몰랐어? 걔 사건 저질러서 퇴학당했잖아.'라고 하더라고."

내가 S초를 떠날 때 마카베 씨는 의대생이었다. 인테리어 가게에서 다시 만났을 때 어떤 사연이 있어서 졸업을 못 했나 싶었다. 그러나 정확한 이유는 듣지 못했다.

'사건'이라고 하면 그것만으로 불길한 어감이 느껴진다.

전화로 자세한 설명을 듣고 선배가 쉽사리 그 말을 꺼내지 않는 점도 마음에 걸렸다.

"사건이라니……."

"아무 말도 못 들었어? 소문도?"

"네."

"그래. 그럼 충격이겠네."

때마침, 아니 선배가 전철 도착 시간에 맞춰 사무소에서 나왔을 테지만, 플랫폼에 급행열차가 미끄러져 들어와 급하게 올라탔다. 어중간한 시간대라 열차 안은 비어 있었다.

S초까지는 편도로 두 시간 정도 걸린다. 가깝지는 않지만 기존 철도 노선으로 당일치기가 가능해서 다행이었다. 내가 옛날에 살던 곳이지만 벌써 몇 년이나 가지 않았다.

"아직 진위를 확인한 게 아니라 진짜인지는 몰라. 무책임하고 단순한 소문이라 해도…… 그래도 그런 소문이 났다는 것 자체가 문제야. 그래서 앞으로 그걸 조사할 거야. 그게 사실 여부와 상관없이 퇴학한 이유도, 협박을 받는 이유도 될 수 있으니까."

문 근처 자리에 선배가 앉아서 나도 조금 거리를 두고 그 옆에 앉았다.

같은 차량에 사람은 거의 없다. 반대쪽 끝자리에 정장을 입은 남자가 졸고 있을 뿐이다.

그래도 선배는 조금 음성을 낮췄다.

"나도 이 정보만으로 속단하지 않아. 지금은 이런 소문이 있다는 것만 머리에 넣고 들어. 자세한 사정은 모르지만……."

선배는 이쪽을 보지 않고 말을 이었다.

"마카베 씨, 대학생 때 강간 혐의로 체포당했대."

* * *

"갑자기 부탁드려서 죄송해요. 바쁘실 텐데 시간을 내 주셔서 감사합니다."

평소의 기타미 선배보다 한 옥타브 높은 목소리였다. 죄송하다는 듯 눈꼬리도 내려왔다.

S초역 앞의 커피숍 창가, 테이블을 사이에 두고 마주 앉은 여성은 괜찮다고 기분 좋게 대답했다.

그녀는 과거 마카베 씨 가족의 이웃 주민이다.

선배와 마카베 씨의 옛날 집을 찾아갔더니 명패가 바뀌어 있었다. 나는 마카베 씨가 집을 떠났지만, 부모님은 아직 그 집에 살고 계신 줄 알았는데 가족 전체가 이사했다고 한다.

마카베 씨의 부모님을 만나러 S초에 간다고 생각했는데, 선배는 처음부터 이웃을 만나 물어볼 생각이었다고 했다.

그녀가 주저 없이 초인종을 눌러 당황했으나, 다행히 이웃 주민은 사람이 좋고 수다도 좋아하는 편이었다. '언니가 결혼할 사람 주변을 알아보고 있다.'는 설명에 깜빡 넘어가 처음부터 협조적이었다.

건넨 선물도 효과가 있었을지 모른다. 학생으로 보이는 내가 보자기 꾸러미를 풀어 과자를 꺼내자 이웃집 여성은 휘둥그레져서 보고만 있었다.

"어머나, 정성스럽기도 하지."

이웃집 여성은 얼굴 가득 미소를 지으며 선물을 받아 들었다.

나도 한때 그녀와 두 집 떨어진 곳에 살았으나, 교류가 거의 없어서 그런지 그녀의 얼굴이 기억나지 않았다. 그녀도 마찬가지인지 나를 보고 아무 반응도 없었다. 중학생 때보다 키가 많이 커서 인상이 달라졌을지도 모른다.

"이야기 좀 부탁드려요. 커피는 저희가 살게요."라는 선배의 말에 흔쾌히 따라 나와 이렇게 앞에 앉아 있게 된 것이다.

"사람을 의심하는 것 같아서 미안하지만 그래도 너무 걱정돼서……. 언니는 괜찮다고 하는데, 좀 안 좋은 소문을 들었거든요."

"언니를 참 아끼는구나. 그런 건 제대로 해 두는 게 좋아. 결혼은 평생 가는 거니까."

"맞아요."

전화에 이어 눈앞의 사람에게도 유들유들 거짓말을 늘어놓는 선배를 반은 어이없고 반은 감탄하며 바라봤다. 나는 브랜드 커피를 한 모금 마셨다.

나는 선배가 걱정돼 따라온 애인 역할이었다. 얼굴을 맞대고 남에게 거짓말하는 건 내키지 않았고, 제대로 연기할 자신도 없어서 정보는 전문가에게 맡기고 가능한 한 침묵을 지키고 있었다.

그렇지 않아도 전철 안에서 충격적인 이야기를 들은 터라 혼란스러웠다.

마카베 씨를 잘 아는 내 입장에서는 도저히 믿을 수 없었고, 그런 얼토당토않은 소문이 있다는 것 자체에 화가 났다. 그러나 어디까지나 중립적인 태도로 소문의 여부를 말하는 기타미 선배에게 터무니없는 거짓말이라고 화를 낼 수도 없었다.

어떤 소문인지 자세히 알기 전에는 확인할 방법도 없으니 우선은 소문을 알 만한 사람에게 물어보자고 선배가 제안했고, 나도 동의했다.

선배가 소문을 먼저 이야기한 이유는 나에게 마음의 준비를 하라는 뜻이겠지.

긴 이동 시간으로 조금 진정됐다고 생각했지만 더 험한 얘기를 들을 수도 있으니 마음을 단단히 먹어야 했다.

"아사이 씨는 마카베 씨 가족과 교류가 있으셨나요?"

"물론이에요, 그 댁 바깥양반이 의사잖아요. 부인은 전업주부에 인상도 좋았어요. 아들도 잘생기고 의대생이라서요. 그런데 그런 짓을."

"그런 짓이요?"

선배가 불안해하며 미간을 찌푸렸다.

아사이 씨는 슬쩍 주위를 둘러본 뒤 테이블 위로 내밀 듯 몸을 낮추고 목소리를 죽였다.

"여자애를 강간했다잖아요."

손에 들고 있던 컵이 떨린다. 미리 듣지 않았다면 커피를 엎질렀을지도 모른다.

선배가 "어머." 하고 소리를 높였다.

"설마요. 못 믿겠어요. 그런 짓을 할 만한 사람으로는……."

"그렇죠? 나도 그렇게 생각했어요. 사람은 겉으로 봐서는 모른다더니."

나는 아사이 씨에게서 시선을 돌렸다.

거짓말이다. 분명히 뭐가 잘못됐다. 그렇게 생각해도 지금 입 밖에 낼 수는 없다.

선배가 슬쩍 나를 본 것 같았다.

"확실한가요?"

"체포될 때 나도 똑똑히 봤는걸요. 소란스럽다 싶어서 창문을 열었더니 경찰이랑 같이 집에서 나오더라고요."

아사이 씨는 아직 손을 대지 않은 아이스커피에 우유와 시럽을 넣고 빨대로 섞었다.

"그래도 재판까지는 안 갔다네요. 있는 집이니까요. 돈으로 해결한 거죠."

순간 머리에 열이 확 올랐다.

머릿속이 새하얘졌다.

내 상태를 꿰뚫어 본 것처럼 기타미 선배가 테이블 밑으로 내 팔을 꼭 잡았다. 조금은 진정이 됐다.

"피해자는 아는 사이였나요?"

"글쎄요, 거기까지는 못 들었어요."

아사이 씨가 고개를 저은 뒤 빨대를 물었다. 한 모금에 아이스커피가 훅 줄어들었다.

"혹시 아는 사이라도 자신이 피해자라고 남들 앞에서 떠들겠어요? 그 아이도 쉬쉬했겠죠."

그날 마카베 씨는 대학 친구들을 집으로 불렀다고 했다. 그 자리에 들이닥친 경찰이 친구들 눈앞에서 그를 체포했다. 최악의 타이밍이었다.

대학에도, 이웃에게도 체포 사실은 순식간에 퍼졌을 것이다. 재판까지는 가지 않았다고 하니 기소되지 않았을 것이다. 하지만 억울한 누명이었다고 해도 한번 소문이 나 버리면 명예를 회복하기 힘들다.

마카베 씨가 대학을 그만두고 가족이 전부 이사한 이유도 그제야 짐작이 갔다. 왜 탐정에게 의뢰하기를 주저했는지도.

나를 비롯한 주위 사람이나 특히 약혼녀인 이노우에 씨에게는 죽어도 감추고 싶은 과거일 것이다.

"부모도 집까지 내다 팔고 아주 난리였어요. 직장 때문에 시내에 산다는데 이 주변에서는 코빼기도 안 비쳐요."

마카베 씨 가족은 이웃에게 연락처도 남기지 않고 조용히 그 지역을 떠났다고 했다.

아사이 씨는 손을 들어 점원을 부르더니 아이스커피에 밀크레이프를 추가했다.

서서히 마음이 차분해지고 천천히 숨을 내쉬었다. 선배의 손이 가만히 팔에서 떨어졌다.

당시 마카베 씨는 중학생이던 나를 아꼈다. 나이 차이가 나지만 친하게 지냈다. 그런데 어느새 연락이 끊어져 오랫동안 소식을 듣지 못했다. 다시 만났을 때 마카베 씨가 순간 긴장한 듯한……, 경계하는 눈초리였던 이유도 알 것 같았다.

내가 누구인지 몰라서가 아니었다. S초에 살던 시절 지인은 모두 그에게 경계 대상이었다.

그에게 S초는 쫓겨나듯 떠난 곳이고, 좋은 추억이 있는 장소가 아니었다.

나와 대화를 나누며 그렇게 반가워한 점도 내가 S초에 살던 시절의 다른 지인과는 교류가 없기 때문이었다. 내가 사건에 대해 전혀 몰라서 마카베 씨는 안심했을 것이다.

과외 수업을 해 주던, 사람들 사이에서 환하게 빛나던 마카베 씨의 미소가 아직도 생생하다. 지금도 마카베 씨는 그 시절과 전혀 달라지지 않았다고 믿었다.

아사이 씨와 헤어져 역으로 천천히 걷기 시작한 발걸음이 멈췄다. 기타미 선배와 몇 걸음 거리가 벌어졌다.

"지금 얘기로는 모르는 거예요."

어느새 입에서 말이 흘러나오고 있다.

선배가 걸음을 멈추고 돌아보았다.

깔끔히 마음을 접지 못했다고 생각하지만 아직은 믿을 수 없었다.

"경찰에 끌려간 게 사실이라도 정식 체포가 아닐 수도 있어요. 조사를 하려고 임의동행을 한 건지, 정식 체포가 맞아도 죄명이 뭔지 그 사람이 들은 건 아니니까요. 피의 사실이 강간 혐의였는지도 확실하지 않고, 그렇다 해도 기소되지 않았으니 단순한 오해였을 수도 있다고요."

다른 피의 사실이라고 해 봐야 구체적으로 떠오르는 것도 없었다. 절도도 폭행도 마카베 씨의 이미지와 거리가 멀었다. 하물며 강간이라니, 마카베 씨와 제일 어울리지 않는 죄명이다. 그는 부유하고 친구도 많고 순풍에 돛을 단 듯한 인생을 살고 있었다. 어떤 일에 불만을 품은 모습도 보지 못했다. 당시 중학생인 내가 아는 한도였지만.

'하긴 오랫동안 못 봤잖아…….' 그런 생각이 들자 스스로의 생각에 깜짝 놀랐다.

믿고 싶지 않은 것뿐일지도 모른다고. 그러나 사실은 자신도 알고 있었다.

입으로는 부정하면서, 무슨 착오라고 믿으면서도 머리 한구석에서는 마카베 씨가 죄를 저지르지 않았을까, 하는 의심이 도사리고 있었다.

죄책감이 들끓었다.

"그렇네."

선배가 조용히 동의했다.

선배는 내가 갈등하는 걸 알고 있다. 그러나 이를 굳이 지적하지 않고 내 말을 부정하지도 않았다.

"제대로 조사해 볼게."

딱히 위로하려는 소리가 아닌데도 그 한마디에 가슴에서 파도치던 감정이 가라앉았다.

선배의 태도는 조금 예상과 달랐다. '그만 현실을 봐. 사실을 받아들여.'라고 말할 줄 알았다.

선배가 걸어 나가자 나도 그 뒤를 따랐다. 원래 보폭 차이가 있어 금세 따라잡았다. 나란히 걸었지만 선배는 이쪽을 보지 않았다.

"……감사합니다."

"일이잖아. 모처럼 S초에 왔으니까 나는 조금 더 탐문하고 갈게. 새로 알게 되는 게 있으면 연락할게. 너는 먼저 돌아가."

'의외로 다정하네요.'라고 생각했지만 입으로 말하지 않았다.
그건 실례다.

* * *

며칠 후 기타미 선배에게 연락이 왔다.

소문의 증거를 잡았으니 마카베 씨와 직접 대화하고 싶다고 해
서, 나는 오후 강의가 끝난 후 기타미 탐정 사무소를 찾아갔다.

오늘은 밝고 명랑한 요시이 씨는 안 보였지만 처음 사무소에
왔을 때 봤던, 스미노라고 불렸던 우락부락한 남성이 미지근한
차를 내 주었다.

상담실 문이 닫히고 둘만 남게 되자 선배는 "미안하게도."라
고 운을 뗀 후 설명하기 시작했다.

"지난번 얘기, 단순한 소문이 아니었어. 마카베 씨는 강간으
로 체포된 이력이 있어. 기소는 안 됐지만."

"그런가요……."

각오는 했지만 역시 기분이 가라앉았다.

기소당해 유죄판결을 받지 않았으면…… 예를 들어 피해자와
합의해 신고를 취하했다면 증거 불충분으로 판단되어 기소가
유예되고 전과가 남지 않는다. 그래도 체포되어 조사를 받으면

체포 기록은 남는다.

　정식 체포 기록이 남아 있는 이상, 참고인 출석이나 임의동행을 요구받은 게 아니라 강간 혐의로 체포된 것 자체는 사실이다.

　마카베 씨가 협박장에 대해 경찰에게 상담도 하지 않고 일을 키우기 싫어한 이유도, 탐정을 고용할 필요성을 느끼면서도 망설였던 이유도 이걸로 분명해졌다. 자칫 질 나쁜 탐정에게 의뢰했다가 비밀이 드러나 약점이 잡히면 협박당할 위험까지 있는 중대한 오점이다. 신중해지는 것도 무리는 아니다.

　약혼녀는 물론 내게도 이런 일은 알게 하고 싶지 않았을 것이다.

　"체포 기록이 있을 뿐이지 기소는 안 된 것 같으니까 체포 자체는 착오였을 가능성도 있어. 사실은 아직 모르지만……. 어쨌든 이번 협박이 당시 사건과 관련되어 있을 가능성은 아주 커."

　나를 배려하는 건지, 선배는 체포된 이력이 있다는 게 유죄는 아니다, 자신도 그렇게 단정하지 않는다며 선을 그은 후 말을 이었다.

　"마카베 씨가 정말 과거에 강간 사건을 저질렀다면 이번 협박 편지에서 제일 의심 가는 사람은 피해자나 그 관계자야. 오인 체포된 경우에도 마카베 씨를 범인이라고 믿는 누군가가 괴롭히는 걸지도 모르지. 찾을 사람이 누구인지 알면 조사를 시작할 수 있어. 하지만 그러려면 역시 마카베 씨에게 직접 이야기를 들어야 해."

"네……, 그러게요."

오인 체포된 것이라고 나는 굳게 믿고 있다. 그래서 본인에게 설명을 듣고 싶었다.

마카베 씨의 과거를 파헤치려고 조사를 의뢰하지 않았다. 바로 지금 마카베 씨를 괴롭히는 문제를 어떻게든 해결해 주고 싶어서 의뢰했다.

마카베 씨가 감추고 싶어 하는 걸 본인의 양해도 없이 파헤쳤다는 죄책감은 들지만, 협박 사건을 해결하려면 자세한 사항을 확인하지 않을 수 없다. 말하기 힘들어 계속 피한다면 범인에게 도달할 수 없다.

'무턱대고 믿기만 해서는 아무것도 해결되지 않으니까 나도 각오를 하고 제대로 마주 봐야 한다.' 거기까지 생각하다가 문득 깨달았다.

"잠깐만요. 정식 체포 기록이 있었다는 건…… 마카베 씨의 범죄 경력을 조회한 거예요?"

경찰과 검찰이 관리하는 정보다. 전문 탐정이라고는 해도 일반인이 쉽게 접속할 수 있는 정보는 아니었다.

"어떻게……."

"영업 비밀이야."

"불법 아닌가요, 그거?"

"모르는 게 낫지 않아?"

기타미 선배는 천연덕스럽게 말했다.

"나도, 모르는 걸로 하고 있어."

기타미 선배가 직접 데이터베이스에 접속한 건 아니라는 뜻이다. 선배는 누군가에게 의뢰한 것이다. 그 누군가가 어떻게 정보를 입수했는지는 그녀도 모른다. 모르기 때문에 출처나 입수 방법을 신경 쓰지 않고 그 정보를 이용할 수 있다는 뜻 같다.

수단을 가리지 않는 방식은 예전부터 변함이 없는 듯하다.

법조인의 길을 걸으려는 내 입장에서는 석연치 않았다. 그러나 그녀는 의뢰 범위를 벗어나지 않았고, 애초에 내 의뢰였기 때문에 굳이 말하지 않았다.

기타미 선배는 내가 정보 출처를 더는 추궁하지 않는지 확인하려는 듯, 숨을 한 번 내쉬고 내 안색을 살핀 다음 다시 입을 열었다.

"마카베 씨의 주변 조사도 해 봤어."

"마카베 씨는 피해자이고, 조사를 의뢰한 쪽이에요."

그만 다시 끼어들고 말았다. 그런 말을 예상했는지 선배는 싫은 내색 하나 없이 "피해자를 알아야 범인을 알 수 있어."라고 말했다.

"게다가 편지를 보낸 사람이 과거 사건의 피해자라면 나는 이제 강간 사건의 피해자를 조사해야 해. 만일의 사태에도 대비해야지. 알잖아. 탐정에게는 책임이 있어."

기타미 선배가 무슨 말을 하려는지 알고 있었다.

만일 마카베 씨가 강간 사건의 범인이고, 편지를 보낸 사람이 피해자 여성이라면…… 선배의 조사는 강간범을 과거 피해자에게 안내하는 일일 수도 있었다.

마카베 씨가 그런 사건을 저질렀다니 나는 도저히 믿을 수 없었다. 무엇인가 잘못된 거라고 생각했다. 빨리 마카베 씨와 만나 스스로 부정해 주길 바랐다. 설명을 듣기 전까지는 혹시나 하는 마음을 버리지 못했다. 나마저 이렇게 흔들리는데 선배는 분명 마카베 씨가 강간 사건을 저질렀다고 믿을 것이다.

이대로 조사를 중단하겠다고 해도 어쩔 수 없었다.

"마카베 씨가 의뢰인이라면 지금 단계에서 거절하겠지만, 의뢰인은 기세 군이니까 조사는 계속할 거야."

선배가 먼저 내 걱정을 부정했다.

"협박 편지를 보낸 사람이 강간 사건의 피해자라 해도, 그 뒤에 어떻게 할지는 검토해 봐야 해. 경우에 따라서는 마카베 씨에게는 범인의 이름이나 주소를 가르쳐 주지 않을 수도 있어."

"그건…… 이해해요. 혹시 정말 그렇다면요."

내 말에 선배는 고개를 끄덕이고 테이블 위에서 손을 모았다.

"그 뒤에 S초에서 탐문 조사를 좀 더 하고, 마카베 씨의 신원 조사도 간단히 해 봤는데 이 강간 사건 외에는 마카베 씨가 남에게 원망을 살 만한 얘기는 안 나왔어. 오히려 그 사건 전에는 칭찬이 자자하더라. 말해 준 사람들이 대부분 그런 짓을 저지를 사람으로 안 보였다고 그랬어. 너처럼 좋게 봤지."

"지금 협박하는 원인은 달리 없다는 말씀이네요."

역시 과거의 성폭행 사건이 이번 괴롭힘에 관계되어 있을 가능성이 높았다. 우선 과거 사건을 조사하는 것이 편지를 보낸 사람에게 도달하는 지름길이 될 듯했다.

"그래. 그래서 유일하게 마음에 걸리는 사 년 전 사건에 대해 자세한 정보를 얻기 위해 만반의 준비를 하고 이제 본인에게 갈 건데……."

선배는 두 손의 깍지를 끼고 손바닥을 뒤집어 팔을 쭉 내밀었다. 그러고는 목을 돌리고 나를 바라보았다.

"네가 전화해 줄래? 지금 간다고. 오늘은 가게가 정기 휴일이라 전화받을 거야."

"마카베 씨한테요? 지금요?"

"응, 혹시 모르잖아. 만약 전화를 안 받으면 메일로라도 압박해야지. 가만히 기다리기만 하면 언제 마카베 씨가 결심할지 모르니까 약간 강압적인 게 좋아."

이게 약간일까.

"외출했거나 이노우에 씨가 같이 있으면 어떻게 해요?"

"외출했으면 기다리고, 이노우에 씨와 같이 있으면 네가 마카베 씨만 불러내서 밖에서 얘기하면 돼."

막무가내로 밀어붙이는 것 같아서 거부감이 들었지만 이렇게라도 하지 않으면 이쪽을 피하는 마카베 씨와 아무 말도 나눌 수 없다. 선배의 말이 맞다.

사 년 전 사건에 대해 마카베 씨에게 이야기를 듣지 않으면 시작할 수 없다. 본인의 결심이 설 때까지 언제까지고 기다릴 수도 없다. 그러다 이노우에 씨가 협박 편지라도 보게 되면 아무런 의미가 없다.

'제발 전화받아요 마카베 씨.' 간절히 기도하며 스마트폰을 꺼내려는데 선배가 말했다.

"너도 같이 가야지."

마카베 씨의 연락처를 찾다가 손을 멈췄다.

무슨 의미인지 싶어 그녀를 바라봤다.

"알고 싶지 않은 걸, 알게 될지도 모르는데 괜찮겠어?"

놀리는 건 아닌 것 같았다. 선배는 진지하게 묻고 있었다.

역시 선배는 뭐라고 말하든 마카베 씨가 실제로 성폭행 사건을 저질렀다고 믿는 듯하다.

마카베 씨를 잘 모르는 선배가 그렇게 생각하는 건 어쩔 수 없다. 나는 지금도 마카베 씨가 오인 체포되었다고 생각한다.

기타미 선배도 그걸 잘 안다. 그래서 그 기대가 꺾일까 봐 나를 신경 써 주는 것이리라. 내가 그렇게 약해 보였나.

"물론 가야죠."

동요하는 마음이 목소리에 드러날까 봐 조금 세게 말했을지도 모르겠다.

선배는 피식 웃고는 "그럼 다행이네." 하고 말했다.

"무시하는 게 아니야. 의뢰한 것까지는 좋았는데, 예상 밖의 결과가 나와서 의뢰인이 조사 결과를 믿지 않기도 하거든. 그런 일 흔해. 친한 이웃이 뒤에서 몰래 괴롭히거나, 성실한 줄만 알았던 남자친구가 유부남이라거나."

"증거를 보여 줘도 간혹 안 믿는 사람이 있어." 그렇게 덧붙인 뒤 선배는 상담실 문을 열고 책상에서 작업하던 스미노에게 말을 걸었다.

그녀가 다가가서 한두 마디 말을 나눴다. 스미노가 끄덕이는 모습이 보였다. 이제 외출한다고 했을 것이다.

그녀가 한 말의 의미를 생각해 본다.

의뢰인이 조사 결과를 믿지 않는다…….

진실을 알고 싶어서 탐정에게 의뢰해도, 그 진실이 당연히 본인이 믿고 싶지 않은 결과일 수도 있다. 의뢰인 중에는 사실을 받아들이지 못하고 부정하는 사람도 있다.

그건 즉, 그녀가 성과를 내도 다름 아닌 의뢰인이 반기지 않는다는 말이다.

선배는 별일 아닌 것처럼 말했지만 결코 그렇지 않다.

'힘들지 않아요?'라고 생각했지만 그 말은 입 밖으로 내지 못한 채 그저 업무 공간에 서 있는 그녀의 뒷모습만 지켜봤다. 흔한 일이라며 웃어 버릴 정도였으니, 그렇게 질문해 봤자 분명 익숙해졌다고 대답할 것이다.

선배가 나를 바라봤기에, 황급히 마카베 씨의 전화번호를 터치했다.

세 번, 네 번 전화벨이 울린다. 부재중 전화로 넘어가려나.

"······네."

여섯 번째 전화벨이 울린 후 마카베 씨가 받았다.

포기하려던 타이밍이라 순간 멈칫했다.

"기세예요. 저기, 지금 기타미 선······ 탐정, 기타미 탐정과 같이 있는데요."

전화 너머에서 마카베 씨가 잠시 말이 없다.

"역시 네가 의뢰했구나."

"제멋대로 의뢰해서 죄송해요. 사과도 드리고 싶은데, 지금 찾아봬도 될까요?"

그는 다시 말이 없다.

망설이는 기색이 전해졌다.

선배가 상담실로 돌아와서 나를 쳐다봤다.

선배와 시선이 마주쳐서 '아직 허락을 받지 못했다.'라는 의미로 고개를 가로저었다.

"이대로 내버려둬도 협박이 멈출 것 같지 않아요. 빨리 범인을 찾아내야…… 그러려면 반드시 마카베 씨와 이야기를……."

"미안한데."

"바꿔 줘."

마카베 씨가 거절하려는 찰나, 옆에서 선배가 스마트폰을 홱 낚아챘다. 그러고는 순식간에 스마트폰을 귀에 대고 방문하겠다고 선언했다.

"기타미입니다. 지금 댁으로 찾아뵙겠습니다. 이노우에 씨와 같이 있을까 봐 미리 전화드렸습니다."

상대가 뭐라고 말할 틈을 주지 않고 말을 이었다.

"사 년 전 사건 일로 묻고 싶은 것이 있습니다. 경찰이나 검찰 기록, 사람들 소문, 주위 정보만으로 단정 짓고 싶지 않으니 직접 말씀을 듣고 싶습니다. 마카베 씨만 할 수 있는 말이 있지 않나요?"

내 자리에서 마카베 씨의 목소리는 들리지 않았다. 그러나 선배의 설명으로 우리가 그의 체포 이력을 알고 있다는 사실은 전달되었을 것이다.

"앞으로 아무것도 모르는 이노우에 씨에게 편지를 보낸 사람이 직접 접촉할 가능성도 있습니다. 그렇게 되기 전에 움직이는 편이 좋지 않겠습니까? 다른 탐정을 고용하기보다는 제가 이대로 진행하는 편이 빠르고, 비밀을 아는 사람도 최소한으로 끝낼 수 있습니다. 오늘은 이노우에 씨가 집에 옵니까? 그렇다면 어딘가 밖에서 만나는 것도 상관없습니다."

담담한 설득 이후 몇 초의 시간이 흘렀다.

선배는 아무런 표정 변화 없이 이윽고, "알겠습니다. 그럼." 이라고 말하며 전화를 끊고 스마트폰을 나에게 돌려줬다.

"고마워. 집도 괜찮대. 가자. 마카베 씨, 저녁부터 볼일이 있다니까 지금 바로."

이야기가 정리되었다기보다 그녀가 끊어 버린 것 같다. 그 강압적인 태도가 어이없기도 했지만 결과적으로 마카베 씨의 동의를 받았으니 다행이었다.

선배는 상담실 밖으로 나가 업무 공간 의자에서 숄더백을 들고 나와서 가방끈을 어깨에 걸치더니 통로로 돌아왔다. 나도 가방을 가지고 상담실에서 나왔다.

사 년 전 사건을 알고 나서, 마카베 씨 얼굴을 마주하려니 조금 거북하다.

만약 나 혼자였으면 주저하며 마카베 씨 눈치만 살폈을 거고 이렇게 바로 움직이지 못했을 거다. 망설일 때가 아닌데, 이렇게 망설일 틈도 없을 만큼 강압적으로 손을 끌어 줘서 고마웠다.

스미노가 "다녀오세요."라고 말하자, 선배는 "다녀올게." 하고 걸어 나갔다.

　스미노는 나에게도 살짝 고개를 숙였다.

　인사를 한 뒤 등을 똑바로 편 뒷모습을 쫓아갔다.

4

마카베 씨 집에 도착하자 기타미 선배는 주저하지 않고 현관 초인종을 눌렀다.

우리를 맞아 준 마카베 씨가 침착해 보여서 마음이 놓였다. 귀찮아하지 않을까 걱정했으나 마카베 씨도 이렇게 된 이상 협조할 수밖에 없다고 체념한 듯했다.

나에게는 두 번째 방문이다. 지난번에는 술에 취한 마카베 씨를 집에 데려다주고 휴지통에서 협박장을 발견했다.

약 2미터의 짧은 복도를 지나 부엌과 연결된 거실로 안내받았다.

지난번에는 마카베 씨를 현관에서 침실로 옮기느라 정신이 없어서 인테리어를 신경 쓸 여유조차 없었지만, 이렇게 보니 어딘가 복고풍에 따뜻한 온기가 있는 가구가 많았다. 마카베 씨와 어울리는 이미지는 아니었는데, 약혼녀인 이노우에 씨의 취향 같았다.

식탁 의자는 두 개뿐이었다. 마주 놓인 의자를 옮겨 우리에게 권하고 마카베 씨는 다른 방에서 형태가 다른 의자를 가져와 우리 맞은편에 놓았다.

"커피 괜찮아?"

마카베 씨는 바로 앉지 않고 우리에게 커피를 권하고는 부엌으로 갔다.

부엌 입구 벽에 세워 놓은 두껍고 큰 갈색 종이 꾸러미가 눈에 들어왔다. 빵빵하게 부푼 표면에 택배 전표가 아직 그대로 붙어 있었다.

"쌀이에요?"

커피를 내리는 마카베 씨에게 물어본다.

"아아……, 가나미의 어머님이 야마가타에서 보내 주셨어. 아직 넣어 둘 데가 마땅치 않아서 저런 곳에 놔뒀지만."

이노우에 가나미 씨의 부모님과도 사이가 좋은 듯하다.

거실과 부엌 사이에 가림막이 없어 목을 길게 빼니 전기 포트로 물을 끓이는 마카베 씨가 보였다.

인스턴트커피는 아닌 듯하다. 마카베 씨가 클립으로 잠근 커피 봉지를 열자 향긋한 커피향이 났다.

선배는 마카베 씨가 등을 돌리고 있는 기회를 틈타 마음껏 실내를 둘러보았다. 그냥 보는 게 아니라 관찰하고 있었다.

나도 커피를 타는 마카베 씨에게서 시선을 실내로 옮겼다.

방 입구에 놓인 흰 전화기가 반짝반짝 윤이 났다. 시간을 표시하는 작은 모니터에 투명한 필름이 아직 그대로 붙어 있다. 구입한 지 얼마 안 되었을 것이다.

전화대 위에는 작은 선반이 있고, 거기에 마카베 씨와 이노우에 씨의 사진을 기대어 세워 두었다. 스마트폰으로 보여 준 것과 다른 사진이다.

"드세요."

식탁보가 깔린 식탁에 2인분의 컵과 컵 받침이 놓였다. 마카베 씨의 컵만 형태가 달랐다.

"아직 식기를 다 갖추지 못해서……. 다음 달부터 가나미도 여기에서 살 거야. 원래는 이번 달부터였는데, 가나미의 직장 문제로 미뤄졌어. 식기도 지금 조금씩 사들이고 있어."

이노우에 씨는 종종 이 집에 오지만 주소는 아직 K현이라고 했다.

이동하며 들은 선배 말에 따르면 마카베 씨의 직장 동료는 그가 약혼녀와 함께 살 거라고 말했다고 한다. 하지만 실제로는 아직 준비 중인 것 같다. 약혼녀와 같이 살면 협박장도 감추기 어렵다. 선배를 피했던 마카베 씨가 이렇게 대화할 결심을 하게 된 건 그 때문일지도 모른다.

드디어 마카베 씨도 자리에 앉았다.

"갑자기 찾아와서 죄송합니다."

내가 먼저 사과했다.

"아니야, ……나야말로. 탐정을 소개해 달라고 부탁해 놓고 연락도 안 해서 미안해."

마카베 씨가 고개를 숙였다. 반은 강압적으로 찾아왔지만 원만하게 대화할 수 있을 것 같았다.

생각해 보면 마카베 씨가 조사 의뢰를 주저한 것은 나에게 과거를 알리고 싶지 않아서일 테니 이제 거부할 이유도 없다.

그러나 체포된 사건이 사건인지라 역시 어딘가 불편해 보였다. 나도 어떻게 대해야 할지 고민스러웠다.

"요시키도 이미 알고 있겠네. 내가 그……."

불편한 듯 시선이 흔들리더니 마카베 씨가 먼저 말을 꺼냈다.

"체포 이력이라면 알아요. ……무슨 죄 때문인지도요. 멋대로 알게 돼 죄송해요."

마카베 씨는 고개를 가로저었다.

"괜찮아. 숨겨서 미안해. 너는 몰랐으면 했어. 왜 협박받는지 짚이는 데가 없느냐고 기타미 씨가 물었을 때도 부정했지만…… 사실은 이런 편지를 처음 받는 게 아니야."

"예전에도 협박장이 왔습니까?"

선배가 끼어들었다. 마카베 씨는 끄덕이고 식탁 위에서 손을 모았다.

"여기 오기 전에도 비슷한 일이 있었어. 이번에도 옛날 일을 암시하는 듯한 단어까지 쓰여 있었으니까 바로 그 사건이 떠올랐어……."

과거 자신이 체포된 강간 사건의 관계자일지도 모른다고는 말하지 못하고, 나나 선배에게도 짐작이 가는 데가 없다고 대답할 수밖에 없었다.

마카베 씨가 직접 '그 사건'에 대해 언급하는 것을 들으려니 마음이 복잡했다. 이번 상담과 직접 관계가 있을지도 모르니, 안 들을 수도 없다. 하지만 역시 개인 정보이다.

마카베 씨가 그런 사건을 저지를 사람이라고 생각하지 않는다. 그러나 본인 입으로 사정을 설명하기 전에 가볍게 "믿는다."라고 말할 수도 없다.

그걸 눈치챘는지, 가만히 고개를 숙이고 있던 마카베 씨가 고개를 들고 말했다.

"하지만 이것만은 믿어 줘. 체포된 건 사실이지만 나는 아무것도 하지 않았어. 오해였어. 피해자 측과도 이야기해서…… 합의했으니까 결국 기소되지 않았어. 하지만 경찰도, 검찰도, 당시 친한 친구들마저 아무도 믿어 주지 않았으니까…… 요시키에게도 말하기 두려웠어."

식탁을 사이에 두고 앉은 나에게 매달리듯 진지한 시선이었다.

하지만 아무도 믿어 주지 않은 지난 일들이 떠올랐는지, 점점 고개를 숙이더니 식탁보만 바라봤다.

"합의는 내가 죄를 지었다고 인정하는 것 같아 내키지 않았지만 가족과 변호인이 설득해서…… 어쩔 수 없었어. 덕분에 석방되긴 했지만 대학 친구도 이웃도, 다들 나를 범죄자 취급했어. 얼마 전까지 같이 술 마시러 다니던 친구들도 모두. 요시키는 사건을 몰랐고, 사건 전 옛날의 나를 기억해 줘서 정말 기뻤어. 하지만 사건을 알게 되면 요시키도 나를 믿지 못할까 봐 두려웠어. 경멸당하고 싶지 않아서 말하지 못했어. 미안하다."

눈을 맞추지 못하는 것은 죄책감 때문일까, 믿어 주지 않을 거라는 두려움 때문일까. 그래도 정면으로 마주하려는 굳은 마음을 보여 주는 듯 한 번 고개를 들고 나를 바라보았다.

진지한 사죄가 담긴 고백처럼 보였다.

……다행이다.

마카베 씨가 과거에 죄를 지었다고 해도, 지금 어려움에 처한 그를 돕지 않을 이유는 없다. 그걸 잘 알면서도 그저 순수하게 안심되었다.

"탐정에게 협박장 조사를 의뢰하라고 제안받았을 때는 좋은 방법 같았어. 하지만 그러다가 내가 체포된 사실도 알게 될 것 같아서 무서워서⋯⋯, 그렇다고 편지를 그냥 내버려두기도 불안했고. 어떻게 해야 좋을지 몰랐어."

"그랬군요⋯⋯."

내가 소개하는 탐정이라면 조사 이후 마카베 씨의 과거 사건을 알게 되었을 때, 나에게 그 내용을 말해 버릴지도 모른다. 그렇다고 아무 상관도 없는 탐정을 고용하기에는 그 탐정을 믿을 수 없다. 강간으로 체포된 이력은 협박의 원인이 될 수 있는 중대한 비밀이다. 악질적인 탐정에게 약점을 잡힐까 두려워서 결심하지 못한 것도 이해가 간다.

"이대로는 안 되는 걸 알면서도 어쩌지도 못하고 망설였는데, 네가 나 대신에 직접 조사를 의뢰했다고 기타미 씨에게 들었어. 놀랐다. 그렇게까지 해 주다니⋯⋯. 그런데 나는 너에게 솔직하지 못했어. 미안하다."

"아니에요, 괜찮아요. 당연하죠. 저야말로 아무것도 모르고 멋대로 행동해서⋯⋯ 더 관심을 기울여야 했어요."

식탁을 짚고 고개를 숙이는 그에게 나도 몸을 내밀었다.

"고개를 드세요."

기타미 선배는 앉아서 그 모습을 서늘한 눈으로 지켜보고 있었다.

선배가 나만큼 전적으로 마카베 씨를 믿지 않는다는 건 알고 있었다. 그러나 그녀는 '정말이에요?' 같은 말로 마카베 씨를 추궁하지 않았다. 마카베 씨의 과거는 목적에 필요한 만큼만 조사하면 되고, 적어도 지금 그가 정말로 여성에게 성폭력을 휘둘렀는지 알 필요가 없다고 판단했을 것이다.

선배는 냉정했다.

누명이든 뭐든 마카베 씨를 성폭행 범죄자로 증오하는, 혹은 원망하는 사람이 존재한다. 지금 중요한 것은 그 사실뿐이다.

틀림없이 그 누군가가 이번 협박 사건의 유력한 용의자였다.

그리고 설령 협박한 범인이 과거 성폭행 사건의 피해자라 해도, 지금 마카베 씨를 괴롭히는 건 엄연한 범죄이다.

누가 협박 편지를 보냈는지 알아내도, 그게 과거 사건의 피해자 본인이라면 마카베 씨에게 그 주소를 알려 줄 수는 없을 것이다. 대신 나와 기타미 선배가 그 사람과 접촉해 협박을 그만두라고 설득할 수는 있다.

"그럼 이제 조사에 협조해 주실 건가요? 마카베 씨가 자세하게 말해 줘야 조사가 수월해집니다."

선배가 말하자 마카베 씨는 퍼뜩 자세를 바르게 고쳐 앉았다.

"그래, 물론이지. 나도 부탁할게. 가나미에게 걱정을 끼치지 않게만 해 준다면…… 아, 조사 비용도 내가 낼게. 요시키에게 돈을 돌려주면 되나?"

"그건 알아서 하세요. 계약서를 다시 쓰기도 좀 번거로우니 저는 이대로 기세를 의뢰인으로 생각하고 조사하겠습니다. 조사 결과를 누구와 공유할지 기세가 결정하면 되고, 기세가 원하면 제가 마카베 씨에게 직접 보고해도 됩니다."

선배는 숄더백에서 노트 패드와 펜을 꺼냈다.

나는 의자에 똑바로 앉아 마카베 씨가 내놓은 커피를 한 모금 마셨다. 향이 깊고 맛이 진하다.

본격적으로 질문을 시작하기 전에 목을 축이려는 건지 기타미 선배도 컵에 입을 댔다. 커피가 마음에 드는지 천천히 음미하듯 한 모금 더 마신 후 컵을 옆으로 놓고 마카베 씨를 진지하게 바라봤다.

"마카베 씨에게 온 편지에는 구체적으로 뭐라고 쓰여 있던가요?"

선배의 질문을 받은 그는 기억을 떠올리듯 눈동자가 왼쪽 위를 향하더니 신중하게 대답한다.

"결혼을 중단하라, 불행해진다……. 정확하게 기억 안 나는데, 네가 어떤 인간인지 알고 있다든가……. 그런 식이었나."

내가 마카베 씨의 침실에서 발견한 편지에도 양심이 있으면 결혼하지 마라, 하고 쓰여 있었다. 편지는 모두 체포 이력을 암시하며 결혼하지 말라는 내용이었다.

형법상 협박죄 성립 요건으로는 '해악의 고지'가 필요하다. '불행해진다'라는 것이 법적으로 '해를 가하겠다는 뜻의 고지'에 해당하는지는 미묘하지만 협박받은 쪽에서는 확실하게 '협박'

일 것이다. 법적으로 협박죄에 해당하는 내용인지 확인하기 위해서라도 편지의 자세한 문구를 알고 싶었으나, 그는 모두 정확하게 생각나지 않는다고 대답했다.

"얼마 전에 제가 처음 인사드린 날도 한 통이 왔었잖아요."

"아, 그건 갖고 있어. 그때까지 온 편지는 전부 버렸지만…….
그날은 버리지 않는 게 좋겠다고 기타미 씨가 그러더라고."

마카베 씨가 생각이 났다는 듯 자리에서 일어났다.

일단 거실을 나가 바로 클리어 파일에 끼운 편지봉투를 가지고 돌아왔다.

기타미 선배는 파일을 받아 들고, 눈에 익은 지역 소인이 찍힌 봉투에서 세 번 접은 A4 용지를 꺼내 펼쳤다.

'결혼을 중단하세요. 반드시 후회하게 됩니다.'

흰 종이의 한 가운데에 단 한 줄, 그 말만 적혀 있었다.

선배는 그걸 옆에 앉은 나에게도 보여 주고 마카베 씨에게 물었다.

"지금까지 온 것과 비교해 봉투, 종이, 말투, 글자 크기 같은 건 똑같나요?"

"신경도 안 썼는데, 같은 사람이 보낸 것 같아. 문장은 매번 다르지만 결혼하지 말라는 내용은 똑같고, 종이와 봉투도 아마 같은 것 같아."

"기세가 마카베 씨 침실에서 본 편지는 이런 느낌이었어?"

"······아니요, 더 강경하다고 할까······. '하지 마라'라고 쓰여 있었어요. 존대는 아니고. 왠지 쫓기는 듯한 느낌이 드는······."

"그래. 나도 네가 설명한 이야기에서 연상한 이미지와 느낌이 다르다고 생각했어."

마카베 씨가 말한 대로 내용은 같다. 하지만 문체에서 받은 인상이 다르다.

이걸 협박장이라고 불러도 될까, 애매하다.

몇 통이나 계속 온다는 사실이나 다른 편지 내용과 비슷하다는 건 제쳐 두고 이 한 통만 보고 판단해 보면, 편지를 받은 사람이 꼭 공포나 위험을 느낄 것 같진 않았다.

나와 선배의 대화를 듣던 마카베 씨도 입을 열었다.

"그러고 보니 문체에는 통일성이 없을지도 몰라. 이미 버린 이전 편지는 결혼하지 마라, 둘 다 불행해진다······. 그런 말이 쓰여 있었어. 이번에 온 편지가 제일 얌전하다고 할까. 뭐라고 해야 하나. 타이르는 듯한 느낌이야."

"그것도 좀 꺼림칙하네요."

같은 내용을 왜 다시 한번 부드러운 문장으로 써서 보내는지 이해할 수가 없었다.

내 의견에 마카베 씨도 동의했다.

"그 말을 들으니 문체가 계속 바뀐다는 건 뭔가 정서가 불안정해 보이긴 하네."

깊은 의미는 없을지도 모르지만 왠지 그냥 불쾌했다.

"결혼하지 말라는 주장 자체는 일관되니까 협박이 안 통하자 설득으로 노선을 바꾼 걸까요?"

"그렇다면 보통은 반대일걸."

하긴 이런 행동은 보통 점점 수위가 높아진다. 처음에는 조용히 설득하다가 상대방이 자신의 요구를 들어주지 않으면 협박이 되는 식으로……. 그러나 이번에는 그 반대다.

기타미 선배는 오른손에 든 편지로 시선을 돌리고 왼손으로 턱을 만지며 눈이 가늘어졌다.

"단순히 범인이 정서가 불안정하다고 추측할 수도 있지만 그게 아니라면…… 그렇지, 자신이 보낸 편지 내용이 법에 저촉될지도 모른다는 걸 깨닫고 궤도를 수정했을지도 몰라."

"아, 그렇네요."

만약에 그렇다면 편지를 보낸 사람은 의외로 냉정하게 판단하고 행동한다는 뜻이다.

스토커는 자신이 한 짓을 스토킹이라고 자각하지 않는 경우가 많다. 그러나 자신을 보호하기 위해 편지 문장을 바꿨다면 이 범인은 자신의 행위가 범죄라는 걸 안다는 의미다. 그럼 범인만 밝혀내면 협상할 여지가 있다. 말이 통하지 않는 상대는 아니다.

"지금까지 받은 편지도 전부 우표가 붙은 봉투에 있었나요?"

선배가 편지에서 시선을 거두고 마카베 씨에게 묻자 그는 비로소 깨달았다는 듯 "앗." 하고 신음을 흘렸다.

"아니, 저번에도 봉투에는 들어 있었지만 우표는 없었어. 보낸 사람 이름은 물론 받는 사람도 없었어. 그러고 보니 그렇네."

문체만 달라진 게 아닌 듯했다.

"확인해 보길 잘했네." 하고 선배가 중얼거렸다.

지금까지는 직접 우편함에 넣었는데 갑자기 우편 발송으로 바뀌었다. 그 점에도 뭔가 의미가 있을까.

"이전 편지는 전부 우편함에 범인이 직접 넣은 거네요."

"듣고 보니…… 그렇군."

선배의 말에 새삼 위기감을 자각했는지 마카베 씨는 두 팔로 자신을 끌어안았다.

편지를 직접 우편함에 넣었다는 것은 범인이 집 앞까지 왔다는 말이다. 그것도 몇 차례나. 마음만 먹으면 언제라도 마카베 씨나 이노우에 씨에게 손이 닿는 거리까지 다가올 수 있었다.

이대로 발전하면 협박 편지에서 그치지 않고 직접 위해를 가할 가능성도 있다.

"편지는 얼마나 자주 왔나요?"

"최근 두 달 사이에 총 넷…… 아니, 이걸 포함해서 다섯 통이 왔는데 정확한 날짜는 기억이 안 나."

"요일은 다 달랐어요? 주말에는 안 온다든가, 그런 특징이 있나요?"

"아니……, 무슨 요일이었는지까지는 모르겠어. 주말에만 왔다든가 그런 것도 없어."

선배가 차례차례 질문을 던지고, 마카베 씨가 이에 대답했다. 범인의 모습을 좁혀 나가는 것이다. 나는 방해되지 않도록 가만히 그 과정을 지켜봤다.

선배가 노트 패드에 메모를 휘갈겨 썼는데 무슨 글자인지 거의 읽을 수 없었다.

"이노우에 가나미 씨와 약혼한 직후부터 협박장이 왔다고 하셨는데요, 약혼한 걸 아는 사람은 얼마나 있나요? 결혼식 초대장을 보냈다든가……."

"식은 안 올릴 거야. 약혼도 서로 가족과 직장 사람들한테만 말했어……. 나머지는 요시키에게 말한 정도고. 그렇다고 굳이 감출 생각도 없어서 둘이 외출하거나, 가나미가 집에서 자고 갈 때 같이 나가거나, 밖에서 만나서 집에 돌아온 적도 종종 있고, 그럴 때 이웃에게 인사한 적도 있어서 아는 사람이 적지는 않을 거야."

두 사람이 사귀는 것은 굳이 말하지 않아도 누구나 쉽게 알수 있었다는 말이다.

아무 상관없는 제삼자가 두 사람의 행복한 모습을 시기해 의미심장한 협박장을 보낼 가능성도 아예 없지는 않다. 그러나 솔직히 생각하면 이번 편지는 마카베 씨의 과거를 아는, 어떤 원한이 있는 인간의 짓이다. 여기 오기 전부터 괴롭혔다는 말을 듣자 그 가능성이 더 커졌다.

"아까 이런 일이 처음이 아니라고 하셨죠? 사건 직후에…… S초에 살던 때도 그랬나요?"

선배가 말하자 마카베 씨가 끄덕였다.

불쾌한 기억이 떠오르는지 어두운 표정으로 눈썹을 찌푸렸다.

"사건 후…… S초에서 떠나기 전에는 강간범이라고 불리거나 진짜 협박장을 받은 적도 있어. 나가, 죽어, 이런 거. 이번에 받은 편지보다 내용은 과격했어."

"당시에 받은 협박장이 어땠는지 기억하세요? 외관상 특징이요. 봉투에 들어 있었다든가, 손으로 직접 썼다든가, 글자를 오려 붙였다든가."

"다 달랐어. 우편물로 받은 건 거의 없었어. 봉투에 넣지 않았고, 전단지 같은 것도 많았어."

억울한 누명이라 해도 마카베 씨가 성폭행을 저질렀다고 주변 사람들이 생각했다면, 그런 괴롭힘 자체는 놀랄 일은 아니었다. 그러나 보통 그런 괴롭힘은 오래가지 않는다. 몇 년이 지난 뒤 다시 괴롭히거나, 혹은 몇 년이나 지속되는 건 무척 드물 것이다. 하물며 괴롭히는 대상을 지역에서 쫓아낸 다음에는.

사건과 전혀 상관없는 사람이 '정의감'으로 움직일 가능성도 없지는 않지만 역시 제일 먼저 떠오르는 것은 피해자나 그 가족이다.

그렇다고는 해도 확실하다고 할 수 없다. 완전히 다른 이유로 그를 원망하는 누군가가 어쩌다 과거의 사건을 알게 되어 협박할 수도 있다.

어쨌든 편지에 쓰여 있었다는 '네가 어떤 인간인지 알고 있다.'라는 문구는 사건을 가리키고 있을 테니, 편지를 보낸 사람은 적어도 마카베 씨의 과거를 안다. 즉 편지를 보낸 사람은 마카베 씨가 N시 S초에 살 때 만나서 원한을 가졌을 확률이 높다. 봉투에 찍힌 N시 N초의 소인에서 처음 세운 가설이 뒷받침되었다.

우선 사건 관계자를 포함해 S초에 살던 시절의 인간관계부터 조사해야 하려나.

"언제 S초에서 이사했나요?"

"사건 후 비교적 바로…… 육 개월이 안 돼서 N시를 나왔어. 여기로 이사 온 건 얼마 안 지났지만 그 전에 K현에 산 적이 있어. 혼자 원룸을 빌려서 아르바이트를 하고……. 꽤 오래, 삼 년 정도 살았지. 여자 친구도 생겼는데 육 개월쯤에 헤어졌어. 그 뒤에 가나미와 사귀게 되었는데."

선배가 노트 패드에서 고개를 들었다.

"말씀 도중에 끊어서 죄송합니다. 먼저 확인하고 싶은 게 있어서요. 마카베 씨, 성폭행 사건 말고 다른 사람의 원한을 산 기억은 정말 없나요? 잘 생각해 보세요."

짚이는 데가 없는지, 예전에도 한 번 질문했으나 없다고 대답했다. 그러나 말 자체를 안 하려던 당시와는 상황이 다르다.

새삼스러운 질문에 마카베 씨는 잠시 생각에 잠겼다.

"나도 모르게 뭔가 있었을지도 모르지만…… 짚이는 데가 없어."

그러고는 결국 고개를 저었다.

"여자를 매정하게 찼다든가, 헤어질 때 크게 싸운 사람은요?"

"아니…… 없어. 대개 내가 차였어, 한심하게도."

"체포되었을 때, 사귀던 사람은 있었나요?"

"있었어. 같은 대학의 다카무라 마호."

"연락처는 아세요?"

"옛날 스마트폰에 번호가 남아 있을지도 모르겠네……."

"그럼 나중에 알려 주세요. 마호 씨와 사건 후에 연락은요?"

"안 했어. 마호뿐 아니라 당시에 친했던 친구들과는 아무도 연락 안 해."

체포되자마자 당시 친하게 지낸 친구들이 손바닥을 뒤집었다고 방금 마카베 씨가 말했다. 동창생들 사이에서도 소문이 퍼진 것 같으니까 마카베 씨가 대학 시절 인간관계를 끊고 싶어한 것도 무리는 아니다.

"마호 씨 다음에 사귄 사람이 K현에서 만난 여자 친구네요. 딱 한 명이었나요?"

"그 아이와 헤어진 다음에는 가나미와 사귈 때까지 아무도 없었어."

"왜 여자 친구와 헤어졌어요?"

기타미 선배는 헤어진 전 여자 친구가 용의자가 될 수 있다고 의심하는 것이다.

그 질문에 지금까지 술술 대답하던 마카베 씨는 순간 멈칫하고 선배를 봤다.

"그 애 집으로, 나와 헤어지라는 편지가 왔어."

한 박자 늦은 대답에 그만 "뭐?" 하는 소리가 새어 나왔다. 선배도 메모하던 손을 멈췄다.

"아까 말하려고 했는데…… 전에도 협박을 받았다고 했을 때 그 편지를 떠올렸어. S초에서는 뭐라고 해야 하나 불특정 다수가 일회성으로 괴롭히는 식이었는데, 이 건은 사건이 있고 삼 년이나 지나서 온 편지라 더 꺼림칙했다고 할까…… 집념이 느껴져."

S초에서 이사한 후에 편지가 왔다는 것은 편지를 보낸 사람이 마카베 씨가 어디로 이사했는지 주소를 알고 있거나 굳이 조사했다는 말이다. 대학 시절 친구와 연락을 하지 않는다고 말한 마카베 씨가 이사한 주소를 남에게 쉽게 가르쳐 준다고

생각할 수 없다. 아마 조사했을 것이다.

"그때는 마카베 씨가 아니라 마카베 씨의 여자 친구에게 편지가 왔나요?"

선배 질문에 마카베 씨가 고개를 끄덕였다.

"그게 원인이 돼서 삐거덕거리다 헤어졌어. 그때는 나도 누가 따라다니는 것 같았고……. 그런 기척을 느낀 적이 있어서……. 그녀와 헤어진 뒤에는 한동안…… 이쪽으로 이사 오기 전까지 아무 일도 없었어."

이노우에 가나미 씨와 사귄 뒤 결혼을 고려하게 되자 다시 괴롭힘이 시작되었다는 뜻이다.

"어떤 내용이었나요? 그, 전에 사귄 사람이 받은 편지요."

"자세히 기억나지 않는데, 내가 나쁜 남자니까 헤어지는 게 좋다나…… 그런 내용이었을 거야. 한 통이 아니라 몇 번이나 왔을 거야."

마카베 씨를 위협해서 헤어지라는 협박 편지는 그 대상이 본인인지, 교제 상대인지 정도의 차이는 있어도 결국 같았다.

"마카베 씨도 그 편지를 봤죠? 손으로 썼나요?"

"아니, 컴퓨터로 뽑은 거였어."

그것도 이번 편지와 똑같다. 흔한 작성법이지만 내용을 생각하면 동일범이라고 생각하는 게 자연스러울 것이다. 간헐적이라고 해도 이사한 곳에서까지 계속된다면 악질적인 장난으로 치부할 수 없다. 마카베 씨가 말한 대로 깊은 집념이다.

범인은 계속 마카베 씨를 지켜봤을까.

전 여자 친구와 헤어진 뒤 괴롭힘이 그쳤고, 이노우에 씨와 약혼하자마자 다시 시작되었다는 것은 그런 의미다. 남의 일이지만 상상만 해도 소름이 끼쳤다. 기타미 선배도 미간을 찌푸렸다.

"S초를 떠난 뒤에 괴롭힘이 사라졌으니까…… 사건 기억도 희미해졌고 새 여자 친구를 사귀고 새로운 생활이 시작되어 진짜로 잊었을 즈음이었어. 몇 년이 지나도, 어디로 가도 달아날 수 없어서 절망했어. 나는 아무 짓도 안 했는데 무고죄가 계속 따라붙는 탓에 평생 행복해질 수 없을 것 같아서."

"마카베 씨……."

"아아, 미안. 지금은 괜찮아. 가나미도 있고, ……이렇게 속사정을 모두 알면서도 도와주려는 사람도 있으니."

서글픈 표정을 짓는 나에게 마카베 씨는 목소리를 조금 높여 말했다.

S초에서 쫓겨난 뒤 K현에서 숨 쉴 곳을 새로 찾아냈고, 다시 빼앗기고……, 겨우 이노우에 씨와 만났다. 마카베 씨가 자신의 과거나 괴롭힘을 그녀가 모르게 하기 위해 필사적으로 버틴 이유를 이해할 수 있었다. 이번에는 반드시 지켜 내겠다고 다짐하는 것도 당연하다.

"전 여자 친구는 레나라고 하는데, 그녀에게 협박 편지가 와서 그걸 계기로 헤어졌어……. S초에서처럼 이웃에 소문이 나거나, 괴롭힘을 당하는 건 아닐까 걱정했지만, 그렇지는 않았어. 나와 헤어진 뒤에는 편지는 오지 않았다고 하더군."

"레나 씨 연락처도 나중에 알려 주세요."

기타미 선배는 노트 패드에 적은 다카무라 마호라는 이름 밑에 레나를 적고 밑줄을 그었다.

선배는 연애 문제가 얽혀 있다고 생각하는 걸까. 하긴 학창 시절 마카베 씨는 인기가 많았으니까 여자 문제로 다양한 원한을 샀을 가능성은 있다. 짐작 가는 게 없더라도 짝사랑하거나 질투를 사기도 했을 것이다.

내가 아는 한 마카베 씨는 남에게 원한을 살 만한 타입은 아니었으나 그래도 인간이라면 어디에서 누구의 원한을 살지 알 수 없다. 가능성을 따지자면 범인이 될 수 있는 사람은 무수히 많았다.

"원인은 사 년 전 사건이 확실하지만 같은 이유로 협박한다고 볼 수 없어요. 그러니 지금은 사건 관계자만으로 표적을 좁히지 않고 마카베 씨를 협박할 사람이 없었는지 조사해 보겠습니다. 그 과정에서 당시 마카베 씨와 사귀던 사람들……, 예를 들어 마호 씨, 레나 씨도 만나 보겠습니다. 사건을 아는 사람에게는 사건에 관해서도 묻겠습니다. 그래도 괜찮을까요?"

"음…… 상관없어."

조사를 위해서라면 별수 없다고 체념한 걸까, 이제 연락이 끊긴 이들이라 상관없는 걸까, 마카베 씨는 방금처럼 주저하지 않고 끄덕였다.

"다만 가나미에게만은 말하지 않았으면 해."

"알겠습니다. 그녀에게 직접 피해가 가지 않으면 말할 필요도 없을 거예요."

선배는 노트 패드 가운데에 페이지를 구분하는 선을 그었다. 이제 질문이 끝났나 싶었는데 그녀는 오른손 위로 펜을 빙글 돌린 후 다시 잡았다.

"예상할 수 없다고 해도 제일 의심스러운 용의자는 역시 사 년 전 사건 관계자입니다. 물론 이쪽도 병행해서 조사하겠습니다. 사건에 대해 자세히 말씀해 주세요."

마카베 씨는 살짝 긴장한 표정으로 턱을 당겼다. 컵에 손을 뻗어 직접 내린 커피를 한 모금 마셨다.

"사 년 전 사건의 피해자 이름이나 연락처는 아시나요?"

그는 고개를 저었다.

"합의도 전부 변호사에게 맡겼고, 한 번도 만나지 않아서…… 서로 간섭하지 않겠다는 내용의 합의였고 한 번도 연락이 온 적은 없어. 물론 나도 접촉한 적은 없어."

합의했다는 것은 사실이 어떻든 간에 피해자에게 죄를 인정하고 사죄했다는 말이다. 즉, 피해자 측에서는 기소되지 않았기에 지금도 마카베 씨를 범인이라고 생각할 수 있다.

괴롭힐 동기는 충분하다.

"그렇다는 건 피해자와는 원래 아는 사이는 아니었네요."

"그렇게 들었어. 체포되었을 때도 아닌 밤중에 홍두깨였거든. 경찰 조사 때 피해자는 내가 아는 사람이냐, 내가 했다고 그러더냐고 물어봤어. 분명하게 대답하지는 않았지만 버스나 어딘가에서 눈여겨보고 뒤를 밟았다던가, 담당 형사에게 대충 그런 말을 들었어."

마카베 씨는 밤길에 지나가던 여성을 덮쳐 으슥한 공원 안에서 강간했다는 혐의로 체포되었다고 한다. 사건 현장인 공원은 집으로 가는 지름길이라 자주 이용했다고 한다.

"피해자 이름도 못 들으셨어요?"

"안 가르쳐 줬어. 여대생이라는 것밖에……."

"대학은 어디라고 하던가요?"

"아니, 하지만 나와 다른 대학이라고 했어."

그런 작은 정보라도 소중하다. 선배는 끄덕이며 메모했다.

"버스 안에서 눈여겨봤다는 말을 들었으면 피해자 여성은 마카베 씨와 통학로가 겹쳤을지도 모르겠네요. 형사나 변호인에게 다른 정보는 못 들었나요? 피해자의 이름은 감췄다고 해도 그 사람이 어떤 사람인지……."

"……그러고 보니 변호사로부터 석방되면 앞으로 피해자와 우연히 마주치지 않도록 합의서에 이사 항목을 넣었다는 말을 들었어. 형사도 밤에 버스에서 내려 걸어가던 여성을 덮쳤을 거라고 말했고."

"피해자는 S초, 그것도 사건 현장에서 걸어서 통학 가능한 범위에 살았다는 말이네요."

살던 지역과 나이만 대충 알면 범위를 좁힐 수 있다. 사건 발생 후 아직 몇 년밖에 지나지 않아 근처에서 사건을 기억하는 사람도 있을 것이다.

마카베 씨는 공원 이름을 정확하게 기억하지 못했지만 그가 살던 주소에서 추측하여 스마트폰으로 검색하자 S초 히가시 공원이 검색 결과에 나왔다.

"이 공원인가요?"

내가 화면을 보여 주자 마카베 씨가 묘한 표정으로 끄덕였다. 기타미 선배도 화면을 확인하고 공원 이름을 메모했다.

으슥한 밤 공원에서는 서로 얼굴도 제대로 보이지 않을 것이다. 피해자는 범인의 얼굴을 기억하지 못했고 경찰이 보여 준 사진에서 범인을 잘못 지목했을지도 모른다. 그 탓에 마카베 씨가 억울하게 체포되고 경찰이 진범을 놓쳤다면 양쪽 다 불행한 일이었다.

"저기, 죄송해요. 신경이 좀 쓰여서요."

선배를 방해하지 않으려고 지금까지 가능한 한 끼어들지 않았으나 너무 신경 쓰여서 묻고 말았다.

마카베 씨와 선배가 나를 바라봤다.

"경찰은 왜 마카베 씨를 체포했나요? 원래 아는 사이였다면 피해자가 어두운 곳에서 범인을 선배로 잘못 봤다든가, 그럴지 몰라도……. 마카베 씨와 그 사람은 서로 모르는 사이였잖아요?"

마카베 씨의 이야기가 사실이라면 애초에 왜 아무 상관없는 그가 수사선에 올랐을까. 진범이 마카베 씨와 체격이 비슷하다고 해도 피해자가 그를 몰랐으면 범인으로 지목할 수 없었다.

피해자와 마카베 씨의 행동반경이 겹쳤다면 사건 발생 시간 전후에 마카베 씨가 현장에 있는 것을 목격한 사람이 있고, 그래서 용의자로 지목됐을지도 모른다. 하지만 그것만으로 체포까지 되었다는 것이 이해가 되지 않았다.

선배는 살짝 고개를 끄덕이고 시선을 마카베 씨에게 향했다. 그녀도 그걸 물어볼 생각이었다.

마카베 씨는 바로 대답하지 않았다. 부당하게 체포된 근거를 자신도 알고 싶은 걸지도 모른다. 짧은 침묵 후 괴로운 표정으로 짚이는 데를 설명했다.

"……현장 근처에 내 소지품이 떨어져 있었대. 그래서 내가 의심을 받았을 거야. 경찰이 취조 때 그랬어. 나는 모른다고 했고."

"무슨 소지품이요?"

"가게 회원 카드야. 잃어버린 줄도 몰랐는데 나도 모르게 어딘가에서 떨어뜨렸나 봐."

선배는 우울한 표정으로 말을 이었다.

"사건 현장인 공원은 역에서 집으로 가는 지름길이라 자주 다녔으니까 그때 떨어뜨렸을지도."

"그것만으로 의심받은 거예요?"

문득 목소리가 격앙되었다. 아무리 그래도 너무 단편적이다.

"피해자와 대질 같은 거 하잖아요. 그때 오해가 풀리지 않았나요?"

"피해 여성은 범인 얼굴을 제대로 못 봤을 거야. 취조 때는 못 들었는데 변호사가 아마 그랬을 거라고 하더라. 그 공원은 가로등이 몇 개 없으니까."

불행이 겹쳤다는 건가. 체격이 비슷한 남자가 마카베 씨가 항상 지나가는 길에서 범죄를 저지르고 그 현장에서 우연히 그가 분실한 회원 카드가 발견됐다. 우연이 이 정도로 겹치면 당연히 경찰도 움직일 것이다. 기소하기에는 부족할지 몰라도 그를 용의자로 보고 수사를 시작할 계기는 충분하다.

"사건이 있던 날 알리바이를 물어봤을 거예요. 기억하세요?"

"물론이야. 그날은 대학 친구들과 술을 마셨어. 하지만 11시가 지나고 헤어져서…… 범행 시각의 알리바이는 없어. 그냥 집으로 돌아갔어."

"부모님과 같이 살았으면 몇 시에 들어왔다고 증언해 주지 않으셨나요?"

"부모님은 일찍 주무시니까 내가 몇 시에 들어왔는지 모르셔. 두 분 다 솔직하니까 경찰에게도 그렇게 대답했어."

알리바이는 없다는 말이다.

경찰도 현장에 소지품이 떨어져 있었다는 이유만으로 체포하지는 않겠지. 피해자가 범인 얼굴을 제대로 보지 못했다면 대질 조사로 확실한 증언을 얻었다고 생각하기도 어렵다. "저 사람 같아요." 정도의 증언으로는 체포까지는 어렵지 않나.

수사 자료를 봐야 알 것 같지만 그 밖에도 뭔가 마카베 씨를 체포하게 된 증거가 있었을 것이다.

예를 들어 범행 시각 즈음에 공원 쪽으로 향했다거나, 혹은 공원에서 걸어 나오는 그의 모습이 어떤 가게의 CCTV에 찍혔을지도 모른다.

사건 전후 행동이 범인과 일치해서 의심을 샀다면 마카베 씨는 범인과 피해자 모두를 눈치채지 못하고 아주 가까이에서 지나갔을 가능성이 있었다.

선배도 펜을 돌리며 고민하는 듯했지만 이윽고 손을 멈추고 다시 마카베 씨에게 질문을 던졌다.

"몇 시쯤 사건이 일어났다고 들으셨나요?"

"아마 밤 12시 지나서라고 들었어."

"마카베 씨와 그 여성의 귀갓길이 우연히 겹친 것 같네요. 사건이 있던 날도 마카베 씨는 공원을 통과해서 돌아오셨나요? 11시 지나서 술자리가 끝나고…… 12시 전후는 어디에 있었나요? 혹시 딱 공원 부근을 지나갈 때 아니었나요?"

"그 말, 형사에게도 들었어." 하고 마카베 씨는 침통한 표정으로 숨을 내쉬었다.

알리바이 문제라서 당시에도 당연히 확인했을 테지만 선배가 질문하는 목적은 형사와는 다르다. 나도 그 의도는 알 수 있었다.

마카베 씨가 범인으로 오인될 만큼 범행 시각과 가까운 시간에 현장 부근에 있었다면 그야말로 뭔가 단서가 될 수 있는 것을 목격했을지도 모른다.

"마카베 씨가 공원을 지나간 뒤 그것도 바로 직후에 사건이 일어났을지도 모릅니다. 귀갓길에 여성을 발견했다든가, 앞질렀다든가, 그런 일은 없었나요? 범인 같아 보이는 남자를 봤다, 이 정도도 괜찮은데요."

만약 마카베 씨가 피해자 여성과 마주쳤다면 그때 인상이 남아서 대질 조사 때 착각했을 가능성도 있다.

선배의 질문에 그는 잠시 생각하더니 결국 고개를 저었다.

"……아니, 여자는 못 봤어. 솔직히 이제 기억도 안 나지만 당시 경찰 질문에도 그렇게 대답했을 거야. 남자도…… 기억에 없어."

"그런가요."

사 년이나 더 된 일을 생각해 내라는 건 무리일지도 모른다. 또한 우리가 지금 생각한 문제는 당시 경찰과 변호인이 몇 번이고 증거를 확인했을 거다.

더는 마카베 씨에게 피해자와 관련된 정보를 끌어낼 수 없을 것 같았다.

"체포되었을 때 기억나지 않는다고 했을 거예요. 하지만 결국 합의했어요. 무슨 이유가 있었나요?"

선배의 질문에 마카베 씨는 시선을 바닥으로 떨어뜨렸다.

"물론 누명이라고 호소했어. 내가 안 했으면 변호사도 싸우자고 했지만⋯⋯. 불리한 증거가 있다는 말이 두려웠어."

괴로운 듯 눈썹을 찌푸렸다. 무죄를 끝까지 주장하지 못하고 불기소처분을 받기 위해, 하지도 않은 죄를 인정해 버린 것을 수치스럽게 생각하는 것 같았다.

"오인 체포되었지만, 증거가 있어서 재판까지 가면 유죄판결을 받을 수 있다고⋯⋯. 피해 신고를 취하해 주면 재판까지 가지도 않고, 전과도 안 남는다, 기소되기 전에 합의해야 한다고 부모님도 설득하셔서 그러기로 했어. 나는 구류 중이라 변호사가 피해자 측과 합의했어."

현재는 법률이 개정되었지만 사건 당시 강간죄는 친고죄였다. 피해자가 고소하지 않으면 기소할 수 없다. 아무리 증거가 있어도, 실제로 죄를 저질렀어도.

무고를 받아들이고 합의에 응하면 죄를 추궁받지 않고 끝낼 수 있다. 그러나 죄를 인정하지 않고 계속 싸우면 유죄판결을 받을 수도 있다. 마카베 씨는 그 불합리한 상황에서 갈등했을 것이다. 변호인도 고민했을 것이다.

진실을 계속 주장하기보다 실익을 위해 합의한 사실을 잘못이라고는 할 수 없다. 몇 년 뒤에 이런 사태를 맞이하리라고 당시 마카베 씨나 변호인이 예측할 수 없었을 것이다.

그러나 한번 인정해 버린 이상, 협박 편지를 보낸 사람에게 이쪽 사정을 이해받기는 어려울 것이다.

당시 경찰 수사에도 잡히지 않은 범인이다. 사 년이나 지난 사건이라면 증거도 다 사라졌을 테니 이제 와서 우연히 진범을 찾아내 진상을 밝힌다는 것도 비현실적이다.

증거도 없는데 마카베 씨가 무고하다고 그만 괴롭히라고 말해 봐야 협박범은 믿지 않을 것이다.

게다가 우선 편지를 누가 보냈는지 밝혀내지 않으면 설득조차 할 수도 없다.

"변호인은 피해자와 직접 협상했다고 하셨죠? 사정을 말하면 도와줄까요?"

내가 말하자 마카베 씨는 "글쎄." 하고 중얼거렸다. 선배가 대신 대답했다.

"그건 힘들 거야. 피해자 정보를 마카베 씨에게 감춘 것도 합의 조건이었을 테니까."

"아……, 그렇네요."

마카베 씨의 당시 변호인은 피해자의 이름도, 연락처도 알고 있을 것이다. 그러나 협박 편지를 보낸 사람이 당시 피해자라는 증거도 없이, 변호사가 강간 사건의 피의자에게 피해자의 개인 정보를 알려 줄 리가 없다. 설령 증거가 있다고 해도 어렵겠지.

게다가 변호인이 진심으로 마카베 씨가 무고하다고 믿었는지도 알 수 없다. 마카베 씨가 중얼거린 건 그걸 직감했기 때문이겠지.

"변호인 연락처는 아세요?"

"이름은 나카무라 변호사…… 어, 그러니까 나카무라 야스타카 선생님, 이었나. 이름밖에 생각이 안 나지만 연락처도 알 수 있을 거야."

"그럼 이름만이라도 괜찮아요. 마카베 씨는 연락하지 마세요."

나카무라 야스타카 변호사, 라고 선배가 메모한다.

정식으로 협조를 구해도 가능성이 낮은데, 선배는 마카베 씨의 전 변호인에게 어떻게 접근하려나.

"합의해서 석방된 뒤에 약속대로 이사했죠? 어디로 이사 갔는지 피해자에게 알려 줬나요?"

"글쎄……, 그렇진 않았을 것 같은데. 변호인에게 언제 이사하는지는 말했어. K현의 이사 간 주소까지 변호인에게 말했는지는 기억 안 나. 하지만 그 후에 다시 이사해서 여기로 옮긴 건 변호인에게 말 안 했어."

마카베 씨는 최근 이곳에 살게 되었다고 했다. S초에서 K현으로 옮긴 걸 포함하여 두 번째 이사다. 협박 편지를 보낸 범인은 그의 주소가 두 번이나 바뀐 걸 파악하고 새 주소로 협박장을 보냈다.

"당시 알고 지내던 사람에게 지금 어디 사는지 말했나요? 동창회 간사나……, 회원 주소 변경이라든가."

"신용카드 회사 정도야."

"부모님도요?"

"어머니한테만. 아버지와 말 안 한 지 몇 년 됐어. 내가 지금 어디에 사는지도 모르실 거야."

아버지도 그의 무죄를 믿지 않았다.

S초에 살 때 마카베 씨의 아버지를 뵌 적이 있다. 성실하고 엄격해 보였지만 훌륭한 아들을 자랑하시던 그의 얼굴이 떠올라 가슴이 저렸다.

아버지조차 만나지 않는다는 건 마카베 씨와 S초 시절의 연결 고리는 어머니를 제외하고 다 끊겼다고 해도 좋을 듯했다.

편지를 보낸 사람이 어떻게 마카베 씨가 지금 사는 주소를 알아냈는지는 모르지만, 꼭 마카베 씨의 가족이나 친구가 아니어도 탐정이라도 고용하면 어떻게든 알아낼 수 있다.

아무튼 범인은 S초에 살던 때부터 감시를 지속했으니 대단한 집념의 소유자다. 그저 제재를 가하려고 전혀 상관없는 사람을 괴롭힌다고는 보기 힘들다.

역시 편지를 보낸 사람은 과거 강간 사건의 피해자, 혹은 그 관계자일 가능성이 크다.

어떤 사정이건 협박은 범죄이지만 상대가 강간 사건의 피해자라면 접촉할 때 세심히 주의해야 한다. 정체를 밝힐 때부터 신중해야 한다.

기타미 선배는 마카베 씨에게 두 사람의 전 교제 상대와 대학 시절에 친했던 친구의 연락처를 받아 적었다.

"최근에 협박장이 우편으로 왔으니 이미 늦었을지도 모르지만, 협박장을 보낸 사람은 몇 번 직접 집으로 온 것 같습니다. 현장을 덮치면 증거를 확보할 수 있습니다. 그렇다고 잠복해서 감시할 수는 없으니 CCTV를 설치하겠습니다. 내일 장비를 가져와서 우편함이 찍히는 위치에 설치하겠습니다."

"알았어. 내일은 일이 있어서 나는 없어……."

"제가 알아서 설치하고 돌아가겠습니다. 기본적으로는 방치해 둬도 문제없습니다. 녹화는 사십팔 시간 후에 삭제되도록 설정하겠습니다. 새 편지가 오면 알려 주세요. 그 시간대 녹화가 지워지지 않도록 하겠습니다."

"알았어."

"언뜻 봐서는 눈에 띄지 않게 할 테니 이노우에 씨가 눈치채면 방범용이라고 적당히 얼버무려 주세요."

어느새 꽤 시간이 많이 지났다.

"오늘은 이 정도로 하겠습니다."

선배가 노트 패드와 펜을 치우자 마카베 씨는 조금 멍한 표정이었다.

"뭔가 알게 되면 저희 쪽에서도 연락드리겠습니다. 실례했습니다."

선배와 둘이 자리에서 일어났다.

현관으로 가던 도중이었다.

"혼자 사는 집에 유선전화가 다 있네요?"

방 입구에 놓인 흰 전화기에 시선을 멈추고 선배가 말했다.

"아아, 그거." 하고 마카베 씨는 쑥스럽다는 듯 뺨을 긁적거렸다.

"결혼하기로 결정하고 가나미와 함께 샀어. 앞으로 함께 가정을 꾸려 나가자는 마음을 담아서……, 뭐 그런 거지. 산 지 얼마 안 돼서 오는 전화는 거의 없어."

두 사람이 전화번호 하나를 공유하며, 한 가정을 꾸려 나가겠다는 의지를 표명한 것 같다.

두 사람의 평온한 결혼 생활을 위해서도 어떻게든 빨리 해결하고 싶다.

마카베 씨가 문을 열고 밖까지 배웅해 줬다.

"카메라는 저기 자전거 근처 벽에 설치해서 자전거로 가리면
좋겠어요. 자전거 세울 때 렌즈를 가리지 않게 조심하세요."

"어, 그래."

"아, 맞다."

걷기 시작하자 선배가 문득 소리를 내며 현관에 있는 마카베
씨를 돌아봤다.

문을 닫으려던 그가 손을 멈추고 그녀를 본다.

"아까 이야기 말인데요, 카메라는 영상 전송 방식으로 제 컴퓨
터나 스마트폰으로도 연동해서 언제라도 확인할 수 있어요. 사
생활을 지키고 싶으면 현관 앞에서 끈적하게 붙어 있지 마세요."

마카베 씨가 씩 웃었다.

"조심하지."

5

기타미 선배와 함께 마카베 씨의 집에서 이야기를 들은 그 다음 날, 다시 협박 편지가 도착했다고 마카베 씨에게 연락이 왔다. 선배가 마카베 씨 집의 우편함 앞에 CCTV를 설치하는 모습을 감탄하며 지켜보던 바로 그때였다.

K현에 사는 마카베 씨의 전 여자 친구, 사와이 레나와 연락이 닿아 그날 오후에 바로 만나러 가기로 했다. 레나의 직장에서 휴식 시간에 이야기를 듣기 위해 오전에 카메라를 설치한 뒤 K현으로 넘어갈 예정이었다.

마카베 씨 집에 도착하자 선배는 당연하다는 듯 우선 우편함을 열고 안에 아무것도 없는 걸 확인했다. 그러고 나서 담에 세운 자전거를 옮기고 벽에 카메라를 설치하기 시작했다. 익숙한 솜씨였다. 마카베 씨는 출근했고 이노우에 씨도 오늘은 일이 있어서 갑자기 찾아오지는 않을 거라고 미리 확인했다.

"마지막 편지는 우편으로 와서 어떻게 할까 고민했어. 범인이 CCTV나 감시 때문에 완전히 우편 배송으로 바꿨으면 카메라를 설치해 봐야 소용없잖아. 하지만 지금까지는 한 통을 제외하고 전부 직접 우편함에 넣었으니 다시 찾아올 수도 있겠다 싶어서……. 마카베 씨를 관찰한다고 해야 할까. 범인은 계속 감시하고 있는 것 같아서, 상황을 보러 온 김에 협박 편지도 놓고 갈 것 같아."

"그러게요. 하지만 소형으로 괜찮을까요? 전선이 연결된 거 아니죠? 배터리나……."

"화질은 별로지만 이 거리라면 충분해. 누가 카메라 앞을 지나가면 적외선 센서로 감지해서 촬영하는 방식이라 전원도 오래 가고. 계속 촬영해도 여덟 시간은 버텨."

마카베 씨 집의 우편함은 외벽에 붙은 박스형이었다. 누가 편지를 넣을 때나 주인이 우편함을 볼 때도 같은 위치에 서게 된다. 그렇다고 정면에서 찍으면 카메라를 확인할 수 있으니 우편함 앞에 선 사람의 상반신을 옆에서 촬영하는 각도로 카메라를 설치했다.

렌즈를 가리지 않도록 주의하며 카메라 앞에 자전거를 잘 세워 뒀다.

"영상을 전송하는 카메라가 다 있군요. 얼마나 떨어져 있어
도 되는 거예요?"

"응, 한 번 인터넷에 올린 걸 내 스마트폰으로 보기만 하는 거
라서 카메라와의 거리는 상관없어. ……제대로 찍히고 있을까."

카메라가 정상 작동하는지 확인하려고 선배가 스마트폰을 꺼냈
다. 앱을 열자 카메라가 마카베 씨 집 현관 앞을 비추고 있었다.

"응, 제대로 찍히네."

선배가 고개를 끄덕이자마자 스마트폰 액정이 착신 화면으로
바뀌었다. 마카베 겐이치라는 이름이 떴다.

선배가 엄지로 화면을 탭하고 스마트폰을 귀에 댔다.

"네, 기타미입니다."

표정이 달라졌다. 무슨 일인가 싶어 선배를 봤지만 나를 보
지 않았다.

선배는 통화하면서 주위를 둘러보고 담 밖으로 나갔다가 다
시 바로 돌아왔다. 수상한 사람이 없는지 확인한 듯했다.

"그럼 어젯밤이나 오늘 이른 아침에 왔겠네요. 편지는 지금
어디에 있어요? ……네, 부탁드립니다."

내용까지는 못 들었지만 마카베 씨의 목소리가 새어 나왔다.
흥분하지는 않았으나 아무래도 새 협박 편지가 온 듯했다.

기타미 선배는 한동안 마카베 씨의 말을 듣다가 이윽고 표정

변화 없이 "괜찮으세요?" 하고 물었다.

그가 뭐라고 대답했는지 모르겠다.

"혹시 알게 돼도 억울한 누명이라고 설명하면 이해해 주지 않을까요?"

그녀의 말에서 마카베 씨가 체포 이력에 대해 뭔가 말했다는 걸 알 수 있었다.

이쪽을 향한 선배와 눈이 마주쳤다.

"그 편지는 제가 맡아 둘게요. 그때까지는 이노우에 씨에게 들키지 않도록 보관해 주세요. 오늘은 K현에 갈 계획인데 뭔가 알게 되면 다시 보고드릴게요."

나를 보면서 그렇게 말하고 선배는 통화를 끊었다. 그러고는 스마트폰을 든 손을 내리고 간결하게 말했다.

"마카베 씨야. 오늘 아침 우편함에 새 편지가 와 있었대."

카메라 설치가 한발 늦은 듯했다. 이렇게 되지 않도록 마카베 씨와 대화를 나눈 다음 날 바로 카메라를 갖고 왔지만 늦어 버렸다.

"오늘 아침에 출근할 때 보고 그냥 놔두기 뭐해서 일단 직장으로 가져갔대. 사진을 보내 달라고 부탁했어. 아, 왔다."

그녀의 손안에서 스마트폰이 울렸다.

선배는 메일에 첨부된 사진을 보여 주었다.

봉투 겉면과 봉투를 뜯은 편지 사진 두 장이 나란히 있었다.

봉투 쪽에는 받는 사람 이름도 우표도 없고 편지에는 한 줄만 인쇄되어 있다.

'네가 범죄자라는 걸 알면서 결혼하고 싶은 여자가 있을 리가 없다.'

지난번 편지에 비해 말투가 강해졌다.

전에 내가 마카베 씨의 침실에서 본 편지에 가깝다.

이래라저래라 쓰여 있지도 않아서 협박조차도 아니었다.

"범죄자라니…… 갑자기 공격적이네요."

게다가 아주 조금 구체화되었다. 지금까지는 협박의 원인이 되는 사실에 대해서는 직접 언급하지 않았으나 이번에는 분명하게 마카베 씨의 체포 이력을 암시하는 내용이었다.

선배는 최근 편지가 전보다 정중한 말투였던 이유는 위법성을 따지지 못하게 하려는 의도일지도 모른다고 했다. 그러나 다시 거친 문장으로 돌아갔다. 이렇게 되자 의도적으로 문체를 바꾼 게 아니라 그냥 정서가 불안하다는 의견이 힘을 얻었다.

또한 메일에 첨부된 사진 봉투에는 우표가 붙어 있지 않았다. 이번에는 우체국을 통한 게 아니라 직접 집에 찾아왔다는 의미다.

"어젯밤에 이노우에 씨가 와서 우편함을 안 봤다니까 어쩌면 밤사이에 넣었을지도 몰라."

마카베 씨와 이노우에 씨 둘이 있을 때 집 밖에는 범인이 있었을지도 모른다.

기타미 선배의 말에 그 모습이 상상돼 뒤늦게 긴장했다. 마카베 씨는 더 놀랐을 것이다.

"마카베 씨는 괜찮아 보여요?"

"응, 의외로 침착했어. 하루만 늦게 왔으면 범인을 찍었을 거라고 아쉬워했고."

카메라를 설치하거나, 범인을 잡아내려고 움직이자 마카베 씨도 마음을 바꿨는지 모르겠다. 범인이 언젠가 질릴 거라고 숨죽이고 기다리던 때와는 다르게 지금은 협박 편지도 범인을 찾기 위한 중요 단서다. 생각만 바꿔도 스트레스는 많이 줄어든다.

"그래요? 그렇게 생각한다니 잘됐네요."

역시 선배에게 의뢰하길 잘했다고 안심하는 마음이 들던 순간이었다.

"그래도…… 편지에 쓰인 말이 맞을지도 모른다고 고민했다더라. 혹시 이노우에 씨가 알면 그럴 거라고."

선배의 표정이 조금 흐려졌다. '마카베 씨의 체포 이력을 알고도 결혼하고 싶어 하는 여자는 없다.' 그럴지도 모른다고 생각했다. 그건 마카베 씨가 실제로 그렇게 연인과 친구를 잃었기 때문이다.

원죄 사건과 협박 편지가 그에게서 너무 많은 것을 앗아 갔다.

오늘 만나러 가는 여성도 마카베 씨에게서 떨어져 나간 한 사람이다.

"만약에 알려져도 누명이었으니 제대로 말해 주면 이해하지 않겠느냐고 했어."

"마카베 씨는 뭐래요?"

"그럼 다행이다. ……하지만 역시 두렵대."

'나한테는 가나미밖에 없어.' 그는 그렇게 말했다고 했다.

나는 주먹을 불끈 쥐었다.

학창 시절, 항상 친구들 사이에 있던 마카베 씨를 기억한다. 그런 그가 억울한 누명으로 모든 것을 잃고 몇 년이 지나 이제 겨우 단 한 사람, 놓치고 싶지 않은 여성과 만나 행복을 꿈꾼다. 그러나 협박 편지를 보낸 사람은 이조차 용납하지 않았다.

이노우에 씨에게 직접 폭로하는 게 아니라, 마카베 씨에게 협박 편지를 보내는 건 이렇게 그를 불안하게 만들어 정신을 피폐하게 만들기 위해서인가, 너무 치졸하다.

협박 편지를 보낸 사람이 사 년 전 사건의 피해자라면 그만큼 깊은 원한이 있다는 의미일 수도 있다. 피해자는 마카베 씨가 범인인 줄 아니까, 그건 당연하지만 그렇다 해도.

이 분노를 어떻게 해야 할지 모르겠다.

"범인 말이 맞을지도 몰라. 그래도 그렇게 되기 전에 마카베 씨가 피하는 것이 아니라 범인을 찾아내서 협박을 중단하게 만들겠다고 다짐하는 동안은 괜찮아. 나도 그걸 도울 거고."

선배가 다시 한번 카메라가 작동하는지 확인하며 말했다.

"만약에 사실이 알려져도 거기서 끝이 아니야. 제대로 설명하고 이해를 구해야지. 이노우에 가나미 씨밖에 없다고 할 만큼 좋아한다면."

냉정하지만 다독이는 말에 기분이 나아졌다.

탐정은 조사와 보고만 해. 딱 잘라 말하던 것에 비해 마카베 씨를 걱정한다. 아니다, 이 자리에 마카베 씨가 없으니 오히려 나를 위로하는 걸까.

기타미 선배라면 사 년 전 사건의 진범을 밝혀내 피해자의 오해를 풀어 줄 것 같다고 기대하다가 쓴웃음을 지으며 고개를 저었다. 그건 너무 지나치다.

"그러네요. 나도 가능한 한 도울게요."

그 말을 하고 나는 카메라 기자재를 넣어 온 텅 빈 백을 받아들었다.

마카베 씨는 몇 년이나 혼자 견뎠을 테지만 지금은 나와 기타미 선배가 사정을 알고 있다.

협박에 꺾이지 않고 맞서면 우리도 할 수 있는 일이 있다. 그가 휘청일 때 최소한 손을 잡아 줄 수 있다.

＊＊＊

마카베 씨가 사귀었던 사와이 레나는 K현의 큰길에 있는 의류 브랜드 직영점에서 일했다.

약속 장소는 매장 맞은편 커피숍이다.

사와이는 시간에 딱 맞춰서 나타났다. 기타미 선배는 사와이의 얼굴을 모를 텐데 그녀가 커피숍에 들어오자마자 벌떡 일어나서 깜짝 놀랐다. 사와이가 일하는 브랜드의 원피스를 입고 있어서 알아봤다고 한다. 사와이의 화장이나 헤어스타일이 옷과 잘 어울려서 마치 그 브랜드의 카탈로그를 찢고 나온 듯했다.

"사와이 레나 씨세요?"

선배가 말을 걸자 그녀는 "네." 하고 보브 컷을 찰랑이며 머리를 숙였다.

"갑자기 연락드렸는데 감사합니다. 시간을 뺏어서 죄송해요."

"아니에요, 마카베에게 메일을 받았으니까…… 놀라긴 했지만요."

이렇게 선뜻 만나 주는 걸 보니 마카베 씨와 나쁘게 헤어지지는 않았을 것이다. 협박 편지 때문에 헤어졌다고 해서, 엮이기 싫다고 거절하지 않을까 걱정했지만 기우였던 것 같다.

"괜찮으시면 음료 주문할게요. 뭐 드실래요?"

"음, 그럼 캐러멜 라테요……. 감사합니다."

다행히 주문대는 비어 있었다.

주문을 마치고 음료를 받아 카운터로 이동했다. 주문한 라테가 나오기를 기다리며 테이블 쪽을 보았다. 기타미 선배 맞은편에 앉은 사와이가 끄덕이면서 뭐라고 말하는 모습이 보였다.

머그잔에 담긴 라테를 들고 자리로 돌아왔다. 가까이 다가가자 선배의 목소리가 들렸다.

한 차례 자기소개와 인사를 마치고 본론으로 들어간 듯하다.

"……하는 거예요. 전에 마카베 씨와 사귈 때도 사와이 씨에게 같은 편지가 왔다고 들어서 이렇게 말씀을 들으러 왔어요."

"드세요."

내가 머그잔을 테이블에 내려놓자 그녀는 살짝 고개를 숙였다.

나도 선배 옆자리에 앉았다.

"아직도 괴롭혀요? 벌써 일 년이나 지났는데……. 전혀 몰랐어요. 헤어지고 이번에 메일을 받기 전에는 한 번도 연락 없었거든요."

사와이는 컵을 당겨서 오른손으로 손잡이를 잡고, 왼손을 컵에 댔다.

"마카베랑은 아르바이트하는 데서 만났어요. 지금 가게 말고 다른 곳이요, 같은 계열 매장이라 남성 의류도 팔아요. 아, 저지금은 정직원인데, 그때는 아르바이트생이라 마카베가 저보다 먼저 들어온 선배였어요."

거기까지 말하고 컵을 들어 캐러멜 시럽으로 모양을 그린 흰 거품을 핥으며 한 모금 마셨다.

연한 핑크색으로 칠한 손톱으로 컵 테두리를 만지작거렸다. '컵에 묻은 립스틱을 닦았구나.' 테두리에 흐려진 핑크색 자국을 보고 깨달았다. 익숙해 보이는 행동이다.

"멋있는데 사람들과 잘 어울리지 않더라고요. 거리감이나 벽이 있어서 그게 신경 쓰였죠. 성격도 좋고 말도 잘하는데 미팅 얘기가 나오면 썩 내켜 하지 않았고요."

정확한 단어를 고르듯 시선이 흔들리며 "의욕이 없다고 해야 할까요." 하고 덧붙였다. 그녀는 그 표현이 불만족스러운 모습이었지만 무슨 말을 하려는 건지 이해했다.

마카베 씨가 S초에서 K현으로 이사 간 이유나 시기를 생각하면 무리도 아니었다.

이해한다는 듯 내가 끄덕이자 사와이는 안심했는지 말을 이어 나갔다.

"멋있는 사람이라도 너무 밀고 들어오면 싫은데, 마카베는 그런 게 없어서 그게 좋아서 내가 먼저 다가갔어요."

술 마시러 가자고 몇 번 제안하고 휴식 시간에 말을 걸고, 거리를 좁혀서 사귀게 되었다고 한다. 그 대목을 설명할 때 아련한 표정이었다. 그러나 부끄러운 듯 선배나 나와 눈을 마주치지 못하고 말하면서 몇 번이고 컵에 입을 댔다.

"마카베는 친절했고 사귀면서는 아주 좋았어요……. 그런데 얼마 지나지 않아 이상한 일이 생기는 거예요. 장난 전화가 오고, 기분 탓일 수도 있는데 누가 지켜보는 것 같았어요."

드디어 본론이다.

선배가 말이 없어서 내가 맞장구를 치며 재촉했다.

"마카베 씨한테 말했어요?"

"네. 뭔가 꺼림칙해서 의논했어요. 그러고 나서는 데이트하고 늦은 시간이 아니어도 집에 데려다주고 마카베도 신경 써 줬거든요. 그래도 나아지는 게 없고……. 장난 전화는 경찰한테 신고해 봤자고, 참 싫다 싶었지만 어쩔 수가 없더라고요. 그러다 결국 헤어지라는 편지를 받았죠."

"마카베 씨와 교제를 그만두라는 편지였나요?"

"그렇게 생각했어요. 음, 마카베와 사귀면 불행해진다, 그런 말도 있었나……. 정확하게 기억나지는 않는데 흰 종이에 딱 한 줄이요. 보내는 사람도 받는 사람도 이름이 없는 편지였어요. 지금 마카베에게 오는 편지도 그래요?"

"흰 종이에 출력했고, 문장은 비슷해요." 하고 선배가 대답하자 사와이는 '역시 그렇네.'라는 듯 고개를 끄덕였다.

"처음에는 스토커인 줄 알았어요. 하지만 중간부터 뭔가 이상하더라고요. 역시 대상은 내가 아니라 마카베였네요."

그녀는 편지의 정확한 문장은 잊어버렸지만 내용이 마카베와 헤어지라는 경고였고, 무지 봉투에 들어 있는 흰 종이에 단 한 줄만 적혀 있었다고 했다. 편지봉투와 종이가 별 특징이 없어 단순히 비슷할 가능성도 없지는 않다. 그러나 아마 마카베 씨에게 편지를 보낸 사람은 같을 것이다.

"그런 편지가 몇 통 오고, 장난 전화도 계속되어서 점점 짜증이 났어요. 마카베한테 화풀이를 한 적도 있어요. 마카베는 경찰에 가자거나 그런 말은 안 하고 오히려 일을 키워서 상대방을 자극하지 않는 게 좋겠다고……. 저는 힘들어 죽겠는데 똑바로 생각 좀 하라고, 그런 불만도 있었어요."

마카베 씨에게는 경찰에 신고하고 싶지 않은 이유가 있었다. 그러나 그 사실을 모르는 여자 친구는 그가 진지하게 생각해 주지 않는다고 서운해할 수 있었다.

"그래도 마카베 말대로 상대를 자극하지 않으려고 장난 전화가 오면 끊고 반응하지 않으려고 편지도 버렸어요. 그러다 상대도 질릴 거라고, 마카베가 그러길래 그렇게 되면 좋겠다 생각하면서."

사와이는 턱을 당기고 컵을 두 손으로 들어 라테를 홀짝였다.

"그런데 이번에는 다른 내용의 편지가 와서……. 마카베 겐이치는 범죄자라고 쓰여 있었어요. 아무 근거도 없는 헐뜯기라고 생각했는데요, 그걸 마카베에게 보여 줬더니 얼굴이 창백해지더라고요. 말도 안 되는 비난에 어이없어하면서 화를 내든가 이런 건 신경 쓰지 말라고 코웃음 칠 줄 알았는데 놀랐죠."

사와이는 라테에 시선을 떨어뜨리고 말을 이었다.

"마카베의 전 여자 친구가 내가 아니라 마카베를 스토킹하는 건가, 그때 생각했어요. 마카베는 짐작이 가는 데가 있어 보였거든요."

추측이 옳다, 틀리다, 내가 뭐라고 해야 좋을지 망설이자 선배가 "그게 누군지 아직 몰라요." 하고 운을 뗀 후 말했다.

"마카베 씨를 범죄자라고 오해하고 괴롭히는 사람이 있어요. 저희는 그 사람을 찾아내서 그만두게 하려고 이렇게 많은 분들 말씀을 듣고 있어요. 그래서 사와이 씨를 만나 뵙자고 했어요."

"그랬군요."

"너무해."라고 말하며 사와이는 눈썹을 찌푸렸다.

"내가 편지를 보여 주면서 뭐냐고 물으니까 마카베는 아무 말도 안 했어요. 핑계도 안 댔어요. 마카베한테 따진 게 아니라 그냥 짚이는 데가 없느냐고, 그걸 물어본 건데."

그때 일이 떠올랐는지 그녀의 얼굴이 일그러졌다.

"그랬더니 걔가 체념하더라고요. 힘들게 해서 미안하다, 헤어지자……. 제대로 설명했으면 저는 말을 들었을 텐데."

억울하다는 듯 말하며 고개를 떨궜다. 컬이 진 옆머리가 뺨에 닿았지만 그녀는 머리카락을 넘기려고도 하지 않았다.

"왜 그러느냐고, 왜 그런 말을 하느냐고 해도, 마카베는 미안하다고만 그러고……. 나도 편지나 장난 전화 때문에 스트레스가 쌓여서 이제 모르겠다고 말해 버렸죠. 그대로 헤어졌어요. 마카베는 아르바이트를 그만뒀고 연락도 끊겼고요."

끼익, 그녀가 컵을 든 손에 힘이 들어갔다. 잘 손질된 손톱이 머그잔에 닿는 소리였다.

"그렇게 쉽게 끝나서 충격이었어요. 제대로 얘기도 듣지 않고 헤어져서 후회했거든요. 이번에 연락이 와서 좀 좋았다고 해야 할까요, 한숨 돌렸네요."

그래서 갑작스러운 연락에도 사정을 설명해 줬구나.

교제 기간은 짧았을지도 모르지만 그녀가 마카베 씨를 진짜 좋아했다는 마음이 전해졌다. 미련이 남아 마음에 담아 둔 작별도.

"그때 제대로 설명해 줬으면 그런 편지 따위는 무시하고 마카베와 같이 견뎌 냈을 텐데. 왜 금방 포기해 버렸을까, 그게 참 아쉬웠어요. 마카베는 나를 그렇게 좋아하지는 않았나 싶기도 해서요. 슬프지만요."

"그런 건."

나는 말을 꺼내다가 입을 다물었다.

마카베 씨와 그녀 사이의 일은 아무것도 모른다. 게다가 마카베 씨가 그녀와의 관계를 포기한 것은…… 아마 사실일 것이다. 떠나보내는 일에 익숙해져서 괴롭힘에 지쳐 버린 그는 그녀가 떠나기 전에 자신이 먼저 손을 놓았다.

사와이에게 어떻게 설명하면 좋을지 모르겠다. 굳이 그걸 설명해야 할지도.

"마카베 씨는 얼굴도 모르는 사람에게 오해로 원한을 산 것 같은데…… 지금도 괴롭힘을 당하고 있어요. 아마 사와이 씨가 힘들지 않으면 좋겠다고 생각했을 거예요."

결국 그렇게밖에 말하지 못했다. 사실이지만 전부는 아니다.

선배가 슬쩍 이쪽을 본 듯했지만 아무 말도 하지 않았다.

"……그럴지도 모르겠네요."

사와이가 컵을 바라보다가 고개를 들었다.

그리고 서글프게 살짝 웃고는 "친절하시네요."라고 말했다.

* * *

사와이 레나와 만나고 이틀 후에는 마카베 씨가 대학생 때 사귄 다카무라 마호와 만나기로 했다고 기타미 선배에게 연락을 받았다.

다카무라 마호는 지금 S현에 있는 대학 병원에서 연수의로 일하고 있다고 한다.

선배가 어떻게 설득했는지 몰라도 토요일 오전에 외출하기 전 딱 삼십 분 시간을 내 주기로 했다고 한다. 선배와 가장 가까운 역에서 만나서 약속 장소로 갔다. 선배는 다른 조사 때문에 아침부터 S현에 있었다는 것 같다. 효율적으로 움직일 수 있어서 만족스러워 보였다.

"연수의면 바쁘지 않나요? 약속을 잘 잡으셨네요."

"나도 그런 줄 알았는데 연수받는 과에 따라 다른가 봐. 지금 다카무라 씨가 안과에서 연수를 받는데, 밤에 호출이 없어서 오후 6시에는 퇴근할 수 있고 주말에도 쉰대."

"전화번호가 바뀌지 않았고 모르는 번호로 온 전화도 받아 줘서 다행이었어."

스마트폰의 지도 앱을 확인하며 선배가 말했다.

"통화를 못 하면 T대 부속병원에서 환자로 진료라도 받아야 하나 싶었거든."

하긴 환자로 진료받으면 만나기야 하겠지만 별로 좋은 인상은 줄 수 없다. 그래도 원만하게 전화로 약속을 잡아서 다행이었다.

약속 장소는 사무용 빌딩 1층 라운지였다. 의자와 테이블이 여러 개 놓여 있고 자유롭게 사용할 수 있었다. 사무용 빌딩이라고 해도 위층에는 레스토랑도 있어서 토요일에도 그럭저럭 사람이 있었다. 외부와 접한 벽 전체가 유리로 되어 있어서 나무의 초록빛이 보인다. 마침 신록이 아름다운 계절이다. 입구에 가까운 창가 자리를 골라 밖을 바라보며 다카무라 마호를 기다렸다.

마카베 씨의 오래된 스마트폰에 당시 대학 친구들의 사진이 있었고 졸업 앨범에도 있어서 그녀의 얼굴은 알고 있었다. 이목구비가 또렷하고 이마를 드러낸 헤어스타일이 지적인 인상을 주는 미인이었다. 사와이 레나나 사진으로 본 이노우에 씨와도 타입이 다른 여성이었다.

기타미 선배도 같은 생각을 했는지 "취향에 일관성이 없네." 라고 말했다. 외모에서는 알 수 없는 공통점이 그녀들에게 있을까, 아니면 마카베 씨의 취향이 달라졌는지 그건 알 수 없다. 그러나 지금까지 그의 경험을 생각하면 여성 취향은커녕 인생관마저 송두리째 달라져도 이상하지 않았다.

약속 시간에 딱 맞춰 다카무라 마호가 나타났다. 사진에서는 생머리였는데 지금은 웨이브 파마머리였다. 하이힐을 신었고 흰 셔츠에 바지를 입은 심플한 복장임에도 한눈에 이목을 끌만큼 화려했다.

"쉬는 날에 죄송합니다."

선배 말에 맞춰 나도 머리를 숙였다.

다카무라는 선배를 가만히 보더니 "당신, 겐이치의 현재 여자 친구야?" 입을 열자마자 그렇게 말했다.

"아니요, 저는 탐정이에요."

"정말?"

선배가 명함을 꺼내 건네줬다.

다카무라는 그걸 받아 들고 거기에 쓰인 직책과 선배를 비교하며 보더니 "그렇구나."라고 말했다.

"겐이치 취향이라서. 이상한 거 물어봐서 미안해."

"아닙니다."

선배는 신경 쓰지 않는다는 식으로 대답하고 그녀에게 의자를 권했다.

다카무라는 지갑과 스마트폰 정도밖에 들어 있지 않을 듯한 얇은 클러치 백을 무릎 위에 올려놓고 앉았다.

민폐라고 하지는 않았지만 말하는 게 내키지 않는 기색이다. 당연하다. 그래도 이렇게 와 준 것만으로도 감사하다.

"전화로도 말씀드렸지만 마카베 씨가 협박받는 일에 대해 조사 중입니다. 몇 가지 여쭤봐도 될까요?"

"시간도 별로 없고, 겐이치와는 안 만난 지 몇 년 됐어."

"짧게 끝내겠습니다. 당시 일을 아는 선에서 상관없습니다. 마카베 씨를 원망하는 사람 중에 짐작 가는 분은 없습니까?"

"그야……."

그녀가 말을 흐렸다. 또렷한 눈썹이 난처하다는 듯 아래로 처졌다.

"사 년 전 사건이라면 들었습니다."

선배가 말하자 '아아 그래?'라는 느낌으로 숨을 내쉬고, 머리카락을 쓸어 올린다. 마치 모델 같았다.

"그 피해자 말고? 짐작 가는 데가 없네……. 아니 사건의 임팩트가 너무 강해서 달리 생각이 나지 않아. 원래 미움을 받는 타입이 아니었던 건 확실한데."

"여자관계는 어땠나요?"

"아아, 인기 있었으니까 그런 의미에서는 반대일 수도 있겠네. 누구와도 금방 친해져서 싹싹하고 기대하게 해서 착각한 애가 있었을지도. 종종 여자들이 먼저 말을 걸었고……. 오픈 캠퍼스에 왔던 여고생이 연락처를 물어볼 정도였으니까."

그건 내가 기억하던 대학 시절의 마카베 씨 이미지와 일치했다.

그는 누구에게나 사랑받고 항상 사람들 속에 있었다.

"여사친도 잔뜩 있어서 미팅에도 항상 끌려다녔어. 하지만 사귀면서 바람은 피우지 않았고 소문만큼 노는 사람도 아니었어."

"어떻게 사귀게 되었나요?"

"처음에는 입학하고 바로 오리엔테이션에서 같이 있어서였나. 세미나도 같고 마음이 맞는 몇 명이 그룹으로 스터디도 하고 놀기도 하면서 그때부터였던 것 같아."

"교제 중에 사건이 일어났군요."

다카무라가 미간을 찌푸리며 끄덕였다.

사귀던 연인이 성범죄를 저질러 체포되었으니 큰 충격을 받았을 것이다.

"사건에 대해 얼마나 들으셨어요?"

"얼마고 뭐고 전혀. 다들……, 동기들이 다 아는 정도. 술을 마시고 집에 오는 길에 여자애를 강간해서 체포되었다고. 자기 집에 있다가 전날 밤에 같이 술을 마신 친구들 눈앞에서 경찰에 체포되었다는 것도."

"그 이야기, 누구한테 들었나요?"

"그때 현장에 있던 동기 중 한 명인데…… 오쿠보였나. 겐이치와 자주 어울리던 사람한테 들었던 것 같아. 소문이 순식간에 퍼져서 이 정도는 다 알았을걸?"

"그 말을 듣고 어떻게 생각하셨나요?"

"어떻게냐니…… 말도 안 된다고. 처음에는 충격을 받아서 믿을 수 없었어. 하지만 죄를 인정하고 합의했다고 나중에 듣고 역시 진짜였구나 했지……. 그걸 알게 된 다음에는 뭐야 그게, 하는 느낌. 화가 났어. 아니 용서할 수 없잖아. 여성으로서, 겐이치의 여자 친구로서도. 바람도 아니고 강간이라니, 여자 친구 체면을 완전히 구겨 버리는 짓이잖아."

범죄 행위를 경멸하는 마음과는 별개로 애인에게 배신당해 체면을 망쳤다는 분노도 있었던 듯하다.

"나까지 경찰서에 불려 가서 꼬치꼬치 질문받았어. 나도 피해자인데 정말 민폐였어."

"아주 사적인 부분까지 물었을 거예요. 성생활 같은 거요."

"그래. 물어보더라. 남자친구에게 맞은 적이 있느냐? 섹스에 이상 취향을 느낀 적이 있느냐? 한 달에 몇 번 했느냐……. 아주 불쾌했어. 겐이치는 뭐 그런 건 보통이었고, 맞거나 억지로 당한 적도 없다고 대답해도 진짜 사실입니까? 말 못 할 일이라도 여기에서는 말해도 됩니다, 하면서 어찌나 집요하던지."

당시 일이 떠올랐는지 다시 짜증스럽게 머리카락을 쓸어 올렸다. 그녀의 버릇 같다.

선배는 '네네.' 맞장구를 치며 무심하게 '특이한 성적 취향 없음, 폭력성 없음'이라고 노트 패드 구석에 휘갈겨 썼다.

"마카베 씨가 술에 취해서 그런 사건을 저지를 만한 사람으로 보였나요?"

"전혀. 하지만 좀 푸시에 약하다고 할까, 분위기에 쉽게 휩쓸리는 애라 술자리에서 여자아이가 먼저 다가와서 마음이 동했으려나, 뭐 그러다 나중에 싸운 걸까, 처음에는 그렇게 생각했는데 무슨 공원에서 지나가던 여자아이를 덮쳤다고 해서……."

그가 체포된 현장에 있던 친구들은 경찰이 체포 영장을 읽는 소리를 들었을 것이다. 그래서 범행 현장이나 범행 상황에 대해 알고 있어도 이상하지 않다.

그러나 그 사실이 동기들에게 퍼졌다는 것은 그 자리에 있던 누군가가 유출했다는 말이다.

충격적인 사건이라 별수 없을지도 모르지만 마카베 씨는 친구들에게 배신당했다고 느꼈을 것이다.

선배는 담담히 메모하면서 질문을 계속했다.

"마카베 씨는 당시 술을 자주 마셨나요? 취해서 실수한 적이 있다든가."

"술은 특별히 세지도 약하지도 않았어. 스무 살 즈음이기도 했고. 그렇게 필름이 끊길 정도로 마시는 건 본 적이 없었고……. 사건이 있던 날은 꽤 취했던 것 같다고 나중에 들었어."

"사건이 있던 날 같이 마신 사람요?"

"맞아. 체포당할 때 있던 사람들과 같은 사람들이야."

"이름과 연락처 아세요?"

다카무라는 스마트폰을 꺼내 SNS 앱을 켰다. '나카노 세미나 팀'이라고 쓰인 그룹의 멤버 이름을 보여 준다.

이리에 유, 이시마루 겐고, 오쿠보 쇼헤이.

선배가 재빨리 메모했다.

"연락처는 좀, 본인이 허락하면……."

"네, 물론이에요. 감사합니다."

"아, 맞다. ……이거 아주 오래전 건데."

다카무라는 사진 폴더를 열어 사진 한 장을 보여 줬다.

학창 시절의 마카베 씨와 친구들 같다. 마카베 씨는 한가운데에 있고 그 옆에 다카무라가 있다. 그녀는 긴 생머리였고 마카베 씨도 지금보다 머리색이 밝았다. 선술집인가 어딘가에서 찍은 사진 같다. 다카무라가 초콜릿 소스로 'HAPPY BIRTHDAY'라고 쓴 디저트 접시를 들고 카메라를 향해 있었다. 다들 웃는 얼굴이다.

그녀의 생일에 모여 찍은 사진일 것이다.

"다섯이 찍은 거, 이거 한 장뿐이야. 여기가 이리에 유, 이시마루 겐고. 이 끝이 오쿠보 쇼헤이. 보내 줄까?"

"감사합니다. 그럼 여기로 보내 주세요."

대학생 시절의 마카베 씨가 웃고 있는 얼굴을 오랜만에 봤다. 마침 나에게 과외를 해 주던 시절의 모습이다. 그늘 없는 해맑은 미소는 지금의 그에게서는 볼 수 없는 표정이었다.

사진을 고를 때 마카베 씨와 다카무라, 둘이 찍은 사진이 보였다.

내 시선을 눈치챈 것도 아닐 테지만 그녀는 "어쩌다, 지우지 않아서 다행이네."라고 빠르게 말하고 사진을 선배의 스마트폰으로 보냈다.

"겐이치를 원망할지도 모르는 사람 말이야, 나보다 남자애들이 알지도 몰라. 나한테 비밀로 하고 다른 여자와 놀다가 싸웠다든가, 혹시 그런 일이 있어도 나한테는 말 안 했을 테니까."

"그러네요. 이쪽 세 분께 여쭤보겠습니다."

"나는 지금 안과라 매일 정시에 퇴근하지만 이 세 명은 바빠서 바로 못 만날 수도 있어. 오쿠보는 지금 내과 의국에 있으니까 8시에서 9시쯤까지는 퇴근 못 할 거야. 주말도 출근하니까 병원에 가야 만날 수 있겠네. 이리에와 이시마루는 아마 외과였나."

"점심시간에 찾아가 보겠습니다. 저희가 만나고 싶어 한다고 전해 주실 수 있나요?"

"괜찮긴 한데."라며 다카무라는 말을 흐렸다.

"전해 주기만 할 거야. 만나 줄지는 본인들에게 달렸으니까."

"네, 그야 물론이죠."

"감사합니다."

나도 선배 옆에서 머리를 숙였다. 다카무라는 어딘가 마음이 불편해 보였다.

"다카무라 씨가 이렇게 만나 주신 것도 의외였어요."

마카베 씨와 헤어진 일은 그녀 입장에서 보면 배신일 텐데 굳이 시간을 내서 만나 주고, 질문에 대답해 준 데다가, 다음 상대까지 가르쳐 주리라고는 생각하지 못했다. 내 말에 그녀는 눈을 반쯤 뜨고 슬쩍 옆눈으로 선배를 보며 말했다.

"갑자기 직장에 찾아오는 것보다는 제대로 일정을 잡는 게 좋겠다 싶어서……. 아무래도 이런 내용이니까. 어차피 거절해도 만나러 올 거였지?"

그 말에 선배를 바라봤다.

선배는 "시간 내 주셔서 감사합니다." 하고 싱글거리고 있다.

"뭐 됐어."

다카무라는 한숨을 내쉬며 말을 이었다.

"나도 겐이치가 어떻게 지내는지 좀 신경 쓰였고. 사건 후에 아무 말도 없이 사라졌으니까."

"사건에 대해 마카베 씨가 설명 안 했나요?"

오해였다고, 자신은 하지 않았다고, 연인에게는 말할 법했다. 하지만 그녀는 고개를 저었다.

"체포되었다고 들은 뒤, 바로 내가 메일을 보냈는데 답장은 없었어……. 체포되었으니까 당연하지. 그때는 제정신이 아니라서. 그 후 석방되었다고 들었는데 나도 역시 충격이었고 바로 연락할 수 없었어……. 어느새 소문이 퍼져서 대학에도 알려졌고 겐이치도 난처했겠지만 그쪽에서 연락도 없고. 내가 묻기에는 왠지 무서웠어."

다카무라 씨는 무릎 위에서 클러치 백을 비틀며 바닥으로 시선을 떨어뜨린 후 말했다.

"시간이 좀 지난 다음에 메일을 보냈는데 역시 답장은 없더라. 사태가 가라앉으면 연락이 올지도 몰라서 기다렸는데 그게 끝이었어. 마카베는 어느새 대학도 그만두고 집에서 나가 전화번호도 메일 주소도 바뀌었어. 어디로 갔는지, 그런 거 아무것도 말하지 않고 나한테 변명도 없이 사라졌어."

변명도 없었다고 말했다. 즉 그녀는 억울한 누명이었다고는 생각하지 않았다는 것이다. 본인에게서 아무 말도 듣지 않았다니 당연했다.

원죄라고 알려 주면 그녀는 어떻게 생각할까. 예전 연인에게까지 오해받은 상황을 마카베 씨는 어떻게 생각했을까?

말해 버리고 싶다는 충동에 휩싸였지만 증거도 없는데 믿어 줄지 확신이 없었다. 오히려 비겁하다고 반감을 살지도 몰랐다. 무엇보다 상대에게 정보를 끌어내기 위해 이쪽 정보를 얼마나 공개할지는 기타미 선배의 몫이다.

선배가 아무것도 말하지 않는데 멋대로 떠벌릴 수는 없었다.

"사건에 대해 들었을 때는 뭐하는 거냐고 생각했고 화도 냈지만 제대로 설명해 줬으면 했어. 겐이치는 나에게서 달아났다고. 책망당할 거라고 생각했을지도 모르지만 그래도 그렇다고 해도 제대로 마주 봐야 하잖아? 우리, 사귀는 사이였으니까."

뉘앙스는 다르지만 사와이와 같은 말을 하고 있다. 마카베 씨는 사실을 말해도 그녀들이 자신을 믿어 주리라고는 생각하지 못했을 것이다. 그녀들을 믿지 않았다. 온 대학에 소문이 퍼지자 친구들에게 배신당했다고 여기고 아무도 믿지 못하게 됐을지도 모른다. 타인에게 기대하지 않고 자신이 먼저 떠나서 자신을 지킨 것이다. 그건 아마도 도망이었을지도 모른다.

"그러네요."

기타미 선배가 대답했다. 별로 친밀한 호응은 아니었으나,

다카무라는 말투가 달라진 것을 자각한 듯 입을 다물고 시선이 흔들렸다. 동의를 얻어서 오히려 침착해진 듯했다.

"벌써 사 년이나 지났어. 아직도 그 사건으로 괴롭힌대?"

"사건이 원인인지는 아직 몰라요."

선배가 신중하게 대답한다.

그러나 다카무라는 달리 뭐가 있겠느냐고 말하고 싶어 하는 듯했다. 마카베 씨는 미움을 살 사람은 아니었다고 하니까, 그를 원망하는 사람은 그의 유일한 오점인 사 년 전 사건의 피해자 이외에는 생각할 수 없는 것이다.

"사건 후에는 대학에도 꽤 소문이 자자했고 집에 돌 같은 걸 던지거나 뭔가 여러 가지 일이 있었던 것 같아……. 지금도 계속 괴롭힘을 당하다니 아무리 그래도 너무 불쌍하네. 그래서 협조하는 거지만. 만약에 지금 괴롭히는 사람이 피해자라면 그건 어쩔 수 없다고 생각해. 뭐라고 탓할 수 없을 거야. 내가 같은 입장이라면 절대 용서 못 할 테니까."

그녀도 분명 배신당했다고 생각하고 있었다.

모든 사람에게 사랑받던 연인이 어느 날 갑자기 성범죄를 저질러 체포된 것도, 자신에게 아무 말도 없이 모습을 감춰 버린 점도, 용서하기 힘든 일일 것이다.

마카베 씨가 제대로 말을 했다면 어땠을까. 그녀는 그를 믿었을까.

이제 와서는 확인할 방법도 없다. 그리고 지금 말해도 의미가 없을 것이다.

기타미 선배는 다카무라의 말에 부정도 긍정도 하지 않았다.

"오늘 감사했습니다."

그렇게 이날 청취를 마무리했다.

* * *

"오쿠보 쇼헤이 씨인가요?"

T대 부속병원 복도에서 선배가 흰 가운을 걸친 남성을 불러세운다.

다카무라에게 그는 낮에는 진료실에 있을 것이라고 들어서 그쪽으로 향하던 참이었다. 슬쩍 옆모습이 보인 것뿐이었는데 역시 눈매가 날카롭다.

남자는 돌아서서 조금 놀란 표정이었다.

"바쁘신데 죄송합니다. 기타미라고 합니다."

"기세입니다."

"아아, ……다카무라 씨한테 들었어. 마카베에 대해 물어볼게 있다고."

"여성인 줄 몰랐네."라며 선배를 보고 작게 덧붙였다.

"저기 앉을 만한 데가 있어, 갈까? 별로 시간은 많이 못 내."

"네. 감사합니다."

사진에서는 오른쪽 끝에 찍힌 그는 당시보다 다소 나이가 든 모습이었다. 원래 마른 타입이었나, 지금은 더 뺨이 홀쭉해져서 광대뼈가 두드러졌다. 마카베 씨와는 동기라고 들었는데 더 나이 들어 보였다.

"마카베와는 오랫동안 연락을 안 해서 도움이 될 것 같지는 않아."

"말씀을 들려주시기만 해도 됩니다. 오쿠보 씨는 마카베 씨와 동창생이셨죠?"

"나이는 꽤 위야. 마카베는 현역이고, 나는 몇 수 했으니까."

대기실처럼 소파가 있는 공간에 도착했다.

마주 앉는 자리가 없어서 오쿠보, 선배, 나 순으로 나란히 앉았다.

몸을 오쿠보 쪽으로 틀고 노트 패드를 꺼내는 선배를 오쿠보는 신기하다는 듯 보고 있었다.

"마카베 씨와는 친하게 지내셨다고 들었습니다."

"아아, 뭐 그렇지……. 이 년 정도 같은 세미나 팀이라. 몇 명이 마음이 잘 맞아서 그룹처럼 같이 여행도 갔고."

"마카베 씨는 어떤 사람이었나요?"

"어떤…… 글쎄, 그런 사건을 저지를 것처럼 보이지는 않았어. 좋은 사람이라고 생각했지. 내가 나이가 많아서 신경도 써 준 것 같아. 그렇다고 너무 거리 두지도 않았고, 같이 어울리는 그룹에서 나이가 많다고 비아냥거리는 녀석도 있었지만 마카베는 그러지 않았어. 인기 있었어."

다카무라와 동일한 평가다.

다카무라는 남자들끼리 여자 앞에서 숨긴 말도 하지 않았겠느냐고 추측했지만 여자 문제가 있었다는 말은 나오지 않았다.

"사건과는 별개로 마카베 씨를 원망할 만한 사람이 있을까요?"

"허물없는 사이가 아니라 잘 모르지만……. 글쎄, 뭐든 척척하고 사람들이 좋아해서 시기하는 사람이 있었을지도 모르지."

"오쿠보 씨는 어땠나요?"

선배의 직설적인 질문에 나는 깜짝 놀랐다.

의외로 오쿠보는 쓴웃음만 짓고 화를 내지는 않았다. 선배의 질문은 직설적이지만 그만큼 악의가 없다고 받아들였을 수도 있다.

"현역으로 대학에 붙었지, 의사 아들이지, 잘생겼지, 그야 솔직히 부럽긴 했어. 하지만 나와 너무 달라서 시기해 봤자 허무할뿐이라. 그냥 사이좋게 지냈어. 개인으로서 좋은 사람이었고. ……그런 사건을 저지른 녀석을 좋은 사람이라고 하는 것도 이상하지만."

"여자 문제가 있다는 말도 못 들으셨나요?"

"아니, 전혀. 인기는 있었어."

이것도 다카무라와 대답이 같다.

"진짜 아무것도 짚이는 데가 없어. 감싸는 거 아냐. 적어도 내가 알고 있는 한 마카베를 원망하는 사람은 없었어."

그렇게 말한 뒤 시선을 떨어뜨리고 오쿠보는 약간 표정을 흐렸다.

"하지만 내가 몰랐을 뿐일지도 모르지. 그렇게까지 깊이 있는 모임은 아니었어. 나뿐만 아니라 누구와도 깊은 친분은 없었을지도 몰라. 그 사건이 좋은 예야. 다들 놀랐어. 그런 사건을 저지를 녀석이 아니라고 생각했지만 우리는 마카베에 대해 아무것도 몰랐다고. 그 녀석이 체포될 때 그걸 깨달았어."

"충격이었나요?"

"그야 뭐, ……실망했다고 할까."

강간은 중대 범죄지만 지인이 피해자가 아니라 그런지 사건 그 자체에 대해서는 별생각이 없는 듯했다. 가까운 사람이 성범죄로 체포되어 충격이었겠지만 다카무라와 달리 특별히 마카베 씨를 좋아했던 게 아니라서, 슬퍼하거나 분노하지 않았다.

오쿠보에게 마카베 씨는 질투해 봐야 허무할 만큼 축복받은 사람이었다. 마카베라면 어쩔 수 없다고 그렇게 생각하고 어떤 의미에서는 경쟁조차 포기한 상대가 비열한 범죄를 저질러서 실망했다는 것은, 본인은 그렇게까지 깊이 생각하고 말한 게 아니었겠지만, 매정하게 보여도 그저 솔직한 반응일 것이다.

그 한마디에 마카베 씨에 대한 오쿠보의 입장을 알 수 있을 것 같았다.

그리고 그도 역시 마카베 씨가 원죄였을지도 모른다고는 생각하지 않은 듯했다.

"마카베 씨가 체포당할 때 그 자리에 있었죠? 그는 어떤 모습이었나요?"

"늦게 잠들고 난 다음 날 아침이라, 경찰이 들어왔을 때는 비몽사몽이었고……. 그렇게 자세하게는 기억 안 나. 하지만 놀란 것 같았어. 부모님과 우리들에게 뭐가 잘못됐다고 말했던 것 같아. 하지만 그 녀석은 끌려갔고 피해자와 합의해서 나왔다고 들었어. 그 후로 만난 적 없어."

사 년 가까이 연락이 끊겼다면 그와 마카베 씨와의 사이에 이해관계는 없다고 봐도 좋을 것 같다. 몇 년이나 원망할 만큼 어떤 일이 그들 사이에 있었다고는 생각하기 어렵다. 오쿠보에게 거짓말을 할 이유는 없다.

"사건에 대해 경찰에게 질문을 받았나요?"

"조금. 당일에도 같이 술을 마셨으니까……. 네 명뿐이었지만. 나는 마카베보다 먼저 취해 버려서 마카베가 언제 돌아갔는지도 기억하지 못했어."

'삐삣.' 어딘가에서 작은 소리가 났다. 흰 가운에 가려져 보이지 않았지만 오쿠보의 호출기인 듯하다. 오쿠보는 목에 스트랩으로 건 스마트폰을 확인하고 일어섰다.

"아, 호출이야. 이제 됐어?"

"네, 감사합니다."

십 분 정도 대화를 나눴지만 귀중한 점심시간을 빼앗아 버렸다.

"점심시간에 죄송해요." 하고 사과하자 웃으며 "됐어."라며 고개를 저었다.

흰 가운의 주머니 사이로 칼로리 보조 식품 포장지가 들여다 보였다.

* * *

이리에와 이시마루에게도 여유가 있으면 이야기를 듣고 싶다고 부탁했지만 두 사람을 만날 수는 없었다.

점심에 짬이 나면 원내 식당에 있다고 들어서 혹시나 싶어 들여다봤지만 다카무라에게 받은 사진 속 얼굴은 찾을 수 없었다.

"그렇게 다 잘 풀리겠어? 다시 와야지."

내과나 외과 연수의에게 휴식 시간은 없는 것과 마찬가지라고 하니 타이밍이 맞지 않아도 어쩔 수 없다. 오늘은 오쿠보에게 이야기를 들은 것만으로도 다행이라고 여기기로 했다.

"이 근처에 유명한 라멘집이 있어. 점심도 지났고 이 시간이라면 비었을지도 몰라. 모처럼인데 먹고 갈래?"

기타미 선배가 그렇게 말하기에 역으로 돌아가서 유명하다는 라멘 가게에 들어갔다.

점심때가 조금 지나서인지 줄을 서지는 않았지만 그래도 반 이상은 자리가 차 있었다.

카운터 자리에 나란히 앉아 간판 메뉴인 차슈멘을 주문했다.

"오늘은 한꺼번에 이야기를 할 수 있으면 좋았겠지만 좀 아쉽네요."

"응, 다음 주 화요일이라면 아마 괜찮을 거라고 하니까 화요일에 다시 와야지. 너는 어떻게 할래?"

"화요일이면 저도 갈 수 있어요."

다카무라를 통해 이리에가 연락처를 알려 줬기에 선배는 그들의 스케줄을 대강 파악하고 있는 듯하다. 점심시간에 원내 식당에서 밥을 먹을 때라도 괜찮다면 이야기를 해 주겠다고 하니 남은 건 타이밍뿐이다.

선배는 카운터 위에 겹쳐진 잔을 꺼내 나에게 물을 따라 주었다.

"학교는 괜찮아?"

"감사합니다. 필수과목은 오전 수업이 많아서 괜찮아요. 선배야말로 이렇게 자주 S현에 와서 괜찮아요? 다른 일에 영향이 있어서야……."

"괜찮아. 오는 김에 S현에 관련된 물건이나 사람 조사를 몰아서 하거든. 여러 곳에서 수수료를 받으니까. 당일치기할 수 있는 거리지만 직접 가기엔 좀 시간이 많이 걸린다고 생각하는 변호사나, 동료 탐정에게 일을 받기 때문에 하청 같은 느낌이지. 아, 교통비도 건 수로 나눠서 계산할 수 있고 나중에 비용을 많이 청구하지는 않을 거니까 괜찮아."

똑 부러진다고 해야 하나, 뭔가 합리적이다.

이렇게나 현 외부에서 조사가 많으면 비용이나 시간 때문에 기타미 선배의 부담이 너무 커지는 게 아닌가 걱정했지만 괜찮은 듯했다.

"오래 기다리셨습니다."

힘찬 목소리와 차슈를 넘치게 쌓아 올린 그릇이 카운터에 놓였다.

선배는 깔끔하게 젓가락을 쪼개 기분 좋게 먹기 시작했다.

그릇에 얼굴을 가까이하고 뺨에 닿는 머리카락을 귀에 걸었다. 가는 손가락을 두근거리며 보다가 시선을 피했다.

얇은 귓불에 아주 작은 피어싱이 반짝거렸다.

"너는 라멘 같은 거 안 먹을 것 같아. 먹어 본 적 있어?"

"있어요. 대학 친구하고요."

"기름진 음식은 안 먹을 것 같은데. 제대로 육수를 낸 된장국 같은 게 어울려."

"왜 그렇게 생각하시는 거예요……. 저 패스트푸드도 먹어요."

아무래도 선배는 나에 대해 편향된 인상을 갖고 있는 듯하다. 보자기를 애용하고 있어서일까.

"일식을 좋아하긴 해요."라고 내가 덧붙이자 선배는 미안하다며 웃었다.

라멘은 푸짐해 보이지만 생각보다 국물이 담백해서 맛이 있었다.

"그러고 보니 예전에 마카베 씨가 사 주신 적도 있어요. 그때까지 가게에서 라멘을 먹은 적이 없어서 신선했어요."

중학생 때 처음 먹은 전문점 라멘이 어떤 맛이었더라. 국물은 해산물 계열이었나 돼지 등뼈였나, 면은 두꺼웠나 가늘었나, 더는 생각나지 않았다. 하지만 확실히 아주 맛있었다.

"맛있지?"라며 득의양양하게 웃던 마카베 씨를 떠올렸다.

중학생인 나에게는 어른처럼 보였지만 그는 당시 나와 똑같은 나이였다.

마카베 씨가 체포되기 일이 년 전이다.

오늘 다카무라와 오쿠보가 기억하는 마카베 씨도 내가 아는 과거의 그와 다르지 않은 듯했다.

마카베 씨는 누군가에게 원망을 살 타입이 아니었다고 말했지만……. 그래도 그들은 사건이 원죄가 아니었는지 고려조차 하지 않았다.

선배는 슬쩍 이쪽을 보고 바로 다시 시선을 라멘으로 돌리고 말했다.

"식어."

* * *

다른 날에 다시 찾아간 대학 병원의 원내 식당은 병원 관계자나 문병객으로 정신없었다.

이리에와 이시마루는 식당 입구 근처 자리에 있었다.

이리에는 곱슬머리에 안경을 썼다. 이시마루는 사 년 전과 비교하면 머리색이 어두워진 듯했지만, 그 외에는 사진에서 본 모습과 거의 달라지지 않아서 금세 알아볼 수 있었다.

일반 손님도 이용할 수 있는 식당이라 다행이었다. 기타미 선배가 먼저 다가가 말을 걸자 이리에가 숟가락을 내려놓고 일어났다.

"아, 탐정이세요? 마카베 일이죠?"

"네, 식사 중에 죄송합니다. 기타미라고 합니다. 드시면서라도 상관없으니 잠깐만 말씀을 들려주세요."

이시마루 쪽은 그대로 앉아서 수상쩍어하며 이쪽을 보고 있다.

삼 분의 일 정도 남은 카레 접시가 아직 테이블 위에 있었다.

"다카무라에게 들었는데 마카베가 뭔가 괴롭힘을 당한다던데. 그런 짓을 했으니까 자업자득이야."

카베 씨를 위해 협조한 건 아니다, 자신은 그의 편이 아니라는 의사 표현인 듯했다.

이시마루는 다카무라와 비교하면 마카베 씨에 대한 경멸이나 혐오감이 강한 듯하다. 그걸 감추려고도 하지 않았다. 사건의 성격을 생각하면 그와 같은 반응이 상식적일지도 모르겠다. 그래도 이렇게 대답해 주는 것만으로도 충분히 친절하다.

"이리에 씨도 짚이는 데가 없으세요?"

선배는 이시마루의 무뚝뚝한 대응을 걱정스럽게 보고 있던 이리에 쪽으로 시선을 향하고 그에게 물었다.

이시마루를 바라보던 이리에는 안심한 것처럼 선배와 시선을 맞췄다. 그는 벌써 식사를 마쳤다.

"응, 생각해 봤는데 짚이는 데는 없어. 마카베와는 고등학생 때 학원에서 처음 만났으니까 의외로 오래됐지. 처음부터 느낌이 좋은 녀석이었어. 고생을 모른다고 할까, 뭐든 다 잘하고 뭐든 다 가진 녀석이었으니까 그런 의미에서는 시기를 받았을지도 모르지만…… 능력이 없거나 가진 게 없는 사람에게 자신이 어떻게 비치는지 이해하지 못했을 테니 안 맞는 부분은 있었을 거야. 하지만 근본적으로 성격은 밝고 잘 자랐으니까 원망을 사는 데까지는 안 갔을 거야."

이시마루의 몫만큼 자신이 협조하려는 듯 성실히 대답해 주었다.

"사건이 일어난 날도 밤 늦게까지 같이 있었다고 들었는데요, 경찰에게 조사받지 않았나요?"

"아아, 당일 마카베와 헤어질 때까지 무슨 일이 있었느냐……, 평소 사람 됨됨이가 어땠느냐, 그런 건 물었는데 한 번뿐이었어. 밤 11시쯤에 헤어졌다든가, 그날은 적당히 취했지만 다리가 풀릴 정도는 아니었다든가……, 뭘 몇 잔 마셨는지도 물어봐서 대충 얼마나 마셨는지 말해 줬어. 사람 됨됨이에 대해서는 지금 말한 것 정도밖에 말하지 않았어. 정말 그런 사건을 일으킬 만한 전조랄까, 그런 건 하나도 없었으니까."

"나에게도 당일에 좀 이상해 보이지 않았느냐고 묻길래 그렇지 않았다고 대답한 정도려나. 평소대로 마시고 평소대로 돌아갔다고."

카레를 다 먹은 이시마루가 숟가락을 내려놓고 끼어들었다.

"체포될 때는 두 분 다 마카베 씨 집에 계셨나요?"

이시마루가 끄덕인 후 선배는 이리에 쪽으로 시선을 돌리고 확인한다.

둘 다 고개를 끄덕였다.

"아침 6시였나 7시였나, 꽤 이른 시간에 아직 다들 자고 있을 때 경찰이 왔어. 마카베의 집에 찾아온 손님인 줄 알고 우리는 신경 쓰지 않았는데, 같이 자던 마카베 방으로 경찰이 들어왔어……. 체포 영장을 읽기 시작해서 완전히 잠이 깨 버렸지."

"마카베 씨는 어때 보였나요?"

"우리와 똑같았지. 무슨 일인지 어리둥절한 표정이었어."

"나는 그렇게 자세히 기억나지는 않아. 하지만 방에서 끌려 나가면서 모른다고 했나, 무슨 일인지 모르겠다, 그런 말을 한 것 같아."

"범행을 부인했다는 건가요?"

"뭐…… 부인이라고 해야 하나……. 보통 그렇게 말하잖아. 부모 앞에서는 순간적으로."

'부인'이라는 단어가 주는 딱딱한 느낌에 조금 기가 죽은 듯 이시마루의 말문이 막혔다.

마카베 씨가 체포될 때 한 말에 특별히 의미가 있다고 생각 하지 않은 듯했다.

선배가 "그러네요." 하고 가볍게 넘기자 그는 안심한 표정이었다.

"석방된 뒤에 마카베 씨에게 연락은 왔나요?"

"내가 메일을 몇 통 보냈지만 답장은 오지 않았어."

"나는 전혀. 체포된 뒤에 만난 적 없어. ……만나고 싶지도 않았고."

이시마루는 내뱉듯이 말했다.

"우리에게는 좋은 친구였지만 그렇다고 변함없이 대하는 건 어렵지. 강간과 아동 학대는 범죄 중에서도 제일 질 나쁜 놈들이나 하는 짓이야. 그런 놈과 친구였다는 것만으로도 화가 났고 학교 이름에도 구정물을 끼얹은 것 같았고, 솔직히 잘난 낯짝도 보고 싶지 않았어."

가시가 있는 단어를 굳이 고른 듯하다. 마카베 씨는 나쁜 사람이라고 자신들은 속았다고, 배신당한 피해자라고, 못 박는 듯했다. 마치 우정을 버린 것을 정당화하려는 것처럼……. 그렇게 생각했을 때 선배가 물었다.

"마카베 씨가 체포된 것이나 경찰에서 들은 사건 상황에 대해 누군가에게 말하셨나요?"

이시마루는 시선이 흔들렸다.

"……퍼트리지는 않았지만 친한 친구에게는 말했을지도 몰라……. 강간 혐의라고만 들어서 뭔가 귀찮은 여자를 데리고 놀았느냐고 하는 애들도 있었는데 공원에서 덮쳤다니까 그건 아니지 않느냐, 그런…… 그 정도 말은 했어."

나쁜 사람은 마카베 씨라고 말하면서도 친구였던 그에게 불리한 사실을 퍼트려서 죄책감이 없는 건 아닌 듯했다. 이시마루는 선배나 나와 눈을 맞추지 못하고 거북해하며 대답했다.

하지만 내가 말하기도 전에 "다들 꽤 아는 것 같던데."라며 덧붙였다.

선배는 이시마루를 몰아세우지도, 그렇다고 두둔하지도 않고 담담히 메모하면서 질문을 계속한다.

"억울한 누명이다, 라는 말을 들은 적은 없습니까? 본인이나 누가 주장하지 않던가요?"

"없어……. 체포될 때 말한 것 정도뿐이야. 왜냐하면 합의했잖아?"

바로 지금까지 원죄일지도 모른다고는 꿈도 꾸지 않은 듯했다. 이시마루의 반응에서 그걸 알 수 있었다.

합의했다는 말은 죄를 인정했다는 뜻이니까, 그가 그렇게 믿어 버린 것도 무리는 아니다.

그러나 선배는 메모하던 손을 멈추고 고개를 들어 이시마루의 눈을 바라봤다.

"합의했다는 말은 누구한테 들으셨어요?"

아차, 싶었다.

지금까지 신경도 쓰지 않았지만 그건 중요한 질문이었다.

합의했다는 사실을 알 수 있는 사람은 당사자와 변호사, 경찰, 검찰을 포함한 관계자뿐이다. 체포되었을 때처럼 목격자가 있는 게 아니다.

그들이 마카베 씨가 체포된 뒤에 연락하지 않았다는 말이 사실이라면, 마카베 씨도 그렇게 말했으니 사실이겠지만, 본인에게 직접 들을 기회가 없었다는 말이다.

마카베 씨가 죄를 인정했다는 사실이 어떻게 친구들 사이에 퍼졌을까. 체포당하고 석방되었다는 사실뿐이라면 우연히 알게 될 수도 있다. 그러나 석방된 이유가 혐의가 풀려서인지, 합의한 덕분인지는 관계자가 아니면 알 수 없다.

돈으로 해결했다, 사건을 덮어 버렸다는 이미지 탓에 마카베 씨의 입장이 더 난처해진 것은 틀림없었다.

누가 그 정보를 퍼트렸을까.

마음만 먹으면 조사야 할 수 있겠지만 일부러 조사해서 소문을 퍼트린 사람이 있다면, 그 사람에게는 악의가 있다.

"누구더라⋯⋯. 학교에서 들었어. 학생 중 한 명이었을 거야. 어느새 다들 알고 있어서 처음에 누가 퍼트렸는지는⋯⋯."

이리에가 고개를 갸웃거렸다. 잠시 생각해 봐도 기억이 나지 않는지 도움을 청하듯 이시마루를 봤다.

"나도 기억 안 나. ⋯⋯합의, 했지? 본인이 인정하고 사과했지?"

이시마루는 의아해하며 대답했다. 왜 그런 걸 신경 쓰는지 잘 모르겠다는 얼굴이다.

"네, 그래서 기소하지 않았다고 합니다."

"사실이라면 누구에게 듣든 상관없잖아? 개인적으로는 사과한다고 용서받을 수 있는 일이 아니라고 생각해."

이시마루는 불쾌하다는 듯 미간을 찌푸렸다.

"기소되지 않아도 죄를 저질렀다는 사실은 달라지지 않아. 그 녀석이 괴롭힘을 받는 것도 자업자득이야. 천벌이니 받아들이라고는 말하지 않겠지만⋯⋯ 솔직히 불쌍하지도 않아. 내 가족이 피해자라면 계속 쫓아다니면서 복수하고 싶을 테니까.”

내가 아무 말도 하지 않자 이리에가 “나는 그렇게까지는 생각하지 않아.” 하고 작게 중얼거렸다. 이시마루를 비난하려는 게 아니라 그냥 말이 튀어나온 것 같았다. 이리에는 아래를 보며 담담히 말을 계속했다.

“사건에 대해 들었을 때는 너무하다 싶었고, 마카베를 감싸지도 않았지만…… 애처롭다고 해야 하나, 안타까웠어. 내가 알고 지낸 마카베는 이유 없이 그런 짓을 저지를 사람이 아니었으니까. 고민이나 스트레스를 내가 눈치채고 들어줬다면 사건을 막을 수도 있었다고, 별의별 생각이 다 들었어. 친구인 줄 알았는데, 사실은 전혀 몰랐던 것 같아.”

이리에는 그렇게 말하고 입을 다물었다.

이리에는 체포 당시에 함께 있던 세 친구 중 제일 마카베 씨와 친했던 것 같다. 그러나 그 역시 원죄라고는 생각도 하지 않은 듯했다.

이리에는 마카베 씨와 친구로 지내고 싶었을 텐데, 마카베 씨도 속을 털어놨으면 친구를 잃지 않았을지도 모른다. 그런 생각이 들었다. 안타까워서 사실은 원죄였다고 그에게 밝히고 싶었다.

그러나 무죄를 증명할 방법이 없다. 이제 와서 억울한 누명이었다고 호소해 봤자 이리에가 과연 그 말을 믿을까. 그가 믿겠다고 해도 마카베 씨가 그 말을 믿을지 모르겠다. 믿는다 해도 두 사람이 다시 예전처럼 친구 사이로 돌아갈 수는 없을 것 같았다.

결국 아무것도 말하지 못한 채, 선배와 병원을 뒤로했다.

병원 앞 정류장에 역으로 가는 버스 노선이 있었다.

시간대 탓인지 정류장이 텅 비어서 우리 외에 버스를 기다리는 승객은 없었다.

버스 운행 시간을 확인하고 시계를 들여다보는 선배에게 말을 걸었다.

"원죄였다는 거, 말 안 했네요, 이번에도 그렇고 다카무라 마호 씨와 말할 때도요."

마카베 씨의 대학 친구들을 만났을 때 그게 마음에 걸렸다.

이쪽을 보지 않고 선배가 "응."이라고 대답했다.

"증거가 없잖아. 원죄였다고 믿고 싶어 하는 상대가 물으면 몰라도……. 자칫하면 합의하려고 죄를 인정해 놓고 이제 와서 안 했다고 주장하다니 반성을 안 한다, 치졸하다고 반감을 살지도 몰라. 그러지 말고 사 년 전 사건은 사건, 그건 그거. 이렇게 해 두고 이번 협박에 대해 해결하고 싶다는 방향으로 질문하는 게 좋을 것 같았어."

그건 나도 이해한다. 그랬기에 마카베 씨 친구들에게 문전박대당하지 않고 이야기를 들을 수 있었다. 전략은 성공했다고 할 수 있다.

하지만 마카베 씨가 죄가 없다고 알려 주고 싶었다. 그 사실을 알게 되면 반가워할 사람들이 사실을 모르고 지나가는 순간이 안타까웠을 뿐이다.

"다카무라 씨도, 이리에 씨도 마카베 씨를 믿었는데 배신당했다고 여기는 것 같았어요. 사실은 죄가 없다고 알게 되면 두 사람도 위로받을 테고, 마카베 씨 역시……."

"무죄라고 설명할 수 있으면 그렇겠지."

"……역시 어렵나요?"

죄 없는 사람이 누명을 쓰고 지금도 괴로워하는 것 자체가 본래 있어서는 안 될 일이다. 그건 결과적으로 비열한 진범을 놓쳤기 때문이다. 마카베 씨를 위해, 피해자를 위해 사건의 진상을 밝힐 수 있다면 전부 해결될 것이다.

버스 운행 시각을 확인하던 선배가 고개만 돌려 이쪽을 바라봤다.

"마카베 씨가 오인 체포되었다는 것은 진범이 자유롭게 활보한다는 거예요. 진범이 체포되면……."

"사 년이나 지났어. 지나가던 사람의 범행이었을 가능성이 높고 이제 와서 조사해 봤자 증거가 남아 있지는 않을 거야. 애초에 분명한 증거가 있었으면 당시 경찰이 찾아냈겠지."

그야 그렇다.

선배 말이 다 옳기에 입을 다물 수밖에 없었다.

예를 들어…… 강간 사건의 진범이 마카베 씨의 지인이거나, 혹은 마카베 씨에게 일방적으로 분노해서 일부러 사건 현장에 그의 회원 카드를 두고 왔을 수도 있다. 그러나 마카베 씨가 그 정도로 남에게 원한을 샀다는 이야기는 나오지 않았다. 그보다는 아마 전혀 상관없는 강간 사건 현장 근처에서 어쩌다 그가 잃어버린 소지품이 있었고, 범인과 마카베 씨의 체격이 비슷한 데다가, 피해자의 기억마저 애매한 불행한 우연이 겹쳤다고 생각하는 편이 자연스러웠다.

당시 경찰이 찾아내지 못한 진범을 사 년이나 지나서 찾겠다는 것은 비현실적이다.

기타미 선배는 나를 배려해서인지 잠시 머뭇거리다가 천천히 말을 계속했다.

"이제 와서 무죄라는 증명은 불가능하고 증거도 없어. 몇 년이나 연락도 하지 않았던 사람에게 사실은 원죄였다고 주장해 봐야 안 믿을 거야. 마카베 씨도 과거와 마주하기 두려울 테지. 이중으로 상처만 입을지도 모르는데 위험을 감수하면서까지 관계를 바로 잡고 싶지는 않을지도 몰라."

그녀가 말한 대로였다. 마카베 씨는 이미 오래전에 그들을 포기해 버렸다. 사건에 대해 알지 못하는 사와이 레나도 말하기 전부터 포기하고 손을 놓았다. 그는 일단 사건에 대해 알려지면 끝이다. 아무도 이해해 주지 않는다고 생각한다.

마카베 씨는 자신에게는 이노우에 씨밖에 없다고 그랬다.

다들 입을 모아 인기 있었다고 말한 대학생 마카베 씨를 나는 기억한다. 그런 그가 이제는 사건 뒤에 만나서 아무것도 모르는 약혼녀 앞에서만 숨 쉴 수 있는 것이다.

그런 상황을 그대로 내버려두는 것이 좋을 리 없다. 자신이 포기했다고 해도 납득할 수 없었다.

그러나 어쩔 수 없었다……. 사 년 전 사건을 지금 어떻게 해결할 수 없다는 건 잘 안다.

전문 조사원인 선배가 어렵다고 말하는 이상 집착해서는 안 되겠지.

게다가 나는 그녀에게 협박 편지의 범인을 찾아내 달라고 의뢰했다. 과거 강간 사건의 진범을 찾아 달라는 것은 의뢰에 포함되지 않는다. 마카베 씨의 누명을 벗기는 것도.

"그러네요. 죄송합니다."

"아니야."

숨을 내뱉고 기분을 전환하려고 노력했다.

다 끝난 사건에 대해 내가 할 수 있는 일은 없어도 적어도 지금 마카베 씨가 소중하게 생각하는 장소를 지키기 위해 할 수 있는 일을 하자.

중학생 시절 내가 동경했던 마카베 씨가 원래 있던 밝은 곳을 잃어버린 게 아무리 안타까워도.

"석방된 뒤 친구들과 만날 수 있게 되었을 때는 이미 사건도, 합의도 소문이 나 버렸어. 그런 분위기에서 내가 아니라고 말할 용기가 없었겠지. 사건 직후에 자신이 직접 설명할 수 있는 자리가 있었으면 달랐을지도 모르겠네……"

"그렇네요……."

사건에 대해 다른 사람에게 떠벌린 이시마루와 친구들이 꼭 매정했다고는 할 수 없다.

충격적인 사건은 화제가 된다. 이웃도 포함해서 사람들 앞에서 잡혀갔으니, 체포 사실이 퍼지는 것은 피할 수 없었을지도 모른다.

그러나 피해자와의 합의나 그 내용에 대해서는 변호사와 검사 등 관계자와 당사자밖에 모르는 사안이다.

"합의했다, 즉 마카베 씨가 죄를 인정했다는 정보를 누가 의도적으로 흘렸다면 마카베 씨가 유죄라는 인상을 심으려고 의도했던 것 같네요."

제삼자가 쉽게 알 수 없는 정보를 굳이 조사해서 의도적으로 흘렸다면 목적이 있어서다.

"혹시 그럼……, 마카베 씨를 원망하던 사람이 우연히 합의 소식을 들었다고 생각하기 힘드니까……. 소문을 흘린 사람은 성폭력 사건에 대해 알게 되자 마카베 씨 가족의 움직임을 지켜봤고 괴롭히려고 내부 정보를 입수했을 수……."

"피해자가 정보를 흘렸을 수도 있지."

"아, ……그렇네요."

선배의 지적에 흠칫했다. 머리에 떠오른 여러 가능성을 고려하다가 당연한 사실을 잊고 있었다. 사건 당사자인 피해자라면 합의 사실도 그 내용도 당연히 알 수 있다.

아버지에게 들었는지, 책에서 읽었는지는 잘 기억나지 않는데 일반적으로 합의에는 합의 내용을 공개하지 않는 조건이 포함된다. 그러나 합의 사실 자체는 비밀로 유지할 필요가 없어서 특별 조항을 추가했다고 볼 수는 없다. 합의했다고 떠벌리고 다녀도 피해자가 받는 패널티는 없다.

또한 마카베 씨를 원망하던 피해자는 그렇게 할 만한 동기가 있다.

"하지만 모르겠어. 피해자와 합의했다고 대학에 보고했을지도 모르고, 학교 측에 부모가 하는 말을 어딘가에서 들은 학생이 소문을 퍼트렸을지도 몰라. 대학 직원이 입을 놀렸을지도."

신중하게 가능성을 나열하면서 선배는 일단 말을 멈췄다. 생각을 정리하려는 듯 시선을 아래로 향하고 턱을 짚으며 눈이 가늘어졌다.

"원래 마카베 씨를 원망하던 누군가가 체포라는 절호의 찬스를 활용해 이때다 싶어 괴롭히기 시작했다. 그러기 위해 마카베 씨의 동향을 확인했다는 건 좀 억지스러워. 그렇게까지 마카베 씨를 원망하는 사람이 있었으면 다카무라 씨를 비롯한 친구들이 알았을 것 같고……. 잘사는 마카베 씨를 시기한 사람도 있었겠지만, 체포되어 퇴학당했다는 것만으로 충분히 끌어내렸다고 말할 수 있고……. 일부러 이사 간 곳까지 조사해서 괴롭히지도 않았을 거야. 전혀 없다고는 장담 못하겠지."

선배는 거기까지 말한 뒤 덧붙였다.

"다카무라 씨와 친구들이 뒤에서 입을 맞추지 않았다면."

나름대로 이해하다가 그 한마디에 뒤집혀져 나는 그만 선배를 노려보고 말았다. 그녀는 고개를 들고 "가능성을 말하는 것뿐이야." 하며 쓴웃음을 지었다.

"말하는 걸로 봐서는 수상한 데는 없었어. 사건이나 마카베 씨에 대해서는 각자 생각하는 바가 있겠지만……. 몇 년씩 괴롭힐 만큼 원망하는 것처럼 보이지 않았어. 아무도."

대화를 나누다 보니 버스가 도착했다. 병원에 올 때는 버스가 붐볐지만 반대 방향으로 가는 버스는 빈자리가 눈에 띄었다.

둘이 제일 뒷자리에 나란히 앉았다.

"만난 사람 중에 범인이 있을지도 모른다고 의심했어요?"

"응, 가능성이 있다고 생각한 정도지만…… 그래, 그중에서는 다카무라 씨가 제일 가능성이 크다 싶었어. 미인이고 자존

심도 높아 보였으니까. 연인으로서 수치스러웠고 자신과 사귀면서 다른 여자에게 성폭력을 가했다는 사건까지 있었으니, 그런 일로 괴롭히는 건가 했지. 실제로 지금까지도 마음에 두고 있는 것 같았고."

버스 뒷자리에는 사람이 적고 두 줄 앞에 머리가 흰 여성이 혼자 앉아 있을 뿐이다. 기타미 선배가 소리를 낮춰서 말했기 때문에 다른 승객이 수상한 대화를 들을 염려는 없어 보였다.

"새 거주지에서 새 여자 친구가 생길 때마다 협박장이라니. 질투 반, 자신을 버리고 달아난 주제에 행복해지려고 하다니 용서할 수 없다는 원망 반이라면 이해할 수 있을 것 같기도 해서."

그런 가능성도 생각하고 있었나. 무섭다.

내가 얼어붙어 있자 선배는 다시 쓴웃음을 짓고 "하지만 틀렸어."라고 말했다.

"가능성을 검토해 본 것뿐이니까 그렇게 기가 차다는 표정 하지 마. 대화를 나눠 보니 다카무라 씨에게서 그런 원망은 느끼지 못했어. 다른 세 명도. 이리에 씨를 제외하면 이 년 반 정도 알고 지낸 거니까 원래 그렇게 깊은 원한을 품을 관계는 아니었던 것 같아. 각자 마음은 복잡해도."

"그래요……?"

"그럼, 역시 제일 유력한 용의자는 사 년 전 사건의 피해자야. 이번 조사에서 그게 확실해졌어. 다른 용의자가 없는지 확인하려는 차원이었거든."

나도 같은 의견이었다. 이야기를 들을수록 사 년 전 사건의 피해자 외에 몇 년이나 괴롭힐 정도로 마카베 씨를 원망할 사람은 떠오르지 않았다.

선배는 편지를 보낸 사람이 사건 관계자가 아니라, 원래 마카베 씨를 원망했던, 사건과는 상관없는 사람일 가능성도 완전히 버리지 않았다. 그리고 그 사람은 우연히 사건을 알고 협박의 소재로 삼고 있을지도 모른다고 말했다. 아예 그게 낫다고 생각했다. 만약에 그렇다면 단순하게 비열한 범인을 증오할 수 있다.

그러나 범인이 과거 사건의 피해자라면…… 이번 협박 편지 사건에서는 피해자만 존재한다. 씁쓸한 사건이다.

"이 편지를 보낸 사람이 사 년 전 사건의 피해자라면……. 협박 중단을 부탁하려면 그 사람에게 마카베 씨는 범인이 아니라고 설득해야겠네요."

"어렵겠지."

"……그러게요."

다카무라나 이리에에게 믿어 달라고 하는 것 이상으로 어렵다. 진범이라도 찾아내지 않으면 믿어 주지 않을 것이다.

피해자 주소를 밝혀냈다고 해도 강간 사건 이야기를 하는 것 자체로 거부당할 것이다. 피해자에게 마카베 씨는 한없이 증오스러운 상대다. 협박이나 괴롭힘을 그만둬 달라고 부탁해 봤자 들어줄 것 같지 않다.

"설명해서 납득해 주면 제일 좋겠지만…… 믿어 주지 않을 경우에는 '이대로 협박을 계속하면 당신이 가해자로 고소당할 수도 있다'고 설득해야겠지. 물론 마카베 씨와 직접 만나게 할 수는 없고 대리권도 없는 탐정이 말해 봤자 나중에 고소당하면 귀찮아지니까 변호사를 개입시켜야 할 거야."

보라색 램프가 켜지고 버스가 속도를 낮췄다. 문화회관 앞에서 두 줄 앞에 앉아 있던 승객이 내렸다. 앞으로 두 정거장은 더 가야 내린다.

말이 없어진 나를 배려하듯 선배가 이쪽을 보고 "의지할 수 있는 변호사가 있어서 괜찮아." 하고 말했다.

"우선 사 년 전 피해자의 정체를 조사해 보자. 다음 편지가 우편물로 올지, 우편함에 직접 넣고 갈지는 모르지만 범인이 직접 와 주면 동영상을 찍어서 증거도 생겨."

"……네. 잘 부탁드립니다."

동영상 증거가 있으면 협박을 중단시킬 훌륭한 협상 수단으로 활용할 수도 있다.

그렇지 않아도 상처받은 강간 사건의 피해자를 더욱 아프게 하는 일은 하고 싶지 않다. 그러나 이대로 내버려둘 수도 없는 노릇이다.

무고한, 원죄의 피해자라고 할 수 있는 마카베 씨를 괴롭히고 있는 것은 피해자의 본의가 아닐 수도 있다.

한동안 둘이서 말없이 버스에서 흔들렸다.

역 앞이라고 정류장 이름을 안내하는 방송이 흘러나오자 선배가 하차 버튼을 눌렀다.

6

마카베의 안건과 병행해서 진행했던 불륜 조사가 끝나서 사무소끼리 친한 시구레 변호사 사무소로 보고서를 제출하러 갔다. 선물도 있다. S현으로 다카무라 마호를 만나러 간 김에, 연락되지 않는 상대방 주소지를 시구레 변호사로부터 받아서, 건물 외관과 명패, 우편함, 가스계량기 등을 찍은 사진을 가져왔다. 다른 현으로 출장 갈 때는 시간과 교통비를 효과적으로 사용해야 한다.

시구레 변호사는 전화 상담 중이었다. 보고서만 놓고 돌아갈까 싶었지만 금방 끝나니까 기다려 달라는 제스처를 보였다.

회색 머리의 중견 사무원이 빈 상담실로 나를 안내하고 커피를 내 주었다.

들고 다니는 토트백에서 노트 패드를 꺼내 시구레를 기다리며 내용을 훑어보고 정보를 정리했다.

이야기를 들어 보니, 사 년 전 강간 사건은 마카베의 인생에서 유일한 오점이고 마카베가 다른 일로 누군가에게 원망을 사지는 않은 듯했다. 적어도 대학을 그만두고, 살고 있던 거주지에서 쫓겨난 뒤에도 괴롭힐 만큼 깊은 원한을 샀다고는 생각할 수 없다. 역시 사 년 전 사건의 피해자가 협박 편지를 보내고 있다고 생각하는 것이 자연스럽다. 그렇다면 우선 피해자를 알아내는 것부터 시작해야 한다.

제일 확실하고 빠른 길은 검찰청 데이터를 훔치면 되겠지만 그건 마지막 수단이었다.

비용을 한없이 사용할 수 있다면 피해자 이름도, 연락처도 얼마든지 조사할 수 있지만 가능한 한 비용을 줄이기 위해서는 그만큼 직접 움직일 수밖에 없다. 게다가 법에 저촉되는 조사 방법을 쓰면 기세가 꽤 시끄러울 것이다.

"오래 기다렸지, 리카."

노크와 거의 동시에 문이 열리고 겉옷을 벗은 시구레가 들어온다. 셔츠는 조금 주름이 졌다. 여전히 바쁜 듯했다.

"시구레 선생님, 수고하십니다. 이거 마쓰오 사건의 보고서예요."

"고마워…… 일처리가 여전히 빈틈없고 깔끔하네."

"스미노 씨가 말이죠. 제가 작성하는 것보다 훨씬 정성껏 써요. 그리고 이거요."

아크릴 표지를 철한 보고서에 이어 대형 봉투를 건넸다.

"연락이 안 되던 사람의 거주지인데요. 두 건 다 사진 찍었어요. 둘 다 이사 가지는 않은 것 같아요. 우편물도 쌓여 있지 않았어요."

"고마워. 그럼 우편으로 송달할까? 아, S현에 있는 회사에서 조사할 게 한 건 더 있을 것 같은데 이미 늦었으려나……."

"괜찮아요. S현에는 또 갈 일이 있으니까 메일로 보내 주세요."

"또 간다고? 나야 좋지만 힘들겠네. 스토커였나, 무슨 조사였지?"

"비슷해요."

사무원이 시구레 몫의 커피를 들고 오자, 그는 내 맞은편에 앉았다.

정장을 입은 다리를 꼬고, 보고서를 넘기기 시작한다.

이대로 좀 쉬려나 보다.

"시구레 선생님, 뭐 좀 물어봐도 돼요? 조사 결과에 따라서는 도움을 청해야 할지도 모르겠거든요."

"괜찮아. 말해 봐."

시구레가 보고서에서 시선을 들었다. 그는 조사 내용을 듣는 걸 좋아한다. 현실의 탐정이 소설에서처럼 수수께끼를 해결하지는 않는다는 걸 알고 있을 테지만, 어린 시절부터 탐정소설을 좋아해서 탐정이라는 직업 자체에 로망이 있는 듯했다.

"의뢰인이 예전에 성범죄로 체포돼서 피해자와 합의했어요. 하지만 피해자 이름도 연락처도 아무것도 몰라요. 사정이 생겨서 피해자와 접촉하고 싶은데요."

"아. 성범죄에서 종종 피의자가 피해자 이름을 모르기도 해. 아니, 기본적으로는 알려 주지 않아. 성범죄에 꼭 한정된 것도 아니지만."

"어쩔 수 없는 일이겠지만 무죄를 주장하는 쪽에서 보면 상대가 누구인지도 몰라서 반론도 못하고 힘드네요. 피해자는 피의자 이름도, 연락처도 알잖아요."

"소년범죄의 경우에는 피의자 정보를 피해자에게 알려 주지 않기도 해. 최근에는 물어보면 가르쳐 주게 되어 있고."

시구레가 컵을 들었다. 내 커피는 찻잔이지만, 시구레의 컵은 자주 사용하는 머그잔이다. 이십 년도 더 된 호러 영화 포스터가 프린팅되어 있다. 시구레는 컵 테두리에 입술을 대며 조심스럽게 두세 번 후후 불고 나서 마셨다. 그는 뜨거운 음료를 잘 못 마신다.

"성범죄 같은 경우에는 특히 피해자 정보 관리에 신중을 기해. 공개 재판에서도 피해자 이름이나 주소를 읽지 않고. 기록에서 해당 부분을 검게 마스킹하는 등 배려를 하고 있어. 피해자가 법정에 서는 일은 거의 없지만, 피의자가 피의 사실을 부인해서 꼭 피해자 증언이 필요할 때는 가림막을 설치하든가…… 아무튼 피해자 개인 정보는 엄격히 관리해."

"변호인은 알잖아요?"

"물론이지. 피해자 주소나 연락처를 모르면 합의도 할 수 없으니까. 하지만."

그는 말을 이었다.

"그걸 의뢰인에게 전달할지 말지는 별개야. 피해자 이름이나 주소를 피의자가 모를 경우 그런 개인 정보를 피의자에게 가르쳐 주지 않는 것이 합의 조건에 포함되는 경우가 많거든. 피해자 이름을 마스킹하고 피의자에게 합의서에 서명해 달라고 하거나, 나머지는 대리인으로서 변호사가 서명해서 피의자에게는 합의서 자체를 보여 주지 않는 일도 있어."

"사건이 끝나고 몇 년이나 지나도 안 가르쳐 줘요?"

"변호사 신용에 관련되는 것이고 무슨 일이 있었을 때……. 예를 들어 피의자가 피해자에게 접촉했다든가 그런 경우에 책임 소재가 문제 되니까. 적어도 나는 알려 주지 않아."

현직 변호사인 그가 하는 말이라면 마카베의 변호인에게 문의해서 피해자 정보를 공개해 달라고 요청하는 것은 포기하는 게 좋을 듯하다.

이제 정공법은 사라졌다.

정보가 있는 곳은 알고 있으니 다르게 접근할 수밖에 없다.

예상은 했기 때문에 이미 손을 써 놨다. 기세가 잔소리할 것 같지만, 어쩔 수 없었다.

관공서보다 법률 사무소 보안이 느슨하다. 하물며 종결되어 사 년이나 지난 사건이었다. 변호사도 잊고 있을 것이다. 경계하지 않는 지금이라면 당시 자료에 비교적 쉽게 접근할 수 있다.

"사 년 전 사건 기록은 사무소에 남겨 두나요?"

"그야 사무소마다 다르지. 큰 사무소라면 보관할 테고 작은 개인 사무소라 보관 장소가 없다면 어딘가에 창고를 빌려서 보관하고 있을 거야. 영구 보관하는 건 아니지만 사 년 전 사건이라면 아직 처분하지 않았을 거야."

마카베의 변호인이었던 나카무라 변호사는 체포 당시 마카베가 무죄를 주장했던 것도 알고 있다. 솔직하게 사정을 말하면 피해자에게 접촉할 필요가 있다고 믿어 줄지도 모르지만, 그렇다 해도 나나 마카베에게 피해자 이름이나 주소를 가르쳐 줄 것 같지 않았다. 피해자에게 연락해 보고 양해를 구할 수 있으면…… 그런 식일 것이다. 만약 피해자가 협박 편지를 보냈다면 더욱 양해를 구할 수도 없다.

일단 사실을 말해 버리면 상대방이 경계해서 움직이기 힘들어진다. 나카무라 변호사에게 사정을 말한다는 선택지는 없었다.

그렇다면 사무소 내부 정보를 입수할 수 있는 수단은 하나밖에 없다.

"……예상한 듯한 표정이네?"

식어 버린 커피를 마시며 시구레가 흥미롭다는 듯 말했다.

"뭐 그래요." 하고 나는 거드름을 피우며 커피에 입을 댔다.

"아르바이트라도 해 볼까 해요. 마침 구인 공고를 냈더라고요. 지난주에 이력서를 보내서 바로 면접도 보고 왔어요. 느낌은 좋아요."

그것만으로 시구레는 무슨 일인지 바로 눈치챈 듯하다. 과장되게 눈썹을 끌어 올리고 컵을 들지 않은 쪽 팔을 펼쳤다.

"너무하네, 다른 변호사랑 바람이야?"

"잠깐이니까 좀 봐주세요."

나카무라 야스타카 법률 사무소는 S현에 있어서 한동안 출퇴근은 힘들겠지만, S현에 거주하는 인물이나 S현 관련 물건 조사는 병행할 수 있을 것 같다.

시구레가 커피를 마시는 나를 가만히 관찰한다.

"매번 끈질기게 말해서 미안한데. 변호사를 목표로 할 생각은 없어? 잘 어울릴 것 같은데."

이 제안을 처음 듣는 것은 아니다. 그만큼 진심이란 걸 알고 있었다. 어색해지지 않도록 배려하는 마음도 전해져서 나도 끝까지 농담처럼 가볍게 받아친다.

"변호사는 이런 식으로 못 하잖아요. 나한테는 탐정이 잘 맞아요."

"묶여 있기 싫어서?"

"뭐, 그런 거죠."

기대는 고맙지만 시구레와 똑같이 될 수는 없다. 법이라는 절대적인 정의에 매이는 것도 싫었지만 그 이상으로 정의라는 이름 아래에서 움직이는 것도 불가능하다고 생각했다.

자신이 옳다고 주저 없이 생각할 수 있는, 그러기 위해 무엇이든 해냈던 시절도 있었지만, 그때로 돌아갈 수 있다거나, 돌아가고 싶다고도 생각하지 않는다.

"내 일은 사실을 찾아내는 데에서 끝이에요. 거기에서 다음은 시구레 선생님에게 맡길게요. 남의 인생을 책임지고 싶지 않거든요."

"교활해서 미안해요." 하고 웃어 보이자 시구레는 컵을 들어 올리며 웃었다.

그리고 더는 아무 말도 하지 않았다.

문득 기세를 떠올렸다.

언젠가 아버지처럼 검사가 될 것이다. 기세는 사람의 선한 본성이나 자신의 정의를 믿어 의심치 않는 눈빛을 가졌다.

시구레의 사무실에서 나오자 마침 나카무라 법률 사무소에서 연락이 왔다.

채용하겠다는 통지였다.

＊ ＊ ＊

사 년 전 마카베의 부모님에게 의뢰받아 마카베를 변호한 나카무라 야스타카 법률 사무소는 아담한 개인 사무소였다.

나카무라 변호사는 초로의 남성으로 사무원은 그의 딸이라는, 삼십 대 중반으로 보이는 여성 한 명이었다. 추가 인원이 필요할 만큼 바빠 보이지는 않았으나, 한 명밖에 없는 사무원이 더 쉬고 싶어 해서 구인 공고를 냈다고 한다.

나는 평소보다 어른스럽고 차분한 복장에 화장을 하고 출근했다. 무슨 말을 들어도 "네, 네." 하고 순순히 대답하며 일했다. 평일에는 사법시험 학원에 다닌다고 말해 놨기 때문에 주 삼 일만 근무하기로 했다.

내 일은 전화 담당 겸 잡무였지만 전화 대응이나 일처리가 야무지다고 칭찬받았다. "서류 정리는 잘해요!"라고 먼저 얘기했더니 불과 이틀 만에 서류 정리도 맡을 수 있었다. 관리가 너무 느슨하다. 그러나 내게는 딱 좋았다.

사건 기록 파일은 집무실 입구에서 마주 보는 오른쪽 벽 한 면을 가득 채운 캐비닛 안에 있었다.

파일을 꺼내거나 보관해야 하는 작업을 지시받으면 캐비닛을 열고 아무렇지도 않게 해당 파일을 찾았다. 형사사건 파일은 오른쪽 선반에 하늘색 파일로 통일되어 있다. 파일 등에 의뢰인의 이름과 사건명이 쓰여 있었다. 그중에서 마카베의 이름을 찾았지만 보이지 않았다. 시구레 말대로 보관 장소에는 한계가 있으니 사 년이나 지난 사건 기록은 이미 처분했을지도 모른다.

"파일이 진짜 많네요. 사무소를 오픈하고 맡은 모든 사건 파일이 여기에 있나요?"

사무소 컴퓨터로 라벨 스티커를 만들면서 슬쩍 물어보았다.

변호사를 목표로 공부 중이라고 설명했기 때문에 실무를 물어봐도 수상하게 여기지 않아서 다행이었다.

"더 많아. 오래된 건 창고에 보관해 뒀어."

선배 사무원 여성이 웃으며 대답해 주었다.

"사건이 끝나도 한동안은 사무소 안에서 파일을 보관하지만. 매년 정리를 하니까 여기에 있는 건 최근 이삼 년 동안 완결된 안건이나 계속 진행 중인 안건이야."

그렇다면 마카베의 사건 기록은 창고에 있을 것이다. 파일에 의뢰인의 이름이 쓰여 있으니 보관된 곳에만 들어가면 기록은 어렵지 않게 찾을 수 있다. 문제는 대여 창고 시스템이었다.

단순히 공간만 빌려서 열쇠 하나로 관리하는 시스템이라면 열쇠만 가져오면 어떻게든 된다. 그러나 몇 개의 창고를 한꺼번에 관리하는 관리인이 있고 창고를 대여한 본인이 아니면 출입이 제한되는 시스템이라면 들어갈 수 없다.

"그래요? 창고라니 보고 싶네요. 저도 언젠가 파일을 다 쌓아 둘 수 없을 만큼 많은 일이 들어오는 변호사가 되고 싶어요. 창고는 어디에 있어요?"

선배 사무원은 의심하지도 않고 대여 창고가 어디에 있는지 가르쳐 주었다.

해당 장소와 '대여 창고'로 검색하면 특정할 수 있을 듯하다. 남은 건 창고 시스템이다. 비밀번호나 본인 확인이 필요 없고 열쇠로 여닫는 타입이라면 열쇠를 손에 넣어서…… 머릿속으로 절차를 시뮬레이션해 봤다.

어떻게 될 것 같은데 비밀번호가 필요한 경우에는 사무원이나 변호사를 구슬리는 수밖에 없나, 여기까지 생각했을 때였다.

"그러고 보니 이제 슬슬 찼네. 이 년이 지난 자료는 이제 창고로 옮겨도 되지 않을까 싶어."

그때까지 말없이 뭔가 작업을 하던 나카무라 변호사가 고개를 들고 말했다.

'와우!' 하고 소리를 지를 뻔했다. 이런 행운이라니.

선배 사무원은 "네 그래요?" 하고 귀찮아하는 기색이었다.

"제가 갈게요!"라며 손을 번쩍 들고 싶지만 꾹 참는다.

"혹시 괜찮다면 도와드릴게요, 변호사 선생님의 창고라는 게 어떤 건지 보고 싶고 무거운 것도 잘 들어요."

가능한 한 수상하게 보이지 않도록 조심하면서 말했다.

이제 열쇠를 훔치지 않아도 당당하게 파일에 접근할 수 있다.

"어머나 착한 애네."

선배 사무원은 호들갑스럽게 좋아했고 변호사도 "그럼 부탁할까." 하고 태평하게 말했다.

웃음이 나올 만큼 상황이 술술 풀렸다.

책상 아래에서 작게 주먹을 불끈 쥐면서 가능한 한 우아하게 미소 지었다.

나카무라 변호사가 기록 보관 장소로 빌린 곳은 창고라기보다는 트렁크 룸*이라고 불러야 할 공간이었다. 8층짜리 건물 모든 층이 넓이가 각각인 대여 공간으로 구성되어 있다고 한다.

나카무라 변호사가 빌린 방은 5층에 있었다. 줄줄이 늘어선 똑같은 색깔, 똑같은 모양의 철제문에 흰 페인트로 방 번호가 쓰여 있고 문마다 숫자 자물쇠가 걸려 있었다. 새 건물인데 카드 키도, 비밀번호 방식도 아닌 숫자 자물쇠라는 것이 무척 복고풍이다.

CCTV는 없고 접수대를 통과할 필요도 없다.

사무소에 들어온 지 얼마 안 된 아르바이트생을 사건 기록

● 공유 창고. 동물의 털가죽으로 만든 코트나 고급 잡화품 등을 보관하는 영업 창고

보관 창고에 혼자 보낼 정도이니, 이 사무소의 보안 수준은 결국 이 정도인 거겠지.

여기라면 몰래 들어올 수도 있겠다고 생각하면서 자물쇠를 끄르고 문을 열었다. 문을 발로 밀면서 옆에 놓인 박스를 들어서 안으로 들여놓았다. 기세가 보고 있었다면 칠칠맞게 그게 뭐냐고 얼굴을 찌푸릴 듯하다.

다다미 여덟 장 크기의 방에 벽을 따라 철제 선반이 놓여 있고, 방을 가로질러 다른 선반 두 개가 줄지어 있었다. 아직 비어 있는 공간이 있었다. 보아하니 방에 들어와서 왼쪽 선반 왼쪽 끝부터 연대별로 정리한 듯하다. 정성스럽게 손으로 쓴 라벨 스티커가 선반에 붙어 있고, 거기에 보관된 파일이 언제 수임받은 사건인지 알 수 있게 분류되어 있었다. 이 정도면 목표한 파일을 쉽게 찾을 수 있을 것 같다.

박스를 열고 새 파일을 선반의 비어 있는 공간에 넣는다. 그러고 나서 빈 박스를 눌러 접었다. 그 후 사무소로 돌아가야 하기 때문에 너무 시간이 많이 걸리면 의심 받는다.

자, 선반을 향해 돌아섰다.

마카베의 사건은 사 년 전. 그렇다면 여기쯤에 있을 거라고 짐작하고 찾기 시작한다.

연대별로 분류되어 있는 덕분에 파일은 금방 찾았다. 하늘색 파일 등에 마카베의 이름이 쓰여 있다. 파일은 얇고 가벼웠다.

소송으로 가지 않고 종결된 안건이라서 철해 둔 자료도 그렇게 많지 않은 듯하다.

구속영장 사본이 첫 장이었다. 별지에 피의 사실의 요지가 기재되어 있다.

'피의자는 길을 지나가던 여성(19세)을 보고 정염에 사로잡혀 여성을 강제로 강간하려고 획책하고 ○○년 ○월 ○일 오전 0시 10분경 S현 N시 S초 3번지 공원에서 여성의 팔을 잡아 화단 안쪽으로 끌고 들어가 땅에 쓰러뜨리고 누르는 등 폭행을 가하고 반항하지 못하게 한 뒤, 강제로 여성을 강간했다.'

피해자 이름은 지워져 있었다.

접견 때 변호사가 메모한 듯한 리갈 패드도 몇 장 철이 되어 있었다. '전과·체포 이력 없음', '완전 부인', '피해자는 여대생', '면식 없음', '유류품 → 어딘가에서 떨어뜨렸나?', '공원은 지나가는 길', 단편적인 정보가 메모되어 있었다. '유류품', '부인'에 볼펜으로 몇 겹이나 동그라미가 쳐져 있었다. 재판까지 가지 않았기 때문에 재판 절차상 공개되는 검찰 측 자료 같은 것은 전혀 없다. 사건 내용으로 보이는 것은 구속영장과 변호사가 손으로 쓴 메모뿐이다. 팔락팔락 차례대로 넘겨 사건의 흐름을 확인한다.

체포 계기는 알 수 없지만 아무튼 마카베가 강간 용의자로 체포되어 구속되었다. 그 후에 변호사와 마카베의 부모님이 피해자 측과 합의해서 피해 신고를 취하하고 불기소 처리되어 석방되었다는 경위 같았다. 여기까지는 본인에게 들은 대로다.

합의서는 마지막 페이지에 철해져 있었다. 마카베가 피해자에게 2백만 엔을 지불하는 것에 더하여 N시에서 이사 갈 것, 향후 피해자와 접촉하지 않을 것, 합의 내용을 입 밖에 내지 않는 것이 피해 신고를 취하하는 조건이었다. 중요한 피해자 이름과 주소는 모두 검게 칠해져 있다.

파일을 바닥에 놓고 모든 페이지를 스마트폰으로 찍은 다음 시구레에게 전화를 걸었다.

"시구레 선생님, 형사사건 합의서와 구속영장 같은 것을 지금 보고 있어요. 변호인의 파일에 있던 거고 피해자 이름이 검게 지워졌는데요. 이거 일반적인 건가요?"

지금은 대화가 가능한 상태라고 판단해서, 바로 본론으로 들어갔다.

"아니야, 변호인에게 전달되는 서류는 원칙적으로 원본 그대로야. 이름을 가리지 않아야 하는데…… 아, 성범죄였지? 피해자 본인이 원하면 피해자의 개인 정보가 마스킹 처리되기도 해. 결국 합의했으면 변호인이 검찰청에 문의해서 나중에 이름이나 연락처를 물어봤을 거야."

시구레는 이런 상황이 익숙하다는 듯 당황하지 않고 대답해주었다. 바쁠 때는 전화를 받지도 못하는 그가 전화벨이 두 번

울리자마자 전화를 받았다.

"합의서는 변호인이 작성했을 테니 당연히 원래 검게 칠하지 않았지만 피의자에게 보여 주느라 변호인이 검게 칠한 게 아닐까? 아니면 피해자가 자신의 이름을 기록에도 남지 않도록 해 달라고 했다든가."

나카무라 변호사는 피해자의 사생활을 지킨 것이다. 그것도 철저하게.

연락처 메모쯤은 어딘가에 남아 있지 않을까 싶어 파일을 샅샅이 확인했으나 그럴듯한 기록은 어디에도 없었다.

합의서에도 수기 메모에도 이름이 없다는 것은 이제 변호사 본인에게 물어볼 수밖에 없는데 그건 어렵겠지. 피해자의 사생활을 배려하여 개인 정보를 자신이 보관하는 기록에서도 말소할 정도로 철저한 변호사가 입이 그렇게 가벼울 리가 없다. 나카무라 변호사에게 정보를 입수하기는 현실적으로는 불가능할 것 같았다.

사건 현장 근처에서 탐문하면 소문 정도는 들을 수 있을지도 모르지만 사건 발생 후 사 년이나 지났기 때문에 기대하기 힘들다.

또한 탐문 수사를 하기에는 정보가 부족하다. 피해자 여성이 다니던 대학 이름이나 조금이라도 정보가 있으면 단서가 될 것 같다.

"경찰이나 검찰에서 다루는 피해자 진술 조서에는 이름과 주소가 나와 있죠?"

"물론이지. 하지만 기소되지 않은 안건이었지? 그렇다면 기록은 검찰청밖에 없어."

경찰이나 검찰청에서 작성된 조서는 재판하게 되면 변호인에게 공개하지만 마카베의 사건은 불기소 처리되었다. 나카무라 변호사의 창고를 샅샅이 뒤져도 찾을 수 없을 것이다.

정보를 입수할 방법이 없지는 않지만 리스크도 따르고 비용도 든다.

마음을 비우고 과거 사건 현장 근처에서 탐문 조사할까. 비용을 들여 정보상을 이용할까. 너무 고액의 추가 비용이 드는 수단은 피하고 싶지만, 일단 비용을 지불할 의뢰인과 상담할 필요가 있다.

시구레에게 고맙다고 말한 뒤 전화를 끊었다.

파일을 선반에 되돌려 놓고 접은 박스를 들고 방을 나온다.

사무소 내부나 변호사의 컴퓨터에 정보가 있으면 좋겠지만 별 기대는 할 수 없다. 지금은 당시 19세 대학생이었다는 사실 밖에 모르기 때문에, 마카베가 알고 있는 정보를 최대한 확인하고 어떻게 할지 검토해도 될 듯하다.

사건 당시 마카베는 구속된 상태라 실제로는 피해자와 합의한 사람은 변호사와 마카베의 부모다. 마카베에게 추가 정보는 기대하기 어렵다.

박스를 쓰레기 처리장에 버리고 걸어 나갔다.

스마트폰에 저장한 자료 사진을 확인하면서 생각한다.

다음에 누구에게 이야기를 들으러 가야 할지 막막하지는 않다. 그러나 우선은 의뢰인의 의사를 확인해야 한다.

7

사 년 전 사건의 구속영장과 피해자와 교환한 합의서 사본을
확보했다고 기타미 선배에게 연락이 왔다.

대학 수업이 끝나고 곧장 사무소로 달려갔다.

상담실에서 선배가 출력한 사진을 늘어놓고 보여 주었다.

"복사할 여유는 없었어." 하고 미안하다는 듯 말했지만 각 서
류의 문장까지 제대로 읽을 수 있었다. 구속영장, 합의서, 변호
사가 쓴 듯한 메모도 섞여 있었다.

합의서 아래에는 마카베 씨의 변호인이었던 나카무라 변호사
의 이름과 사무소 주소가 쓰여 있고 인감이 찍혀 있었다. 그 아
래에는 아마 피해자측 이름이나 주소가 쓰여 있었을 테지만 검

게 칠해져 있었다.

"합의 내용은 알게 되었지만 전부 마카베 씨에게서 들은 대로 였어. 이건 구속영장 사본인데 여기도 피해자와 관련된 새 정보 는 없었어. 나카무라 변호사 사무소에 있던 건 이게 전부야."

"잘도 찾으셨네요……. 마카베 씨의 변호인이었던 나카무라 변호사와 접촉하셨나요?"

"응. 어제까지 그 사무소에서 일했어."

"네?"

"물론 가명으로. 정보가 있는 장소 중에서 제일 문턱이 낮았 으니까. 의외로 잘 안 들켜. 두 시간 걸려서 출퇴근하는 게 좀 힘들었어."

처음 듣는 소리다.

신분을 사칭해서 법률 사무소에서 근무한 데다가 비밀 유지 의무 아래 관리되던 서류 사본을 촬영, 반출. 그것도 의뢰인인 나와 마카베 씨에게 상담도 하지 않고. 이쯤 되면 뭐부터 지적 해야 좋을지 모르겠다. 그러나 선배는 아무렇지 않아 보였다.

"그렇게까지 안 해도…… 그냥 부탁하면 좋지 않았을까요? 사정을 하소연하거나."

"변호사가 성범죄 피해자의 정보를 쉽게 유출할 것 같아?"

"그야……."

"어차피 가르쳐 주지 않을 거라 정식으로 부탁해 봤자 소용

없어. 도리어 피해자 연락처를 알고 싶다는 소리에 바싹 경계할걸."

한번 가드가 올라가면 정보를 얻는 것은 상당히 어려워진다. 어차피 상대는 변호사다. 그렇다면 처음부터 아무 말도 하지 않고 상대가 경계하지 않을 때 해야 한다는 그녀의 주장은 일리가 있었다.

"그야 그럴지도 모르지만요……. 법률 사무소에 잠입까지 해서 사건 기록을 반출했어요?"

"기록 자체를 갖고 나온 것도 아니잖아, 정보뿐이야."

"그렇다고 만사 오케이라는 표정은 하지 마세요."

"정보는 재물이 아니니까 절도가 성립되지 않아. 영업 비밀을 영리 목적으로 훔쳤다고도 할 수 없으니까 부정경쟁방지법에도 걸리지 않잖니?"

형법에 저촉되지 않으면 뭘 해도 좋다는 건 아니다.

그러나 말을 들어 보니 선배가 한 일로 죄를 추궁당할 가능성은 거의 없었다. 그녀는 변호사가 보유한 데이터에 불법으로 접속한 게 아니라 보관되어 있던 자료 사진을 몰래 찍어 왔을 뿐이다. 그녀가 정보를 반출했다는 사실을 나카무라 변호사는 눈치도 못 챘을 것이다. 이대로 사라져 버리면 선배는 금방 일을 그만둔 아르바이트생으로만 인식될 것이다.

피해자가 모르면 된다는 게 아니다. 나카무라 변호사에게 손해가 없는 이상 그는 피해자라고는 할 수 없다……. 과연 그럴까?

결국 피해자의 개인 정보는 아무것도 알 수 없었다. 나카무라 변호사는 직무상 비밀 유지 의무가 있지만, 이 경우 보관되고 있던 것은 마카베 씨의 법익이니까 기타미 선배가 의뢰를 받아 움직이는 이상 마카베 씨의 체포 이력에 관한 정보가 선배에게 반출된 것 자체는 아무런 손해가 되지 않는다. 그렇게 생각하면 상관없다고 말할 수도 있다.

머리가 지끈거렸다. 도의적으로 또 감정적으로 어떨까 싶지만 법적으로는 문제가 없는 것 같았다. 추궁당하면 법리 해석 여부에 따라 범죄를 성립시킬 수는 있을지 모르지만 경찰도 검찰도 입증할 수 없을 것이다.

"뭐 아무튼 그렇게 해서 원만하게 입수한 정보인데, 알게 된 사실은 나카무라 변호사가 성실하고 정직한 변호인이었다는 것 정도야. 피해자의 개인 정보는 전부 지워져 있었어. 전화번호나 메모 한 장쯤 남아 있지 않을까 기대했는데."

선배가 거침없이 화제를 본론으로 돌렸다. 수단과 상관없이 이대로 유야무야하려는 것은 분명했으나, 지난 일도 문제가 표면화되지 않았을 뿐더러, 앞으로도 표면화되지 않을 일에 과연 위법성이 있었는지 신경 써 봐야 얻을 건 없었다.

천천히 고개를 들고 합의서와 구속영장 사진을 대조하는 그녀를 바라봤다.

"합의서가 있어서 합의 내용은 알게 되었지만 마카베 씨가 기억한 그대로였어. 중요한 피해자에 대한 추가 정보는 대부분…… 사건 당시 피해자가 열아홉 살이었고, 범행 시각이 언제였는지 조금 자세히 알게 되었지만 그것도 마카베 씨에게 들은 대로라, 별로 힌트가 될 만한 새로운 정보는 없어."

"……그런가요."

"들키면 어쩌려고 그랬어요."라고 하려다가 "안 들켰잖아." 하고 대답할 게 빤해서 말을 삼켰다.

방법이 좋고 나쁜 건 차치하고, 정보를 얻기 위한 열의와 행동력이 감탄스러웠다.

생각을 털어 내고 합의서를 접사 촬영한 사진 한 장을 집어 들었다.

"변호사 사무소에서도 보관하지 않으면 피해자의 개인 정보를 확보하는 건 아주 힘들 것 같네요."

"맞아. 마카베 씨와 당시 변호인에게 얻을 수 있는 정보는 여기까지가 한계 같아. 그렇다면 이제는 검찰청에 있는 데이터를 훔치거나……."

"잠깐만요, 지금 아주 위험한……."

"아니면 마카베 씨의 부모님께 물어보러 가거나."

내 말을 끊고 선배가 말한다. 나는 입을 닫았다.

선배는 진지한 눈으로 나를 보고 말을 계속했다.

"마카베 씨의 부모님이 당시 일을 얼마나 기억할지는 모르고 애초에 피해자 정보 같은 걸 전혀 못 들었을지도 모르니까 별로 기대는 할 수 없지만…… 합의 절차는 변호인과 부모님이 진행했을 거야. 경우에 따라서는 합의하는 자리에 부모님도 갔을 수도 있고, 뭔가 들었을지도 몰라."

하긴 구속된 마카베 씨 본인보다 그의 부모님이 당시 사정을 잘 알고 있을 것이다. 부모님에게 물어보러 가는 걸 마카베 씨가 싫어할지 모르지만…… 선배가 말한 대로 달리 이야기를 들을 수 있을 만한 상대는 그들밖에 없었다.

검찰청에 기록이 있는 것은 틀림없고 확실하게 정보를 얻을 수 있지만 데이터를 훔쳐 내는 것은 비용이 드는 데다가 명백히 불법이다. 실패했을 때의 리스크를 생각하면 가능한 한 피하고 싶다.

주저하고 있자 선배는 "음." 하고 시선을 비스듬하게 위로 향하고 검지로 입술을 톡톡 두드렸다.

"방법은 하나 더 있는데 여기에는 좀 돈이 들어. 범죄 경력을 확인하는 데 이미 비용이 들었으니까 더는 좀 그렇긴 한데……. 그래도 검찰에서 데이터를 훔치는 것보다는 쉬울 거야."

"뭔가요?"

"마카베 씨의 합의금은 나카무라 변호사가 맡아서 피해자에게 지불했을 테니까…… 사 년 전 송금 기록을 확인할 수 있다면 가능해. 금액을 생각하면 현금을 건네지는 않았을 거야."

"변호사 은행 계좌를 추적한다는 말인가요?"

목소리가 커졌다.

"은행 거래 기록 같은 건 제삼자가 조사할 수 있는 거예요? 그런 개인 정보를……."

"나카무라 변호사의 계좌가 무언지, 그중 어떤 걸 업무용으로 사용하는지는 금방 알아낼 수 있어. 조금 더 아르바이트를 계속하면 말이야. 아직 그만둔다고 연락 안 했으니까……. 계좌 번호만 알면 거래 이력을 빼내는 건 그렇게 어렵지 않아. 적어도 검찰청에서 과거 기록을 훔쳐 내는 것보다 간단하지."

"……하지만 둘 다 불법이에요."

선배는 분명히 대답하지 않았다. 부정도 긍정도 하지 않고 '어떻게 할래?'라고 묻는 듯 고개를 갸웃거리며 나를 바라봤다.

마카베 씨의 범죄 경력을 입수했을 때는 어떻게 확보했는지 따로 듣지 않았다. 검찰청 데이터를 훔치는 것보다는 허들이 낮겠지만, 그 나름대로 리스크가 따르는 방법을 사용했을 것이다. 아마 불법이겠지.

지금은 의견을 구하고 있다. 내가 어떻게 하고 싶다고 말하지 않으면 조사는 여기에서 끝이다.

입바른 소리만 하고 있으면 앞으로 나아가지 못한다……. 대답을 망설이고 있는데 누군가 문을 노크했다.

"소장 대리, 전화입니다. 마카베 겐이치 씨한테서요."

"바로 다시 건다고 전해 줘."

선배가 상담실 문을 열고 손을 뻗었다. 방 밖의 누군가가 그녀에게 스마트폰을 건넸다.

선배는 나에게 눈짓을 한 다음 액정을 몇 번 터치하고 스마트폰을 귀에 댔다.

마카베 씨에게 전화를 걸고 있는 듯하다. 갑작스러운 연락이다. 무슨 일이라도 있었나?

"기타미입니다. 방금 전화 주셨다고 하던데요, 무슨 일이…… 네. ……전화가요?"

그녀의 시선이 빛나더니 다시 이쪽을 향했다.

"지금 기세와 같이 있습니다. 회의실에 있는데 스피커로 돌려도 될까요? ……네, 부탁드립니다."

검지로 한 번 터치하고 스마트폰 화면을 오른손으로 보이게 들고 표시된 마카베 씨의 이름을 나에게 보여 주었다.

"스피커로 돌렸습니다. 방에 있는 사람은 저와 기세뿐입니다. ……편지를 보낸 사람에게서 전화가 걸려 왔나요?"

마카베 씨의 목소리가 스피커에서 흘러나왔다.

"응. 잘 모르겠는데 아마 같은 사람일 거야. 어제 가나미가 집에 있을 때 전화가 왔어. 내가 수화기를 드니까 남자 목소리로 결혼하지 말라고 하더군. 까불지 말라고 말하고 끊었어. 그

후에 길게 대화했으면 단서를 얻을 수도 있었겠다 싶었지만 그
때는 열이 받아서.”

남자 목소리.

선배와 눈이 마주쳤다.

협박범은 사 년 전 사건의 피해자가 아닌가?

“남자 목소리였어요? 음성변조기를 썼다든가, 그럴 가능성은
없나요?”

“아니, 평범한 남자 목소리였어. 기계적인 느낌은 없었
어…… 아마도. 한마디뿐이라 자신은 없지만.”

설마, 범인은 사건과는 상관없는 남성인가. 아니, 피해자 여
성이 음성 변조기를 사용했을지도 모르고, 그녀를 돕는 남성이
있을지도 모른다.

선배는 시선을 돌리더니 이어서 묻는다.

“구체적으로 뭐라고 했나요? ‘결혼하지 마라’였나요? ‘결혼하
지 마세요’였나요?”

전화기 너머에서 마카베 씨가 침묵했다. 대화 내용을 떠올리
는 듯하다. ‘으응.’ 하고 신음하는 소리가 들려온다.

“……어 ……결혼하면 안 된다, 였나……. 금방 끊어 버려서
그것밖에 못 들었어.”

결혼하지 마라, 결혼을 그만두라가 아니라 결혼하면 안 된
다, 라니. 범죄자라고 부르던 직전 편지 문장과 비교하면 말투

는 공격성이 줄고 중립적으로 바뀌었다.

그러나 편지에서 전화로 넘어갔다는 것은 큰 변화다. 행동 수위가 올라간 것이다.

"범인이 전화한 건 이번이 처음이었어요?"

"처음이야. 그래서 전화를 받았을 때 완전히 방심했어."

그는 아쉽다는 듯 말했다.

"그 후 시간이 지나고 다시 걸려 왔지만 나는 그때 전화기 옆에 없어서 가나미가 받았어. 상대는 말없이 바로 끊었대. 가나미는 장난 전화라고 말했지만 그것도 분명 그 전화겠지."

"알겠습니다. 다음에 전화가 오면 대화를 나눠 주세요. 가능하면 녹음도 하시고요. 지금 사 년 전 사건의 피해자를 추려서 조사 중이에요. 뭐든 알게 되면 연락드릴게요."

마카베 씨의 흥분을 가라앉히듯 선배가 천천히 말했다. "알았어." 하고 대답하는 소리가 났다. 처음보다 많이 침착해진 듯했다.

마카베 씨가 볼 리 없었으나 선배는 그걸 확인했다는 듯 살짝 고개를 끄덕였다.

"그러고 나서…… 이노우에 씨에게는 누군가 오해해서 협박하고 있다, 정도라도 사정을 말해 두는 게 좋을지도 몰라요. 편지를 보낸 사람이 직접 그녀에게 접촉할 가능성이 있으니 그때 혼란스럽지 않도록, 그녀의 안전을 생각해서라도 마음의 준비를 해 두세요. 마음의 준비가 되어 있는 것과 그렇지 않은 것은 달라요. 최종적인 판단은 마카베 씨에게 맡기겠습니다."

"……그래. 생각해 볼게."

전화를 끊고 스마트폰을 내려놓은 뒤 선배가 이쪽을 돌아봤다.

"상대도 초조해지기 시작했나 보네. 마카베 씨가 그만둘 생각이 없으니까 기다리다 지쳐서 이노우에 씨에게 직접 마카베 씨의 체포 이력을 미주알고주알 떠들어 댈지도 몰라. 이쪽에서 먼저 접촉해야 돼."

그 가능성도 없지는 않다. 상당히 현실적인 위험이 바로 코앞에 닥쳤다는 생각이 들었다.

마카베 씨나 이노우에 씨에게 직접적인 위해를 가할 가능성마저 생겼다.

망설일 때가 아니다. 아무것도 하지 않는다는 선택지는 이제 없다.

"선배, 저는 마카베 씨의 부모님을 만난 적이 있어요."

고개를 들고 말했다.

선택지 중에 그나마 불법이 아닌, 제일 온당한 방법을 선택했으니 그녀가 답답해할지도 모르지만, 마음을 정했다. 선배를 똑바로 마주 바라봤다.

"제가 갈게요. 마카베 씨는 일을 키우고 싶지 않아 하니까……
탐정이 개입돼 있다는 말은 하지 않고 제가 여쭤보고 올게요."

249

＊＊＊

부모님의 새로운 주소는 마카베 씨에게 들었다.

그는 복잡한 표정을 지었으나 가르쳐 주었다.

이사한 이후 단 한 번도 본가에 가지 않았다는 것 같다.

사 년 전 사건을 들쑤시면 괴롭겠지. 분명 환영받지 못할 방문이다. 나에게도 즐거운 일은 아니었다. 그러나 탐정인 선배를 데리고 가는 것보다 마카베 씨의 친구로서 내가 이야기를 들어야 그들도 긴장하지 않을 것이다.

마카베 씨의 어머니 에이코 씨를 만나기 위해 마카베 씨에게 언질을 부탁했다. 문전박대당할 수도 있기 때문에 이유는 아직 말하지 않았다.

스마트폰 지도 앱으로 확인하며 찾아간 곳은 고급 아파트였다. 입구 인터폰을 누르자 여성이 대답하며 문을 열어 주었다.

"갑자기 죄송합니다. 얼마 전에 마카베 씨…… 겐이치 씨와 다시 만나서…… 그래서 꼭 좀 여쭤보고 싶은 게 있어서요."

토요일이라면 집에 계시지 않을까 싶었지만, 마카베 씨의 아버지는 안 계시고, 어머니인 에이코 씨만 나를 맞아 주었다.

"오랜만이에요. 훌륭해졌네."

상투적인 인사말을 주고받은 후 거실로 안내받아 준비한 과자를 드렸다. 지난번 과자는 소문을 좋아하는 마카베 씨의 이

옷에게 줘 버렸기 때문에, 똑같은 제품으로 다시 구입했다.

그녀는 한 번 부엌으로 사라졌다가 다시 돌아왔다.

"기다리게 했네."

내가 가져온 과자와 가는 붓으로 그린 꽃과 풀로 장식된 찻잔을 내 앞에 내려놓고 맞은편 자리에 앉았다. 쟁반을 옆에 내려놓더니 나를 보며 입을 열었다.

"겐이치한테 요시키 군을 만났다고 듣고 놀랐어. 그 아이가 이렇게 자주 전화하는 게 흔치 않거든."

어떻게 말을 꺼낼까 고민하던 차라 먼저 이야기를 꺼내 줘서 고마웠다.

"무작정 찾아뵐 수 없어서……. 놀라게 해 드려서 죄송합니다. 이번 일로 연락이 오기 전에 마카베 씨…… 겐이치 씨와는 언제 통화하셨나요?"

"두 주 전이었나."

기타미 선배가 조사를 시작한 다음이다.

"그때는 어떤 이야기를 하셨나요?"

"봄에 연인과 같이 살기로 했다, 그리고 결혼을 생각하고 있다고 연락이 왔어. 그걸 누군가에게 말했느냐고 묻더구나. 말 안 했다고 했지."

약혼 사실을 알고 있는 사람이 얼마나 되는지 선배가 마카베 씨에게 물어본 적이 있었다. 직장과 가족 정도이고 직접 말하지 않았다고 했지만, 그 후에 불안해져서 어머니에게 다시 확인했을 것이다.

"아무한테도요?"

"아무한테도. 혼인신고하고 손자라도 생기면 남편한테는 말할 생각이었지."

그러더니 "남편과 아들이 잘 안 맞아서……"라며 쓸쓸하게 시선을 내리깔았다.

마카베 씨도 그런 말을 한 적이 있다. 부자는 벌써 몇 년이나 말을 하지 않았다고 했다.

"그나저나, 들지 그래."

재차 권하길래 찻잔을 들었다.

한두 모금 마시고 과감히 질문했다.

"사 년 전 사건과 상관있나요?"

에이코 씨가 고개를 들었다.

아들이 피의자가 된 강간 사건은 당연히 언급하지 않았으면 할 것이다. 그 마음은 잘 안다.

피하고 싶은 마음을 꾹 누르고 그녀의 시선을 마주했다.

"지금부터 여쭤보는 것 때문에 불쾌하실지도 모르지만요. 이유가 있어요. 사건은 겐이치 씨에게 직접 들었어요. 그 일로 지금 조금…… 그, 상담을 받고 있어서."

사 년 전 사건 때문에 지금도 누군가에게 괴롭힘을 받고 있다는 사실은 어디까지 말해도 될지 판단하기 어려웠다. 가능한 한 덮어 두려고 말끝을 흐렸다.

"당시 상황을 말씀해 주시겠어요? 겐이치 씨를 위해서……생각하기도 싫으시겠지만 가능한 데까지라도 괜찮아요."

그녀는 잠시 침묵하고 찻잔을 응시했다.

"……겐이치가 사건을 털어놨다니 요시키 군을 무척 신뢰하나 보네. 당시 친구들은 사건 이후 다들 떠나가 버려서 많이 의기소침해하던 걸 기억해."

시선을 떨어뜨린 채로 조용히 말했다.

"이웃에게도 알려져서 그 집에서 이사하게 됐어. 남편 일이 있으니 우리는 너무 먼 곳으로 갈 수는 없었지만, 겐이치는 현 밖으로 나가서 혼자 집을 빌렸어. 자신을 아무도 모르는 곳으로 가서 다시 시작하고 싶다고 생각했을 거야. 그 후에 다시 이사해서 지금 거주지에 살게 됐어."

마침내 시선을 들었다. 나와 눈이 마주쳤지만 괜찮다고 안심시키듯 살짝 미소 지었다.

몇 년 만에 찾아와 이런 질문을 해 대면 쫓겨나도 별수 없다고 각오했는데, 그녀는 화를 내지도 불쾌해하지도 않았다. 나를 믿거나 정당한 이유가 있어서라고 이해해 준 걸지도 모른다.

아무튼 이야기를 이어 가도 되겠다고 판단했다.

"사건 후에 장난 전화나 협박 편지가 온 적은 있나요?"

"전혀 없던 건 아니지만 내가 아는 한 매일 장난 전화나 협박 편지가 오지는 않았어. 금방 이사하기도 했고 이사한 다음에는 뚝 끊겼어."

찻잔을 두 손으로 감싸고 침착하게 내 질문에 대답한다.

"재판으로 가기 전에 합의하기도 했고 사건에 대해 이 부근까지는 퍼지지 않았던 것 같아. 누군가로부터 그 이야기를 듣지도 못했어. 혹시 재판까지 갔다면 더 난리였을 거야."

마카베 씨의 집에는 이사한 후에도 몇 번이나 괴롭히는 편지가 왔다고 하니까, 범인은 그 가족까지는 관심이 없었던 듯하다.

"이사할 때는 연락처를 피해자 측에게 알린다든가, 그런 약속은 하지 않았죠?"

"그럼, 오히려 피해자 아가씨에게 접근하지 않는다고 약속했지. 애초에 연락하려고 해도 이름도, 전화번호도 모르는걸."

역시 마카베 씨 본인뿐 아니라 가족에게도 피해자 정보는 공개되지 않은 것 같다.

강간 사건 피해자나 관계자가 협박범이라면, 마카베 씨가 이사한 곳의 주소를 어떻게 알아냈느냐는 문제가 남는다. 하지만 본격적으로 조사해 보면 어떻게든 될 것이다. 그야말로 탐정이라도 고용하면 알아낼 수 있다.

"피해자는 미성년자라고 들었어요. 합의는 부모님과 하셨나요?"

"그런 것 같아. 협상은 변호사 선생님께 부탁했으니까 내가 직접 담당한 건 아니야."

"피해자에 대해서 변호인에게 뭔가 들은 건 없나요? 이름은 몰라도 어디에 사는 사람이라든가 어떤 일을 했다든가 그런 거라도요."

"변호사 선생님이 N시 S초에 사는 사람이라고 했어. 그래서 S초에 가까이 가지 않거나, S초로 바로 이동할 수 있는 반경 안에는 살지 않는다거나, 그런 내용을 합의서에 넣자는 말을 들었어."

피해자가 당시 S초에 사는 것도, 범인이 옆 지역인 N초에서 편지를 투서한 것도 이미 알고 있었다. 범인을 구별해 내는데 도움이 될 만한 새로운 정보는 아니다.

"그런가요." 하고 나는 포기하려 했다.

"아, ……잠깐만. 그러고 보니."

그녀가 갑자기 생각났다는 듯 고개를 들었다.

"변호사 선생님과 회의할 때 전화가 왔어……. 피해자 아버지나 어머니에게서 온 연락이었지. 변호사 선생님이 방 밖으로 나가서 통화했는데 소리가 살짝 들렸어……. 나가노? ……나가노. 그래 나가노라고 말한 것 같아."

S현 N시 S초에 살던 나가노.

예상치 못한 수확에 심장이 두근거렸다.

"나가노 씨라는 건 피해자의 성인가요?"

정확하지 않을지도 모른다. 피해자 성까지 알 수 있으리라고
는 생각하지도 않았다.

스마트폰을 꺼내 선배 앞으로 메일을 미리 써 두고 '피해자는
사건 당시 S초에 살던 나가노라는 성을 가진 사람'이라고 썼다.

"합의는 매끄럽게 이뤄졌나요? 그…… 조건 같은 걸로 싸우
거나."

"아니, 그쪽도 빨리 끝내고 싶다고 생각했는지…… 조용히 처
리하고 싶어 한 것 같아. 금액이나 합의 내용에 대해 불만을 말
하지도 않았다고 들었어."

피해자 측도 납득하고 합의했다는 건가. 몇 년이나 계속 괴
롭히는 범인의 모습과는 맞지 않는다.

피해자가 미성년자였다면 합의도 보호자 주도로 이루어졌을 것
이다. 피해자 본인은 합의를 원하지 않았을 가능성이 있으려나.

원만히 해결하고 싶다고 생각한 보호자가 합의해 버렸지만
실제로 피해자 본인은 납득하지 못했고 마카베 씨를 원망했다
면……. 기소되지 않고 석방된 사실을 용납하지 못했을 수도 있
다. 벌을 주려고 계속 괴롭히는지도 모른다.

만약에 그렇다면 그녀에게 있어서도 불행한 일이다.

지금까지 마카베 씨를 증오하는 것은 그녀 자신도 사 년 전
사건에 사로잡힌 채 움직이지 못하고 있다는 의미이다.

"피해자 측과 합의했다고 누구에게 말했나요?"

"가족에게만. 여기저기 떠벌릴 게 아니잖니. 그래도 대학에는 보고했어."

피해자 자신이 마카베 씨의 대학에 정보를 흘렸을지도 모른다고 생각했지만, 확실하지는 않다. 대학에 합의가 됐다고 보고했다면 그걸 직원이나 훔쳐 들은 학생이 소문을 냈을 가능성도 있다.

"불기소된 거니까 합의한 건 바른 판단이었어요. 하지만 그때는 망설이지 않으셨나요? 변호인에게 겐이치 씨가 부인하고 있다는 사실은 들으셨죠?"

"……그래."

에이코의 손이 찻잔을 쓸었다. 잠시 망설이는 것 같았다. 생각을 정리하는 것처럼 말없이 천천히 눈을 깜빡였다.

"겐이치는 하지 않았다고 주장한다는 걸 처음부터 들었고, 나도 무슨 실수가 아닌가 싶었어. 실수라고 깨달으면 금방 풀어 줄 거라고 생각했지. 하지만 며칠이 지나도 나올 기색은 없지. 변호사 선생님한테도 구속이 연장될 거라고 들어서 점점 불안을 견딜 수 없었어."

당시 일을 떠올리는 건가, 표정이 조금 전보다 어둡다.

"아아, 맞다."라며 작게 중얼거리는 소리가 들렸다.

"겐이치가 경찰 조사 내용도 변호사 선생님한테 전달해서, 우

리도 어느 정도는 알 수 있었어. 피해자와 겐이치는 아는 사이
가 아니고 피해자가 그 아이를 범인이라고 지목하지 않았다는
사실도 알았어. 그 아이 소지품이 현장에 떨어져 있어서 의심을
샀다고 들었어. 그 정도 증거밖에 없다면 괜찮다, 어쩌다 불운
이 겹쳤을 뿐이다. 나도, 남편도 그때는 그렇게 생각했어."

그때는, 이라는 단어 선택이 의미심장했다.

뭔가 심경에 변화가 생길 일이 있었느냐고 묻자 그녀는 서글
프게 미소 지었다. 아픔을 참고 있는 것 같았다.

"경찰 조사가 진행되면서부터야. 형사가 겐이치에게 학교 다
닐 때 뭘 타고 다녔느냐고 묻더래. 왜 그런 것까지 묻는지 의아
해했지만 솔직하게 대답했대. 그랬더니 전철이나 버스에서 마
음에 드는 여성을 발견해서 뒤를 밟거나 몰래 숨어서 기다린
적은 없느냐고 하더래. ……이게 무슨 의미인지 알겠니?"

나는 말없이 고개를 끄덕였다. 마카베 씨도 그렇게 이야기했다.

피해자 여성과 마카베 씨는 같은 전철 노선이나 버스를 이용
했을까? 불행한 우연이겠지만 옆에서 그를 의심하는 경찰 눈
에는 마카베 씨가 전철이나 버스에서 피해자를 점찍어 두고 계
획적으로 덮친 것처럼 보일 것이다.

자신도 모르는 일로 체포되고 구속된 데다가 계획적인 범행
이라고 의심을 받는다는 건…… 수사가 진행되어도 혐의가 풀

리기는커녕 추궁당할 만한 정보만 늘어난다. 마카베 씨는 위기
감을 느꼈을 것이다.

그건 그의 가족도 마찬가지였다.

"현재 증거가 없으니 구속영장에는 피의 사실이 우연히 눈에
띈 여성을 덮쳤다는 식으로 쓰여 있지만, 경찰은 계획적인 범
행을 의심하는 듯하다. 소송으로 가면 스토킹하다가 결국 범행
을 저질렀다고 판단할지도 모른다. 변호사 선생님이 그러시더
라. 단순한 우연이 전부 나쁜 쪽으로 해석돼서 이대로 겐이치
가 흉악한 성폭행범이 되어 버리지 않을까 생각하니 밤에 잠도
못 잤어."

"그게 합의를 결심한 계기였나요?"

경찰이 처음부터 마카베 씨를 범인이라고 단정 짓고 이에 맞춰
정황증거를 수집한다면 가족은 당연히 불안해진다. 아들이 죄가
없다고 믿어도 합의로 마음이 기우는 것은 무리도 아니었다.

그러나 그녀는 천천히 고개를 저었다.

"마음은 흔들렸지만 그때는 아직 결단을 내리지 못했어. 하
지 않았으니까 결정적인 증거 따위 나올 리가 없다. 그래서 재
판에서 싸우면 진상이 확실해질 거다……. 지금 불안하다고 굽
히면 안 된다고 그렇게 생각했어. 그 아이의 명예와도 관련된
거니까."

벌써 몇 년이나 만나지 않았지만 마카베 씨의 아버지는 성실

해 보이는 분이었다. 법의 수호자인 내 아버지와 조금 비슷하다고 생각한 적도 있다.

그라면 기소를 피하기 위해 저지르지도 않은 죄를 인정하기보다는 정의와 명예를 지키기 위해 진실을 주장해야 한다고 생각할 것 같았다.

"고민하는 건…… 당연해요."

최종적으로 그들이 합의를 선택한 것은 알고 있다. 아들의 장래를 위해서 그게 최선이라고 어떤 단계에서 결단했을 것이다. 그러나 그들은 불안해하면서도 아슬아슬한 선까지 아들을 믿고 아들이 원하는 대로 하려고 했다.

내가 말하자 에이코 씨는 살짝 미소 지었다.

"그렇게는 말해도 무서웠어. 이대로 유죄선고를 받으면 어쩌나……, 합의해서 고소가 취하된다면 합의하는 게 좋을까, 몇 번이나 남편과 의논했지. 겐이치는 계속 부인했지만."

주위에서 아무리 권하더라도 본인이 거부하면 합의는 할 수 없다. 우선 가족이나 변호인이 어떻게 생각하더라도 부인하는 피의자에게 하지도 않은 짓을 인정하게 하고 합의하라고는 쉽게 말할 수 없다. 마카베 씨 본인은 물론이지만, 가족도 상당히 고민했을 것이다.

"최종적으로 합의하기로 결정한 건……?"

"앞으로 며칠 내에 처분이 나온다는데 그때 겐이치에게 불리한 새로운 증거가 있다는 걸 알게 됐다고 변호사 선생님이 연락했어."

에이코 씨는 조용히 말하고 처음으로 찻잔에 입을 댔다. 목을 축인 뒤 설명을 계속했다.

"그때 처음으로 합의하라고 강력히 권유하더라. 그때까지는 겐이치의 의사를 존중해서 강경하게 말하지 않았는데……. 그래서 나도, 남편도 결정했어. 돈을 마련해서 변호사 선생님에게 겐이치를 설득해 달라고 했어. ……설득이라는 말도 이상한가. 그 아이도 이제 끝이라고 생각했을지도 몰라."

역시 현장 근처에 떨어진 회원증 이외에도 마카베 씨에게 불리한 증거가 나왔던 것이다. 체포 후에 발견된 증거인지, 체포 전부터 확보한 증거인지, 변호인 측이 알게 된 것이 그때인지 정확한 시간까지 알 수 없지만 체포 전부터 확보한 증거일 가능성이 높았다. 보통은 체포되기 전에 제일 꼼꼼히 수사한다. 마카베 씨가 자백하도록 수사기관이 일부러 카드를 숨긴 것일까.

그건 증인인가, 물증인가……. 정황증거뿐이라도 쌓아 올리면 법원의 판단을 유죄 쪽으로 크게 기울게 할 수 있다.

싸울 것인가, 합의할 것인가 고민하던 변호인도 분명 더는 위험하다고 판단한 것이다.

"괴로운 선택이었을 거예요. 하지만 그 덕분에 마카베 씨가 석방되었으니 잘됐어요. 그래도 피해자 분은 지금도 마카베 씨가 범인이라고 생각해서……. 마카베 씨는 피해자에게도 당시 교제하던 사람들에게도 오해를 받은 그대로예요. 나는 어떻게든 그 오해를 풀어 줄 수 없나 싶……."

말하면서 점점 내가 하는 말이 아주 유치하고 독선적이라는 기분이 들었다. 바른말이지만 옳기만 하고 현실성이 없다.

사 년이나 지난 사건이다. 진범을 찾아서 그의 명예를 회복하는 것이 현실에서 가능하다고는 생각하지 않았다. 증거도 없는데 원죄라고 설명하고 피해자가 이해해 주리라고도 생각할 수 없다.

나에게 가능한 것은 그저 피해자 여성을 찾아내 그만 괴롭히라고 설득하는 것. 그러고 나서 가능한 한 그녀에게 성의를 다하는 일뿐이다.

괴롭힘을 그만두게 하는 것 이상의 일…… 사 년 전 사건은 원죄였다고 피해자나 과거 친구들이 이해해 주는 것까지는 마카베 씨도 기대하지 않으리라.

물론 명예를 회복하고 싶을 테지만, 아픔을 각오하고 과거 친구들과 마주할 생각까지는 없을 것이다.

사 년 전에 그는 이미 충분히 상처 입었고, 더는 상처 입으면서까지 굳이 잃은 것을 되찾아야겠다고 생각하지 않는다.

마카베 씨를 좋아한 사람들이 그에게 배신당했다고 생각하는데……. 마카베 씨도 그들을 좋아했을 텐데.

마카베 씨가 포기했다고 해도 그대로 좋을 리가 없다.

"뭘 할 수 있는지 모르겠지만 저는 마카베 씨를 믿고, 마카베 씨가 오해받은 채로 있는 것도 싫기 때문에, 자기만족일지도 모르지만 제가 할 수 있는 일을 하고 싶어요."

몇 년을 그대로 방치해 둔 오해를 풀고, 증거도 없이 그저 믿어 달라고 주장하는 것이 얼마나 어려운 일인지 알고 있지만. 그래도.

에이코 씨는 잠시 눈물을 참는 듯 얼굴을 일그러트리고 말이 없었다.

"……고마워."

이윽고 겨우 미소를 지으며 말했다.

"겐이치에게 요시키 군같은 친구가……, 믿어 주는 사람이 있어서 다행이야. 하지만 사건은 이미 끝났어. 이렇게 찾아와 줘서 다 얘기해 버렸지만 피해자는 이제 사건을 떠올리고 싶지 않을 거야. 그냥 내버려둬."

"아……, 하지만."

이대로는 마카베 씨는 누명을 벗을 수 없다.

무엇보다 아들의 명예 회복을 간절히 원할 어머니에게서 이런 말이 나올 줄이야.

마카베 씨뿐만 아니라 부모님도 벌써 포기해 버린 걸까. 설득하려고 입을 떼다가 눈이 마주쳤다.

……아, 그렇구나.

그 순간 깨달았다.

단어의 의미도, 표정의 의미도.

그녀도 들켰다고 눈치챈 모양이었다. 어딘가 안쓰러운 눈으로 이쪽을 보고 있다.

그녀와 그리고 마카베 씨의 절망을 생각했다.

그녀도, 아들의 무죄를 믿지 않는 것이다.

* * *

사 년 전 사건 당시 피해자가 S현 N시 S초에 살던 사실 그리고 그녀의 성이 나가노라고 전화로 보고하자 기타미 선배는 금세 상세한 내용을 조사하겠다고 했다.

"대략적인 주소와 성을 알면 조사할 수 있어. 사 년 전 정보라서 좀 애먹을 수도 있지만."

이제 조사를 진행할 수 있다.

한 건 했다고 칭찬받았는데 내 반응이 시원치 않아서였을까?

선배는 무슨 일이 있었느냐고 걱정했다.

단서를 얻었다는 기쁨보다 그 후에 알게 된 에이코 씨의 본심이 나를 무겁게 짓눌렀다. 감췄다고 생각했지만 목소리는 가라앉았을지도 모른다.

전화 너머로도 들켜 버린 것은 실수였지만 아무것도 아니라고 얼버무리자 선배는 더는 묻지 않았다.

전화를 끊고 스마트폰을 충전기에 끼우고 침대에 드러누웠다.

이제 남은 건 선배에게 조사 내용이 오기를 기다리기만 하면 된다.

S현에서 마카베 씨의 집 옆에 살던 시절부터 주위에서는 내가 언젠가 아버지나 할아버지처럼 법조인이 될 거라고 생각했다. 나 자신도 그렇게 생각했다.

그러나 중학교 2학년 중반쯤부터였을까, 문득 의문을 가진 적이 있다.

아버지와 할아버지를 존경했고 두 분처럼 되고 싶다는 마음은 분명히 있었다. 검사가 되어야 한다고 누가 강요하지도 않았다.

검사가 무슨 일을 하는지 잘 몰랐던, 훨씬 더 어린 시절에는 아버지와 할아버지를 막연히 동경해서 검사가 되겠다고 선언했다. 그러나 어느 날 당연하다는 듯 똑같은 길을 걸을 거라는 주위의 기대와, 맹목적으로 지향하고 있는 나 자신이 이대로 괜찮을까 불안해졌다.

이유가 있는 불안은 아니었을지도 모른다.

그냥 그때까지 장래에 대해 아무 망설임도 없었고, 근거도 없이 믿었다는 사실을 깨달았다.

검사가 되겠다는 꿈이 왠지 무척 유치해 보여서 갑자기 순수하게 "검사가 되겠다."라고 말해도 좋을지 자신감을 잃어버렸다.

당시 의대 2학년이었던 마카베 씨는 진지하게 그 고민을 들어 주었다.

"나도 중학생 때는 그랬어. 아버지가 의사니까 그냥 나도 의사가 되어야겠다고 생각했는데 보람과 고생도 알게 되었고…… 의사가 아닌 다른 직업을 동경한 적도 있었어. 축구 선수나 그런 거. 그렇게 어렵게 생각할 필요는 없지 않을까."

마카베 씨는 말을 이었다.

"아직 앞날은 길고 여러 선택 중 하나라고 생각하고…… 검사도 좋다, 정도로 생각하면 되지 않을까. 중간에 더 하고 싶은 일을 발견하면 그때는 그쪽으로 가면 돼. 매여 있을 필요 따위 없다고. 꼭 일만 그런 게 아니라 좋아하는 사람, 좋아하는 것들을 앞으로 다양하게 찾아낼 테니까."

내 방에서 과외 수업을 하다가 잠깐 쉬는 시간이었다. 마카베 씨는 웃거나 심각한 표정을 짓지 않고 담담히 말했다.

"검사에 대해 잘 알지도 못하면서 되고 싶다고 말하는 걸 고민한다면, 지금부터 조사해 보면 되는 일이야. 네 아버지에게 물어보면 되지. 그래서 이것저것 다 살펴봤는데 그래도 역시 검사가 되고 싶으면, 주위에 교본이 있는 거잖아. 그건 장점이라고 생각하는데."

의사의 아들로 태어나 의대에 들어간 그의 말은 설득력이 있었다.

"마카베 씨는 그런 걸 다 생각해서 결국 의사가 되고 싶다고 생각했어요?"

내가 묻자 그는 "지금은."이라고 대답했다.

"하지만 봐, 앞으로 운명의 만남이나 그런 게 있을지도 모르고. 어느 날 갑자기 내가 밴드를 하고 싶은 마음이 들면 대학을 때려치울지도 모르지, 용서받지 못할 사랑에 빠져 야반도주할지도 모르고. 모르는 거야."

그건 농담이었겠지만 "중학생은 아직 시간이 많잖아."라며 웃어 줘서 훨씬 마음이 편해졌다.

마카베 씨는 진작 잊어버렸을 테고 나도 오늘까지는 떠올리지 못했다. 그러나 내 안에서 마카베 씨는 지금도 그때 웃으며 격려해 주던 그 사람, 그대로다. 분별없는 중상모략에 상처 입고 고개 숙인 지금의 모습을 보고 있어도, 역시 등을 똑바로 편 당당한 모습이 먼저 떠오른다.

그러고 나서 몇 년이나 지나 나는 법대에 들어갔고 마카베 씨는 대학을 그만둬 버렸다. 스스로 바란 게 아니라 쫓겨나듯이.

오늘 에이코 씨에게 인사했을 때 들은 "훌륭해졌네."라는 말 덕에 옛날이 떠올랐을지도 모르겠다.

그때는 그 말에 담긴 숨은 뜻까지는 몰랐지만, 지금 돌이켜

보면…… 그녀는 아들에게, 분명히 존재했던 그 미래를 그리워했던 것 같다.

에이코 씨에게서 얻은 정보는 기타미 선배에게 전달했지만 느낀 점은 선배에게 말하지 않았다. 조사에는 필요 없다고 판단했기 때문이다.

이렇게 홀로 생각해 봐야 의미도 없다고 생각했지만 도저히 머릿속에서 떨칠 수 없었다.

부모님마저 마카베 씨가 무죄라고 믿어 주지 않는다.

원죄는 있어서는 안 된다. 하물며 의혹을 벗겨 내지 못한 채 합의 때문에 스스로 자신의 죄를 인정하고, 평생 그걸 짊어진 채 살아가다니……. 얼마나 괴로울지 감히 상상도 할 수 없다.

그래도 가족이나 주위 소중한 사람들만이라도 사실을 알고 믿어 주면 자신을 잃지 않고 살아갈 수 있다. 그러나 마카베 씨에게는 그게 없었다.

그는 아버지와 잘 맞지 않는다고 에이코 씨가 말했다. 내가 이웃에 살던 시절, 그들 부자 사이는 나쁘지 않았을 것이다. 아마 사 년 전 사건이 원인이 되어 관계가 틀어지지 않았을까. 분명 마카베 씨의 아버지는 아들의 무죄를 믿지 않았다. 마카베 씨 본인이 그걸 모를 리가 없다.

그 절망을 생각하니 가슴이 조여드는 것 같았다.

줄곧 그와 연락을 하던 어머니조차, 물론 입 밖으로 말하지는 못하고 간절히 믿고 싶었겠지만, 진심으로까지 믿지는 못하고 있다.

만일 변호인이나 부모님이 마카베 씨가 무죄라고 믿었다면 그들은 마카베 씨에게 합의를 종용하지는 않았을 것이다.

마카베 씨가 합의를 결심한 것은 정말 그저 위험만을 생각한 결과였을까.

변호인이나 가족마저 자신을 믿지 않는다는 걸 깨닫고 싸울 기력을 잃지는 않았을까. 상상이지만 만약 그랬다면 정말 끔찍한 일이다.

마카베 씨가 사건 전부터 알던 인간관계를 전부 포기하고 새로운 지역에서 살려고 한 것도, 쫓아오는 과거에서 달아나듯 다시 다음 거주지로 넘어간 것도, 친한 사람들에게 설명조차 하지 않고 손을 놓아 버린 이유도, 이해할 수 있을 것 같았다.

그는 한 번 시도했고 실패했다.

누구보다 자신을 잘 알고 사랑해 주던, 자신도 믿고 있는 가족에게 모든 것을 털어놓았고, 믿어 달라고 호소했다. 그래도 그들마저 믿어 주지 않았다면.

이제 어떻게 하든 소용없다고 절망하지 않을까.

멍하니 얼마나 있었는지 모르겠다.

충전기에 연결한 스마트폰이 진동하는 소리가 들렸다. 서둘러 몸을 일으켜 손을 뻗었다.

기타미 선배인가 했는데 화면에 표시된 것은 마카베 씨의 이름이다.

에이코 씨에게 무슨 말이라도 들었나 흠칫 놀랐다. 티 나지 않도록 조심하면서 '통화' 아이콘을 터치했다.

"네, 기세입니다."

"지금 통화 괜찮니?"

그의 목소리는 평온했다.

마음이 놓여서 바로 "네, 괜찮아요."라고 대답하며 말을 이었다.

"말씀 못 드려서 죄송해요. 오늘 본가에서 말씀 들었어요. 사년 전 사건 피해자에 대한 단서를 찾아서 지금 기타미 선배가 알아보고 있어요."

"그래. 고맙다, 듬직하네."

궁지에 몰린 기색도 팽팽한 긴장감도 느껴지지 않는다. 그러나 그 후 침묵이 있었다.

"마카베 씨?"

불안해져서 마카베 씨를 부르자, "응." 하고 대답이 돌아온다. 아직도 조금 망설이는 듯한 침묵이 흘렀다.

"가나미에게 말했어. 오늘."

마카베 씨가 말했다.

숨을 삼킨다.

묻지 않아도 알았다.

"전에 기타미 씨가 그랬잖아. 말하는 게 좋을 거라고……. 그 말이 맞다고 생각했어. 협박범이 자신에게 유리한 이야기를 하기 전에 제대로 내 입으로 설명해야 한다는 것도. 언젠가 가나미가 표적이 될지 모르니까 제대로 경계할 수 있도록……, 가나미의 안전을 위해서라도 말하는 게 좋다는 것도 사실은 그런 거 내내 알고는 있었는데."

소심한 자신이 부끄러운지도 모른다. 말하는 목소리에 어딘가 자조하는 듯한 소리가 섞였다.

"사실을 말해도 믿어 주지 않는다면, 거부당한다면, 어떡하나 싶어서. 가나미가 나에게서 떠나는 게 아닐까 두려웠어. 그렇게 생각했더니 말할 수 없었어. 가나미를 위한다면 반드시 말해야 하는데."

두려워서.

그 한마디에 가슴이 꽉 조여들었다.

잃을 게 두려워 움직이지 않는다고, 그게 한심하다고 누군가는 비난하겠지.

두려운 건 당연하다.

가까운 사람이 믿지 않고 떠나가 버린 경험이 그를 얼마나 상처 입혔을까, 그걸 생각만 해도 목이 멘다.

"그건 가나미를 믿지 못했던 거야. 가나미라면 나를 믿어 줄 거라고 그렇게 생각하지 못한 거야. 제일 믿어 줬으면 하는 사람을 내가 믿지 않으면 안 되잖아. 그래서."

그는 천천히 말을 이었다.

"전부 털어놨어. 예전에 억울한 누명으로 체포된 적이 있다고. 합의하고 기소는 안 되었지만 그 피해자인지 관계자가 지금도 나를 원망하고 있다고. 지금 괴롭히는 협박 편지가 오는 것도, 이게 처음이 아니라는 사실도, 오해를 풀기 위해 기타미 씨에게 범인을 찾아 달라고 부탁했다는 점도……. 그리고 가나미는 받아들여 줬어."

그렇게 말한 그의 목소리는 무척 들뜨고, 어딘가 자랑스러워 보이기도 했다.

"가나미는 내 말을 믿어 줬고 지금까지 말하지 않은 것도 용서해 줬어. 협박받는 것도 다 알고, 그러고 나서 지지 않겠대, 신경 쓰지 않는다고 말해 줬어. ……내가 생각했던 것보다 강한 여성이어서 깜짝 놀랐어."

누군가에게 믿음을 기대하는 것조차 포기해 버린 그가 과거를 털어놓기까지는 큰 용기가 필요했을 것이다. 그것도 절대로 잃고 싶지 않은 단 한 사람에게. 다시 잃을지도 몰랐다. 그래도 그는 고백했다.

그리고 그녀는 마카베의 고백을 받아들였다.

그는 이제 포기하지 않아도, 달아나지 않아도 된다.

"다음 달 초부터 같이 살기로 했어. 식을 올리지 않겠지만 약혼했다고 알린 사람들을 불러서 작은 피로연를 열까 해. 혼인 신고도 그날 하려고. 요시키와 기타미 씨도 와 주면 좋겠어."

"네, 그야…… 물론."

머리가 따라가지 못해 반응이 늦었지만 틀림없이 반가운 소식이다. 서둘러 축하드려요, 하고 덧붙였다.

사건은 아직 해결되지 않았다. 마카베 씨는 지금도 피해자, 친구, 가족에게 오해받고 있고 괴롭힘도 계속되고 있다.

그러나 이노우에 씨에게 과거를 고백했고 범죄 경력을 알리고 싶지 않으면 연인과 헤어지라는 협박은 이제 아무 의미도 없다.

무엇보다 그녀밖에 없다고 말했던 소중한 사람에게 과거를 털어놓았고, 그녀가 이를 그대로 받아들인 것은 분명히 구원이었다.

나까지 구원받은 기분이었다.

"아직 괴롭히는 범인은 못 찾았지만 해결될 때까지 결혼하지 않는다거나, 그렇게까지 매여 있을 필요는 없지 않나 싶어서. 같이 극복하자고 가나미도 말해 줬어."

이렇게 평온하고 행복해하는 마카베 씨의 목소리를 들은 것은 오랜만이었다. 전화 너머에서도 지금 그가 어떤 표정일지 눈에 선했다.

그가 앞으로 나아가려는 것을 알 수 있었다.

잘됐다.

단 한 사람이라도 지금 마카베 씨의 곁에는 믿어 주는 사람이 있다. 그는 그 사람과 함께 나아가려고 한다.

"정말…… 축하드려요. 마카베 씨."

이번에는 진심이 제대로 전해지도록 마음을 담아 말했다.

그는 쑥스럽다는 듯 "고마워." 하고 웃었다.

8

사 년 전 사건 현장인 공원에서 도보권 내에 있었던, 나가노 씨의 집을 찾는 것은 그렇게 어려운 일은 아니었다. 스미노와 팀원의 도움을 받아 며칠 만에 S현 N시 S초에 살던 나가노 가족이라는 사실을 알아냈다. 사 년이나 지나지 않았으면 더 빨리 찾아냈을 것이다.

나가노의 집에는 부부와 당시 대학생이었던 딸, 이렇게 셋이 살았는데 몇 년 전에 부부는 이혼하고 아내는 딸을 데리고 나가 버렸다고 한다.

"도호쿠에 있는 친정으로 돌아갔다고 해요. 이웃 아주머니가 가르쳐 주셨습니다."

'나가노'라는 명패가 걸린 집 외관을 요시이가 사진에 담아 왔다. 유복한 가정으로 추측되는 번듯한 집이다. 명패는 남아 있지만 집은 지금 매물로 나와 있고 아무도 살지 않는다고 한다.

그러나 주민표도 옮기지 않고 야반도주한 게 아니라면 어디로 이사했는지 간단히 추적할 수 있다. 이번 주말 피로연 전에 간신히 만날 수 있을 듯했다.

"이 나가노 씨의 딸이 사 년 전 사건의 피해자라는 거네요."

"그렇지, 틀림없을 거야. 나이도 맞고 당시 그 지역에 살던 나가노 씨는 한 집밖에 없던 것 같으니까."

부모님이 이혼했을 때 딸이 어머니와 같이 집을 나가 외가로 돌아갔다는 이야기를 듣고, 확신은 더욱 깊어졌다. 부모님이 단순히 이혼했다면 대학을 그만두면서까지 어머니를 따라가지는 않았겠지. 그녀 자신에게 이곳에 있을 수 없는, 혹은 있고 싶지 않은 이유가 있었다고 추측하는 게 자연스럽다.

"이제 범인과 대결하나요. 아가씨, 만나러 가실 거예요?"

"제가 따라갈까요?"

막 몸을 일으키는 요시이에게 마음만 받아 두겠다고 대답한 후 나가노의 집 사진을 다시 살펴봤다.

사 년 전이라고는 해도 강간 사건의 피해자를 만나러 가는 것이다. 위압적인 인상을 주면 안 되니까 가능하다면 적은 인원으로, 나 혼자 이야기를 하는 게 낫다.

"하지만 마카베 씨에게 온 편지는 N시 N초 소인이 찍혔잖아요. 게다가 범인은 정기적으로 마카베 씨의 집으로도 찾아갔고. 도호쿠에 살면……. 어, 강간 사건의 피해자 즉 협박범이라는 전제 자체가 틀렸다는 건가요? 얼마나 힘들게 조사했는데!"

요시이의 목소리가 커졌다.

"몇 년 전에 도호쿠로 이사만 하고 지금도 거기에 사는지는 알 수 없어. N시로 돌아왔을지도 모르고……. 그래서 이웃들도 돌아왔다는 사실을 모른다든가."

그러나 한 번은 떠난, 나쁜 기억이 있는 곳으로 일부러 돌아올까? 사건이 발생한 지 아직 사 년밖에 안 지났는데? 아무래도 석연치 않다.

피해자가 괴로운 기억이 있는 장소에서 멀어지려고 N시를 떠났다면…… 애초에 그런 여성이 그 후에도 마카베를 쫓아다니며 계속 괴롭힐까?

"N시에 협조자가 있어서 그 사람이 N초에서 편지를 보냈다든가?"

"그럴 수도 있지만 그럼 협조자라기보다 그쪽이 주범이라고 생각하는 게 좋을 거야. 예를 들어 피해자 자신이 아니라 그 친척이나……."

말하면서 무심히 책상으로 시선을 돌리자 마카베의 집 CCTV와 연동시킨 앱에서 알림이 왔다.

촬영한 파일이 업데이트되면 알림이 오도록 설정했다. 오늘 아침 마카베가 출근할 때도 한 번 작동했고 그 이후로 확인하지 않았다.

"메일인가요?"

"CCTV 앱. 아까 작동한 것 같아."

앱을 실행하여 확인하자 카메라가 작동한 것은 바로 조금 전, 십 분 전이었다.

카메라 앞으로 움직이는 물체가 지나가면 작동하도록 설정되어 있는데 이 시간이면 마카베는 출근했을 것이다. 이노우에일까. 아니면 집배원이 지나갔을지도 모른다.

아이콘을 터치하고 저장된 동영상을 열자 수수한 셔츠와 바지 차림에 모자를 눌러쓴 남자가 화면에 나타났다.

나이는 오십 대 중반에서 후반이려나. 복장을 보면 집배원은 절대 아니다. 화면 왼쪽에서부터 카메라 프레임 안으로 들어와 남들 이목을 신경 쓰는지 주변을 두리번거린다. 가만히 우편함에 편지를 넣고 떠나는 모습까지 제대로 찍혀 있었다.

이 남자가 피해자 여성에게 부탁을 받고 심부름꾼 같은 일을 하고 있을 가능성도 없지는 않지만, 이런 협박에 공범이 있다고 생각하기는 어렵다. 편지를 들고 온 이 남자가 전화를 건 남자이자, 편지를 쓴 사람이라고 생각하는 것이 제일 그럴듯하다.

피해자 여성 본인이 아니라 아마 그녀와 어떤 관계가 있는 남자.

다시 한번 동영상을 재생하고 남자의 얼굴이 카메라 쪽을 향하는 지점에서 멈췄다.

마르고 작은 몸집에 알 수 없는 표정이었으나 흉악한 얼굴도 아니다. 범인의 얼굴을 보고 안심한다는 것도 이상한 말이지만 그만큼 위험한 상대로는 보이지 않았다.

협박을 즐기는 것처럼 보이지도 않는다.

"요시이, 나가노 집의 딸과 어머니는 몇 년 전에 이 지역을 떠났다고 했는데, 아버지는?"

"그게 최근까지 그 집에서 혼자 살았다고 하는데, 지금은……잠시만요."

요시이가 자기 자리로 가서 컴퓨터를 조작했다.

나도 그의 책상으로 다가가 화면을 들여다보았다.

"나가노 에이지. 나왔어요. ……지금도 N시에서 살고 있는 것 같아요."

소유자인 나가노 에이지의 현주소는 S현 N시 N초로 되어 있다.

요시이가 매물로 나왔다는 나가노 집의 등기부를 화면에 띄웠다.

'역시.'

마카베를 원망할 만한 다른 사람은 떠오르지 않았다. 협박 편지를 보낸 사람은 사 년 전 사건의 관계자이고 제일 의심스러운 용의자는 피해자 자신이라고 추측했다. 하지만 아무래도 석연치 않은 대목이 있었다.

강간 피해 여성 대부분은 사건을 빨리 잊고 싶어 하지 않을까. 물론 사람에 따라 다르기 때문에 일반화할 수는 없지만 대개 공포가 더 커서 범인을 몇 년씩이나 추적해 괴롭히는 사람은 극히 소수에 불과하다. 일을 키우고 싶지 않아서 합의까지 하고 사건 직후 지역을 떠난 여성이라면 특히.

그러나 피해자의 가족은 본인의 의사를 존중하여 합의에는 응할 수밖에 없었다 해도, 범인을 용서하지 못하고 몇 년이 지나도 상대가 죗값을 치르기를 원할지도 모른다. 이쪽이 더 그럴듯하다.

사건 당시 피해 여성은 열아홉 살이었다. 동영상의 남자가 그녀의 아버지라면 나이대도 맞는다.

요시이에게 등기부를 출력해 달라고 부탁한 뒤, 내 자리로 돌아가 기세와 마카베에게 메일을 보냈다. CCTV가 작동하여 범인의 얼굴을 찍었고, 그 사람은 아마 사 년 전 사건의 피해자 가족이라고 생각된다. 이름과 주소도 얼추 조사가 끝났다. 지금 마카베의 집 우편함에는 새 협박 편지가 들어 있다. ……이노우에가 마카베보다 먼저 집에 와서 우편함을 봐선 안 된다. 그녀가 보기 전에 우편물을 회수할까? 일단 마카베에게 보낸 메일에만 마지막 한 줄을 덧붙였다.

마카베가 억울한 누명으로 체포되었고, 현재 협박 편지를 받고 있다는 사실을 이노우에에게 털어놓았다고 기세로부터 들었다. 그러나 아무리 그래도 자신을 단죄하는 협박 편지를 연인에게 보이고 싶지는 않을 것이다.

일하는 시간일 텐데 쉬는 시간인지, 마침 손님이 없었는지 마카베에게 메일을 보내자 당장 전화가 걸려 왔다.

'협박 편지가 새로 들어왔다, 용의자의 이름과 주소를 알아냈다.' 이런 엄청난 소식이 이어진 직후치고는 의외로 매우 침착한 모습이었다. 메일과 똑같은 내용을 다시 한번 구두로 보고했다.

"CCTV에 찍힌 사람이 피해자 가족과 동일 인물로 확인되면 직접 대화하러 가 보겠습니다. ……그래서 오늘 받은 편지에 대해서는…….."

"아아, 가나미는 지금 본가에 가서 이쪽으로 올 일이 없으니까 괜찮아. 그래도 걱정은 되니까 오늘은 일찍 퇴근할게."

"댁에 도착하실 때쯤 찾아봬도 될까요? 편지 실물을 보고 싶어서요."

"물론이지, 7시 괜찮을까?"

"알겠습니다."

왠지 마카베의 목소리는 전보다 밝아진 듯했다. 범인의 꼬리가 잡혀 해결에 가까워지기 때문일까. 이노우에에게 고백하고 마음에 여유가 생겼을까.

새 협박 편지가 왔다는 보고에도 마카베가 동요하지 않아 안도하고 전화를 끊었다.

편지 내용을 확인해 봐야 하겠지만, 드디어 상황이 움직이기 시작했다.

요시이가 나가노 에이지의 주소가 기재된 등기부를 출력해서 파일에 끼워 건네주었다.

고맙다고 말하고 자리로 돌아왔다.

책상에 그대로 놓여 있던 머그잔 바닥에 커피가 식어 있어서 한번에 다 마신 뒤 커피 메이커가 있는 탕비실로 가서 새 커피를 따랐다.

김이 나는 컵을 책상에 내려놓은 뒤 의자를 당겨 가방에서 파우치를 꺼내 립크림을 발랐다.

마카베의 집을 찾아가기 전에 마쳐야 하는 일이 몇 가지 있다.

기세에게 추가로 메일을 보내 7시에 마카베의 집으로 간다고 알리자, 몇 분 후에 '저도 갈게요.'라는 답장이 왔다.

＊＊＊

정각 7시에 맞춰 집으로 찾아가자 마카베가 현관에서 맞아주었다. 기세는 아직인 듯하다.

도착 시간을 가늠해 커피를 준비했는지 물 끓는 소리가 났다.

지난번 만났을 때보다 자세도 바르고 표정도 밝아 보였다. 지쳐 보여서 단순히 기운이 났다고 해도 될지 모르겠지만…… 편안한 표정이었다.

이노우에에게 고백해서, 협박 때문에 연인을 잃을지도 모른다는 제일 큰 불안이 사라졌기 때문일까.

그러나…… 오인 체포되어 피해자에게 원한을 샀다, 라는 사실과 협박받고 있다는 사실은 고백했어도, 이노우에에게 강간 사건이라고까지는 말하지 않은 듯했다. 아무리 무고하다 해도 충격적인 범죄라 이해가 된다.

협박범이 이노우에에게 접근하여 과거 사건의 내용까지 폭로하는 일만큼은 막아야 한다.

"오늘은 몇 가지 보고드릴 것도 있지만…… 그건 기세가 온 다음에 말씀드릴게요. 먼저 편지를 확인해도 될까요?"

마카베는 고개를 끄덕이고 봉인을 뜯은 흰 봉투를 바로 가져다주었다.

"이번에는 지금까지와는 다르다고 할까……. 아무래도 가나미 앞으로 온 것 같아. 받는 사람 이름이 쓰여 있지 않지만 내용을 보면 그래. 문체도 정중하고."

"이노우에 씨 앞이요?"

우편 발송과는 다르게 봉투에는 받는 사람 이름이 없다.

내가 봉투 입구를 벌리고 편지를 꺼내자마자 현관 차임벨이 울렸다.

몇 분 늦게 기세가 도착한 듯했다.

마카베가 현관으로 기세를 맞으러 간 사이, 그대로 앉아서 편지를 훑어봤다.

지금까지와 같이 흰색 A4 용지에 글자를 인쇄했다.

'상대를 잘 알지도 못하면서 결혼하면 안 됩니다. 이 결혼은 당신을 불행하게 만들 겁니다. 사 년 전 일을 조사해 보세요. 다른 사람과 의논하세요.'

확실히 이노우에를 상대로 쓴 것 같다.

마카베를 단죄하던 지난 번 편지와는 분위기가 전혀 다르다.

왜일까, 이제 와서 마카베의 체포 이력을 분명하게 밝히지는 않았지만 '사 년 전'이라는 구체적인 시기도 언급하고 있다. 이노우에에게 경고하려는 강한 의지가 그대로 전해졌다.

그러고 보니 마카베가 전 여자 친구, 사와이 레나와 교제할 때도 편지는 마카베가 아니라 여자 친구 앞으로 왔다. 그때도 마카베의 체포 이력을 암시하고 교제를 그만두도록 종용하는 내용이었다. 마카베를 고립시킬 목적이라면 그가 아니라 오히려 연인에게 편지를 보낸다는 것은 이해할 수 있다. 지금까지 이노우에 가나미 앞으로 협박 편지가 오지 않은 것이 이상할 정도였다.

"하지만 왜 이노우에 씨 앞으로 보낸 편지가 이 집에……."

의문을 입에 올리려던 순간, 머릿속에 뭔가 떠올랐다. 이 집 명패는 '마카베 · 이노우에'로 되어 있다. 몇 번이나 직접 편지를 놓고 간 범인, 아마 나가노 에이지는 당연히 그걸 봤을 것이다.

마카베와 같이 거실에 들어온 기세에게 펼친 편지를 건넸다.

"전에도 이 집에 이노우에 씨 앞으로 편지나 우편물이 온 적이 있나요?"

부엌으로 들어가려던 마카베에게 묻는다.

"아아, 가끔…… 원래 나도 가나미도 별로 편지를 주고받는 사람이 없어서, 어머니가 보내시는 정도."

마카베는 고개를 젓고 식기 선반에 손을 뻗으며 끄덕였다.

"전에도 말했지만 원래 지난달부터 가나미와 같이 살려고 했어. 그게 가나미네 아파트 절차나 직장 문제로 지연돼서…… 부모님과 직장에는 같이 산다고 말해 버렸지. 그 뒤에 굳이 정정하지도 않았어."

그러고 보니 이노우에의 본가에서 보냈다는 쌀 포대가 이 집에 놓여 있기도 했다.

그때는 신경 쓰지 않았지만 같이 먹으라는 뜻이라 해도 보통은 딸 앞으로 보낼 것이다. 이노우에의 어머니마저 딸이 이 집에 산다고 생각했다는 것이다.

그래도 이노우에는 마카베의 집에 자주 와서 문제는 없었다고 한다. 마카베 씨는 그렇게 말하며 컵 세 개를 쟁반에 올려놓았다.

"그럼 약혼 소식을 들은 사람들은 이미 같이 산다고 생각하겠네요?"

"아마 그렇겠지."

마카베가 일하는 매장의 여성 점원도 마카베는 약혼녀와 동거한다고 말했었다.

나가노가 어디에서 정보를 얻었을까? 탐정에게 의뢰라도 했는지는 모르지만 나가노 역시 마카베가 약혼해서 함께 산다고 어딘가에서 들었을 것이다. 그리고 두 사람이 결혼 초읽기에 들어간 상태라는 것을 알고 이를 막으려고 편지를 보내기 시작했다.

"분명 편지를 보낸 사람도 이 집에는 마카베 씨와 약혼녀 이노우에 씨가 같이 살고 있다고 생각하고 있어요. 편지 문체가 제각각인 것은 그중 일부를 이노우에 씨 앞으로 보내서가 아닐까요?"

"앗······."

"그렇구나."라고 마카베와 기세도 작게 소리를 냈다.

"받는 사람이 없는 편지를 당연히 내 앞으로 온 거라고 생각했는데······."

"그러고 보니····· 명패도 두 사람 이름으로 되어 있잖아요."

마카베를 단죄하고 결혼을 중단하도록 강하게 압박하는 편지와 상대를 배려하여 경고하는 편지는 마치 다른 사람이 쓴 것 같았다. 그러나 편지를 작성한 사람이 아니라 받는 사람이 달랐던 것이다.

같이 사는 이상 마카베와 이노우에 둘 중 한 명이 먼저 편지를 읽을지도 모른다. 마카베 앞으로 쓴 편지도, 이노우에 앞으로 쓴 편지도 두 사람 중 누가 봐도 상관없도록 작성했다.

마카베에게 쓴 편지에서 분명하게 강간 사건에 대해 밝히지 않은 것은 이노우에가 읽을 수도 있기 때문이겠지. 나가노는 그녀를 마카베에게 속은 선의의 피해자로 알고 있으니 그녀가 지나치게 상처 입지 않도록 사건을 애매모호하게 작성했다.

그래도 이노우에가 마카베 앞으로 온 편지를 읽으면 위화감을 느낄 테고, 마카베에 대한 불신이 싹틀 것이다. 반대로 마카베가 이노우에 앞으로 온 편지를 읽으면 자신의 과거를 아는 사람이 그녀에게 경고한다고 깨닫게 되어 죄책감과 위기감을 느낄 것이다. 그 결과가 저 흐리멍덩하고 애매한 문장이었다고 생각하면 납득이 간다.

동영상 속에서 알 수 없는 표정을 지은 나가노의 얼굴을 떠올렸다.

그는 이노우에를 도우려는 것이다.

그가 믿는 정의를 실현하려고 한다. 위험하고 말이 통하지 않는 상대가 아니다. 잘 설명해서 오해를 풀면 원만하게 해결할 수 있다.

"편지를 보낸 사람이 정서적으로 불안정한가 싶었는데……."

"네, 이유가 있었어요. 이게 그 편지를 쓴 사람이에요."

스마트폰으로 동영상을 재생하여 두 사람에게 보여 주었다.

마카베는 커피 컵을 얹은 쟁반을 테이블에 내려놓고 화면을 들여다봤다.

"……모르는 얼굴이야."

자신을 내내 괴롭혀 온 인간의 얼굴을 만감이 교차하는 표정으로 바라보고 있다.

분노가 치솟아도 이상하지 않을 텐데 마카베는 그저 "위험해 보이지는 않네." 하고 중얼거렸다.

"사 년 전 사건의 피해자는 이제 N시에는 살지 않는 것 같아요. 몇 년 전에 어머니와 같이 이 지역을 떠났다는데, 지금은 아버지만 N시 N초에 있어요."

기세가 마카베의 옆으로 가서 스마트폰을 들여다봤다. 마카베는 화면을 터치해서 동영상을 다시 한번 재생했다.

"아마 그 사람이 피해자의 아버지일 거예요. 편지에 자세한 내용을 쓰지 않고, 에둘러 간접적으로 마카베 씨가 스스로 물러나도록 작성한 것도 이노우에 씨를 염려해서겠죠."

자신의 딸과 같은 피해자니까.

입 밖으로 나오지는 않았지만 내가 하고 싶은 말이 마카베에게 전해졌을 것이다.

나가노에게 마카베는 성범죄자이고 이노우에와 결혼은 막아야 한다.

마카베는 잠시 침묵했다.

"그런 사람이라면 가나미가 다칠 걱정은 없을 것 같아. 그걸 안 것만으로도 마음이 놓여."

차분하게 나에게 스마트폰을 돌려주고 그렇게 말했다.

미소 지으며 컵을 내려놓았다.

"실은…… 이런 말해서 미안한데, 요즘 들어 굳이 범인을 찾지 않아도 될 것 같아. 그렇게 생각하게 됐어. 가나미가 그런 편지에 신경 쓰지 말라고 말해 줬고……. 뭐라고 헐뜯어도 오해라는 걸, 소중한 사람이 진짜 자신을 알아봐 주면 그걸로 됐다 싶어."

조사하는 일에 대해 결과가 나오지 않아도 된다고 말을 들으니 탐정으로서는 복잡한 기분이었다. 너무 신경 쓰지 않겠다, 결과가 어떻게 나오든 자신의 생활은 달라지지 않는다. 그래도 이렇게 생각할 수 있을 만큼 마음이 단단해졌다는 의미이니 좋은 일이다.

다시 소중한 사람을 잃을까 두려워 날이 바짝 서 있던 예전 상태가 거짓말 같았다.

"뭐 긍정적으로 생각하려는 것도 있을지 몰라."

마카베는 쓴웃음을 지으며 덧붙였다.

"가나미가 다칠까 봐 걱정했으니 그럴 염려가 없으면 이제 조사도 중단해도 돼. 누가 범인인지 알게 되어 후련하지만, 만약 설득하지 못해도 요시키나 기타미 씨가 걱정할 일은 없어. 범인의 정체를 알게 된 것만으로도 충분하거든."

그렇게 말하며 웃는 그는 허세를 부리는 것처럼 보이지 않았다.

하긴 상대의 정체를 알게 된 시점에……, 정확하게는 CCTV 영상의 남자가 나가노 에이지라고 확인한 시점에 원래 탐정 업무는 끝났다. 협박 사건도 80퍼센트 정도 해결되었다고 할 수 있다.

상대가 누구인지 알고 있으면 어떻게든 대처할 수 있다. 앞으로 상대가 어떻게 나오느냐에 따라 경찰에 신고할 수도 있다. 이쪽이 정체를 알고 있다고 상대에게 알리기만 해도 협박을 멈추게 할 수 있다.

"알겠습니다. 물론 상대에게 사정을 설명한 뒤 납득하게 하는 게 제일 좋지만 그게 어렵다면 앞으로 두 사람에게 접근하지 말라고 설득하겠습니다. 가능한 한 자극하지 않도록. 한번 말해 보고 반응을 본 다음에 보고하겠습니다. ……필요하다면 변호사도 소개할 수 있고요."

"그래 부탁해. 모레 혼인신고나 피로연은 예정대로 진행하고 싶은데……. 벌써 장소도 잡아 뒀어."

"네, 물론이죠. 가능하면 그때까지 해결하고 싶네요."

설령 나가노 에이지와 대화가 통하지 않아도 혼인신고나 피로연을 연기할 필요는 없다. 마카베는 실제 위해가 없는 한 가능한 한 신경 쓰지 않겠다, 라는 의지를 보였다. 의뢰인이 쓸데없는 스트레스에 휘둘리지 않고 사건을 해결할 수 있으니, 그 의지는 큰 의미가 있었다.

약혼녀에게 과거를 밝히고 받아들여진 점이 컸을 것이다. 마카베에게서 지금까지는 없던 자신감 같은 것이 느껴졌다.

기세가 원래 마카베는 사교적이고 사람들의 중심에 있는 타입이라고 말했는데, 지금이 본연의 모습과 가까울지도 모른다.

"내일 찾아가 볼게요. 토요일 오전에는 집에 있을 가능성이 크니까요."

"응, 고마워. 부탁해."

모레 피로연 전에 좋은 보고를 할 수 있으면 좋겠다.

나와 마카베의 대화를 듣고 있던 기세가 "그럼 저도."라며 나선다.

"같이 갈게요. 집으로 찾아가는 거죠? ……아, 하필 토요일 오전에 수업이 있어서……. 내일은 발표 담당이라 빠질 수 없지만 그 다음이라면."

"괜찮아, 그런 위험한 사람이 아닌 것 같아."

"그래도……."

"경계하게 만들고 싶지 않아. 여자 혼자 가는 게 위압감도 없을 거야. 게다가 업무상 위험한 사람도 많이 아는데 이 사람은 괜찮아 보여."

기세를 안심시키기 위해서가 아니라 진심이었다.

환영받지는 않겠지만 그가 사건과 상관없는 나에게 격앙되어 폭력을 휘두르는 짓은 하지 않을 것이다. 몇 년이나 집착할 만큼 마카베를 원망했어도 이노우에를 다치지 않게 하려고 배려했을 정도다. 그렇게 사리 분별 못하는 상대는 아닐 것이다.

어차피 대화를 한다면 빨리 하는 게 좋다. 피로연과 혼인신고 예정일은 모레다. 만약 나가노가 그걸 알고 있다면 그 전에 나가노가 이쪽으로…… 아마 마카베가 아니라 가나미에게 접촉할 가능성도 있다. 즉, 오늘내일 사이에.

마카베가 말하는 대로 나가노가 가나미에게 해를 끼치는 일은 없겠지만 이때다 싶어 혼인신고 전에 그녀에게 접촉해 마카베의 과거를 폭로할지도 모른다. 그 가능성은 매우 높다.

약혼자가 강간범이었다고 알게 되면 이노우에는 마음을 다치게 되지만, 그래도 성폭행범인 줄도 모르고 결혼하는 것보다는 낫다고…… 마음에 상처를 입어도 진실을 아는 게 좋다고, 나가노라면 그렇게 생각할 것이다.

괴롭힘은 마카베에게 벌을 준다는 의미도 있을 테지만 그 이상으로 마카베가 교제하는 여성들이 속아서 결혼하는 '피해자'

가 되지 않도록 결혼을 저지할 목적이었던 게 아닐까?

"여성에게는 소리를 지르거나 폭력을 휘두르지 않을 거야. 나와 딸 나이도 비슷하고."

"……알겠습니다. 하지만 수업이 끝나고 시간이 맞을 것 같으면 그쪽으로 갈게요, 분위기가 험악해지면 바로 연락 주세요."

기세는 끈질기게 말하다 결국 포기했지만 그래도 걱정이 남아 있는 듯했다. 정말 S현까지 달려올 것 같아서 예정보다 조금 빨리 가서 오전 중에 이야기를 끝내 버리자고 다짐했다.

이야기를 원만하게 끝내려면 형편에 맞는 수단도 필요하다. 예를 들어 상대가 마카베의 무죄를 믿지 않는 경우에는, 상대가 믿는 이야기를 전제로…… 마카베가 강간범이라고 인정하고 이해를 구하는 방식도 있다. 당연히 기세는 그 방식에 반감을 가질 것이다. 기세와 같이 있는 것보다 내가 혼자 가는 편이 더 자유롭게 협상할 수 있다.

진실이 어떻든 마카베를 강간범으로 증오하는 상대를 만나러 가는 것이다. 정신적인 부담을 생각해도 마카베에게 개인적인 감정이 없는, 내가 더 적임자였다.

"기타미 씨에게 부탁하길 정말 잘했어. 아직 끝난 건 아니지만 해결될 전망이 보이고 범인의 정체를 알게 된 것만으로도 충분해. 이제 마음 놓고 혼인신고를 할 수 있겠어. 두 사람 덕분이야."

"고마워." 하고 마카베는 손을 내밀어 기세와 악수했다. 아직 범인과 이야기도 하지 않았는데 너무 앞선다. 혼인신고와 피로연을 눈앞에 두고 있어서 감정이 고양된 걸지도 모른다.

기세는 "잘됐어요." 하고 순수하게 기뻐하고 있다.

나도 기뻐해야 할까.

의뢰 내용은 협박범을 찾아내는 것이다. 나가노와 만나 CCTV에 찍힌 남성이 나가노 에이지라고 확인하면 거기에서 내 일은 끝난다.

협박을 그만두도록 설득하는 일은 서비스나 마찬가지다.

그다음 나가노와 이야기가 잘 풀리든 아니든 조사 자체는 종료된다. 의뢰인도 결과에 만족하니 일은 성공이다.

이제 성공이 코앞에 다가온 조사의 마무리만 남아 있을 뿐인데…… 왠지 안심할 수 없었다.

뭔가 마음에 걸린다.

위화감, 꺼림칙한 예감, 뭐라고 불러야 좋을지, 그게 어디에서 오는 것인지 그것도 모르겠다.

모르면서 입 밖에 내면 안 된다. 나가노와 만나 이야기해서 확인할 수밖에 없다.

지나친 생각이라면 좋겠다. 그러길 바라며 마카베의 손을 잡고 애매한 미소를 돌려준다.

그러나 유감스럽게도 이럴 때 감은 틀린 적이 없었다.

＊ *＊* *＊*

등기부에 쓰여 있던 주소는 독신자용 아파트였다.

자전거 보관소 바로 옆에 있는 계단 아래 우편함이 있어서 확인하니 204호에 '나가노'라고 손으로 쓴 종이가 붙어 있다. 이 아파트에 사는 것은 틀림없는 듯하다. 마카베에게 보고하기 위해 아파트 외관과 우편함 사진을 찍었다.

204호실 앞에 가서 초인종을 눌러도 대답이 없었다. 인기척도 느껴지지 않았다. 토요일 오전이라 집에 없는 듯하다.

문과 명패, 가스계량기 사진을 찍은 뒤 계단을 내려가 건물 밖에서 기다리기로 했다.

약속한 게 아니니 이런 일도 있다. 전화번호는 금방 알아낼 수 있지만 사전에 연락하지 않고 직접 쳐들어가는 편이 상대가 달아나지 않고, 이야기를 할 수 있는 확률도 올라간다. 문전박대당해도 CCTV에 찍힌 그 남성이 나가노 에이지인지 얼굴을 확인할 수 있다면 그것만으로 충분하다.

그렇다고는 해도 일단 착수한 이상, 물러날 수는 없다. 가능하면 이야기를 하고 싶다. 대화하면 오해가 풀릴지, 시구레에게 출동해 달라고 부탁할 수밖에 없을지 그것만이라도 판별해야 한다.

슬쩍 손목시계를 봤다. 오전 11시가 지났다. 기다린 지 십오 분 정도 지났다.

시간을 두고 다시 와야 하나 고민하는데 다가오는 발소리가 들려 나는 고개를 들었다.

앙상해 보이는 체격의 남성이 한 손에 슈퍼 봉지를 들고 걸어오고 있었다. 앞을 가로지를 때 얼굴이 보였다. CCTV 영상의 남성이 틀림없다.

남성이 아파트 현관 유리문을 열고 안으로 들어왔다. 뒤를 쫓았다.

남성은 204호라고 쓰인 우편함을 열고 우편물을 꺼냈다. 광고 우편물을 슬쩍 보니 나가노 에이지라는 이름이 보인다.

그가 돌아보고 눈이 마주쳤다.

"나가노 에이지 씨인가요?"

"……자네는?"

고개를 끄덕인 후 반대로 질문한다. 온화한 눈이었다.

순간 망설였으나 간결하게 사실을 말했다.

"마카베 겐이치 씨가 고용한 탐정입니다."

반응을 보고 싶었다.

나가노는 말이 없고 동요한 기색도 없다. 적어도 표면상으로는.

수상쩍어하는 표정에 누구냐고 묻지도 않으니 왜 찾아왔는지 짐작 가는 데가 있다는 말이다.

틀림없다, 협박 편지를 보낸 사람이다.

우선 침착하게 이야기를 할 수 있는 상대라 안심했다.

태도가 180도 달라져 갑자기 공격하지는 않을 것 같아서 과감하게 말을 이었다.

"정확하게는 그의 친구에게 부탁받아 조사하고 있습니다. 묻고 싶은 것이 있어서 왔습니다. 마카베 씨의 집으로 보낸 편지 건으로요."

'이야기 가능할까요?'라고 묻기 전에 그는 조용히 말했다.

"조만간 누군가 찾아올지도 모른다고는 생각했습니다. 젊은 아가씨라서 안으로 들어오라고 할 수도 없네요. 다른 사람이 있는 장소가 좋겠죠? 바로 저기에 체인 커피숍이 있습니다. 괜찮으면 거기에서 이야기합시다. 조금만 기다리세요. 짐을 두고 올게요."

나가노는 슈퍼 봉지를 들어 올려 보여 준 뒤 계단을 올라갔다.

그러고 나서 바로 지갑과 아크릴제 얇은 서류 케이스 같은 것만 들고 내려와 "갑시다."라고 말했다.

나보다 앞장서서 걸어 나갔다.

그는 침착했고 남을 협박하는 가해자로도, 딸이 강간당한 피해자로도 보이지 않았다. 본인이 말하는 대로 언젠가 누군가 찾아올 것을 예상하고 마음의 준비를 했다고 해도 너무 침착하다. 도망가지도 숨지도 않는 모습이 마치 이때가 오기를 기다린 듯했다. 증오하는 상대인 마카베에게 고용된 탐정이라고 밝혀도 분노나 혐오감을 보이지도 않고 담담하다.

'이야기합시다.'라니 그게 어떤 의미일까? 괴롭히고 있다는 것을 인정한다는 말인가. 마카베 쪽을 대신해서 찾아온 나에게 마카베의 과거를 가르쳐 주며 그를 규탄할 생각인가.

나가노의 속내는 알 수 없지만 그가 먼저 이야기하자고 제안했으니 응하지 않을 도리가 없다. 최대한 정보를 끌어내고 그 후에 앞으로의 대책을 생각한다. 이쪽이 어디까지 정보를 밝히는지는 우선 상대의 주장을 들은 다음에 정하자.

잠시 상황을 지켜보고 이성을 잃고 돌변할 염려가 없는 사람이라고 판단되면 최종적으로는 마카베가 있는 자리에서 이야기할 수 있을지도 모른다.

체인 커피숍의 눈에 익은 간판이 보였다.

한 걸음 앞에서 걷는 그의 얼굴을 자세히 살펴보지만 표정에서는 어떤 감정도 읽어 낼 수 없다.

"마카베 겐이치 씨에게 편지를 보낸 사람이 당신인가요?"

걸으며 질문을 던져 본다.

"그렇습니다."

나가노는 내 쪽을 보지도 않고 선뜻 인정했다.

기죽은 기색도 없다. 그렇다고 정색하고 자신을 정당화하는 모습도 아니다.

그 후 몇 걸음 걸으며 말이 없었으나 먼저 그가 입을 열었다.

"당신은 어디까지 알고 계십니까? 편지, 과거 사건, 딸……."

마카베가 강간범이라는 사실을 알고 있느냐는 취지인가. 마카베가 무죄인지에 대해서는 나도 아직 확신하지 못했다. 신중하게 대답해야 한다.

"기록으로 남은 정도입니다. 나머지는 마카베 씨에게 이야기를 들은 정도라…… 그래서 나가노 씨 입장도 알고 싶어서요."

커피숍에 도착한다. 토요일 오전이라 손님은 적었다. 카운터에서 주문을 마치고 안쪽의 사람들 눈에 잘 띄지 않는 4인용 자리를 골라 앉았다.

마카베에게 빌려 온 편지가 담긴 파일을 꺼내 테이블 끝에 올려놓았다.

뭐부터 말할까. 고민하는 사이 점원이 커피를 가져왔다. 다른 손님이 거의 없는 탓인지 상당히 빠르다. 커피를 내려놓고 테이블 위에 있던 번호판을 치운 뒤 점원은 "천천히 드세요."라는 말을 남기고 사라졌다.

"사 년 전 마카베 씨와의 합의서에 서명한 사람은 나가노 씨인가요?"

점원이 소리가 닿지 않는 곳까지 멀어진 것을 확인한 뒤 입을 열었다.

나가노는 "네." 하고 대답했다.

"내가 서명했습니다. 가나미는 그때 미성년자라서요."

"네?"

잘못 들은 줄 알았다.

목소리가 높아진 것을 착각했는지 나가노가 자세히 설명하기 시작했다.

"사건 당시 딸은 미성년자였습니다. 법정 대리인으로 부모가 합의서에 서명날인하게 되어서 변호인 분께서……."

"아니요, ……네. 아니, 그게 아니라."

'가나미'라고 지금 말했나. 잘못 들었나? 아니면 우연의 일치인가?

"따님 이름이 가나미 씨라고 말씀하셨어요?"

나가노는 "모르셨나요?" 하고 의외라는 듯 말하고 의자 등받이에 세워 둔 서류가 담긴 파일을 열었다. 투명한 아크릴 파일을 꺼내 안의 편지가 보이도록 내 앞에 놓는다.

눈에 익은 서류였다. 피해자 이름이 검게 칠해지지 않은 점이 예전과 다르다. 마카베와 피해자 사이의 합의서 원본이었다. 서명은 두 개가 있다. 갑 란에는 갑의 대리인 나카무라 야스타카의 서명. 그리고 을 란에는 나가노 가나미의 법정 대리인, 나가노 에이지라는 서명이 있었다.

9

대학 수업을 마치고 교실 밖으로 나와 바로 스마트폰을 봤다. 지금쯤 기타미 선배는 나가노 에이지와 만나고 있겠지. 연락은 오지 않았다. 무슨 일이 있으면 연락이 올 테니 잘되고 있다고 생각하고 싶지만 역시 걱정된다.

경험치를 봐도 대화는 선배에게 맡기는 게 좋을 것 같고, 전문 탐정인 선배를 상대로 걱정이다 뭐다 생각하는 것 자체가 실례일지도 모른다. 그러나 마음이 쓰이는 것은 어쩔 수 없다.

지금이라도 S현으로 가서 근처에서 상황을 지켜볼까 고민하던 때 손에 든 스마트폰이 진동했다.

선배 번호는 아니다. 모르는 번호다.

의아해하며 통화 버튼을 터치하자 전화 너머 상대는 의외의 이름을 말했다.

"마카베 에이코입니다."

조심스러워하는 말투와 목소리가 귀에 익었다. 얼마 전에 찾아갔던 마카베 씨의 어머니, 에이코 씨였다.

무슨 일이 있으면 연락 달라고 연락처를 주고 온 것이 떠올랐다.

"기세입니다. 안녕하세요."

"안녕하세요……. 미안해, 갑자기. 좀 걱정이 돼서…… 겐이치한테 내일 혼인신고한다고 연락이 왔어."

재빨리 복도 끝으로 걸어가 인적이 없는 조용한 공간으로 이동했다.

그녀의 목소리는 웅얼거려서 조금 듣기 힘들었다.

"요시키 군은 지금 집에 있니? 잠깐 얘기해도 될까……."

"지금은 학교에 있어요. 수업이 끝나서 괜찮아요."

"내가 지금 M역에 있어. 그쪽으로 갈 테니까 잠깐만 만나 줄래?"

"M역이요?"

M역은 우리 집에서 제일 가까운 역으로 대학에서는 지하철로 십오 분 거리다. S현에서는 두 시간 가까이 걸린다. 여기까지 왔다니 꽤 중요한 이야기일 것이다.

"알겠습니다. 제가 그쪽으로 갈게요, 어딘가…… 맞다, 역 동쪽 입구로 나오면 찻집이 있어요, 안에 들어가서 기다려 주세요."

전화를 끊고 교내 사물함으로 발걸음을 서둘렀다. 보자기째로 짐을 욱여넣고 지갑과 스마트폰만 들고 걸었다.

S현의 나가노가 사는 곳으로 가려고 했는데 그 S현에서 일부러 온 에이코 씨를 내버려둘 수는 없다. 전화번호를 알면서도 이렇게 굳이 만나러 온 것은 전화로는 말하기 힘든 사정이 있을 것이다. 무슨 이야기일까, 상상도 되지 않는다. 이제 와서 새로운 정보를 얻을 수 있을 것 같지는 않은데.

평소에는 걷는 거리지만 지금은 버스를 타고 다시 지하철로 갈아탔다.

기타미 선배에게 연락은 하지 않았다. 에이코 씨와 만난다는 점만이라도 전해 둘까 생각했지만 아직 무슨 이야기인지도 모르니 내용을 듣고 난 후 하자고 생각했다.

M역의 개찰구를 빠져나가 바로 찻집 문을 열자 에이코 씨가 구석 자리에 작게 웅크리고 앉아 있었다.

"오래 기다리셨어요."

"나야말로 갑자기 찾아와서 미안해."

맞은편 자리의 의자를 당겨 앉은 뒤, 찬물 한 컵을 들고 온 점원에게 커피를 주문했다.

에이코 씨 앞에는 홍차가 놓여 있었지만 음료는 거의 줄지 않았다.

"마카베 씨…… 아, 겐이치 씨, 우선 축하드려요. 혼인신고하신다고."

"그래……."

"고마워." 하고 말하는 그녀의 표정이 조금 풀렸다. 아들의 결혼을 기뻐한다기보다는 그저 배려에 대한 감사를 표하는 것처럼 보였다.

"요시키 군도 축하하러 와 준다며? 그 아이한테 들었어. 친구, 동료들과 결혼 피로연을 연다고…… 왠지 아주…… 후련해 보이는 목소리였어."

좋은 일인데 왠지 미안하다는 듯 시선이 아래를 향했다.

점원이 커피를 가져다주었다. 가게 이름의 로고가 들어간 찻잔 접시 옆에 우유와 설탕이 든 작은 팩을 곁들여 놓고 사라졌다.

에이코 씨의 홍차에서는 이제 김도 나지 않는다.

내가 컵에 손을 뻗지 않고 잠시 기다리자 마침내 그녀가 얼굴을 들었다.

"그래서 저기, 저번에 말한 거 말인데."

"네."

"조사라는 거 말이야. 사 년 전 사건을 조사한다고…… 요시키 군이 그랬잖아."

"……네."

바로 오늘 피해자 아버지와 탐정이 만나고 있다고는 말 못하고 그냥 고개를 끄덕였다.

　조사 진척은커녕 마카베 씨가 괴롭힘을 받고 있던 것도, 그 조사를 위해 탐정이 움직이고 있는 것도 그녀에게는 가르쳐 주지 않았다.

　마카베 씨가 말하지 않는 걸 내가 말할 수는 없다.

　"그거 말인데…… 겐이치도 이제 경사스러운 일도 정해졌고 지금은 행복하니까 옛날 일은 잊어버리면 좋겠어. 상대방 귀에 들어가면 기분 나빠할 테고……. 지금 행복하다면, 이제 그 사건을 조사하는 건…… 요시키 군이 겐이치를 위해 해 준다는 건 고마운데."

　차갑게 식어 버린 홍차에 손을 뻗었지만 컵을 만지작거릴 뿐 마시지는 않고 말하기 거북하다는 듯 단어를 쌓아 갔다. 한번 올라간 시선이 다시 내려가더니 나와 눈을 맞추지 않았다.

　분명하게는 말하지 않지만 요컨대 조사는 이제 그만둬라, 과거를 파헤치지 말라고 그녀는 말하고 싶은 것이다.

　현재진행형으로 협박 편지가 오는 것을 알 턱이 없으니, 왜 이제 와서 다 끝난 사건을 들쑤시는지 의아해하는 것은 당연했다. 가만히 내버려두라는 마음은 이해할 수 있다. 하물며 마카베 씨가 무죄라고 끝까지 믿어 주지 못한 그녀 입장에서 보면 피해자를 찾아내 접촉하는 것은 말도 안 되는 일이겠지.

그녀의 모습을 봐도 이렇게 자신을 만나러 오기까지는 상당히 고민했을 것이다.

하지만 마카베 씨에 대한 괴롭힘을 그만두게 하려고 일하고 있는데. 자세한 사정을 모르는 어머니가 부탁했다는 이유만으로 그만둘 수는 없다.

"피해자를 만나도 무리한 요구는 하지는 않을 테니 걱정 마세요. 오해를 풀지 않겠느냐고 얘기만 해 보는 거고……. 마카베 씨와 직접 얼굴을 마주칠 일도 없을 거예요, 대응할 때 충분히 주의하겠습니다."

원하던 대답은 아니었나 보다. 그녀는 고개를 들고 "하지만." 하고 불안해하며 눈썹을 찌푸렸다.

"결혼에 찬물을 끼얹는 짓은 안 해요. 마카베 씨 약혼녀는 마카베 씨가 전에 억울하게 체포된 것도 알고 있고, 그 후에 결혼을 승낙했다고 해요. 마카베 씨도 그녀가 자신의 말을 믿어 줘서 충분하다고 했고요. 오인 체포되었다고 피해자가 이해해 주시면, 더 떳떳한 마음으로…… 아무 걱정 없이 결혼할 수 있을 거예요."

내가 그렇게 말하자 그녀는 침묵했다.

"……그래. 요시키 군뿐만 아니라 약혼녀도 사건을 다 알면서 겐이치를 믿는구나."

몇 초의 침묵 후에 목소리 톤이 조금 달라졌다.

아들을 진심으로 믿지 못한 마카베 씨의 부모님을 책망할 생각은 없었다. 하지만 그렇게 들렸을까. 변명하려고 했지만 에이코 씨는 마음이 상한 것 같지 않았다. 눈을 감고 천천히 숨을 내쉬고 "그래, 그렇구나."라는 말만 반복했다.

"믿어 주는 사람이 있다는 건 좋은 일이야. 그 아이도 그런 사람과 함께하면 마음이 편해지겠지. 잘됐어. ……그러니 더욱 옛날 일은 이제 건드리지 않는 게 좋아."

좋은 소식을 음미하는 것 같기도 하고, 이건 좋은 일이라고 자신을 다독이는 것처럼도 들린다.

'뭘까?' 갑자기 불안해졌다. 그녀는 뭘 알고 있는 걸까.

옛날 일을 헤집지 마, 의미 없는 일이니 조사는 이제 그만두라고 부탁하러 온 건 알고 있다. 그러나 편도 두 시간이나 되는 거리를 직접 나를 만나러 오면서까지 조사를 그만두라고 하는 이유를 모르겠다.

에이코 씨는 자신을 차분하게 진정시키듯 컵을 들어 홍차를 한 모금 마셨다.

그리고 아무 말도 하지 못하는 나를 보고 입을 열었다.

"사 년 전에 합의한 건 사건을 흐지부지하게 끝내기 위해서였어. 분명하게 밝히는 게 두려웠어. 절대로 무죄라고 진심으로 믿었다면 합의는 안 했을지도 몰라."

"……그 상황이라면 누구라도 불안했을 거예요."

특수한 상황이었다. 아무리 가족이라 해도, 믿음이 흔들렸다고 해도 어쩔 수 없다.

진심으로 한 말이었지만 그녀는 위로라고 받아들였는지도 모른다. "고마워." 하고 살짝 입가가 느슨해졌지만 아픔을 참는 듯한 표정이었다.

"나도, 그이도 처음에는 겐이치를 믿었어. 우리 아들인걸. 체포되었다고 들었을 때도 뭔가 착오가 틀림없다고……. 남편은 분통을 터트렸어. 겐이치가 가끔 자유롭게 행동하는 일이 있었지만 남을 상처 입힐 아이가 아니라고, 그렇게 믿었어. 마지막까지 믿었으면 정말 좋았겠지만."

'믿었다.'라고 그녀는 말했다. 과거형이다. 가슴이 철렁했다.

지난번 아파트를 찾아갔을 때부터 그걸 느끼고 있었고, 그녀도 내가 눈치챘다는 걸 알고 있다. 그럼에도 분명하게 아들을 믿지 않는다고 입 밖으로 내다니 나는 혼란스러웠다.

컵을 들고 커피를 마셨다. 어떤 표정을 지어야 할지 모르겠다.

"구속 기간이 길어져서 이런저런 무서운 이야기를 듣고 조금씩 불안이 쌓여서……. 그때 새로운 증거가 나왔다고 들었어. 그 순간을 지금도 생생히 기억해. 남편 얼굴은 새파래졌어. 분명 그때 그이는 겐이치가 했을지도 모른다고 생각했어."

그렇게 말하는 그녀의 목소리는 조용하고, 지친 듯 목이 쉬어 있었다. 나는 고개를 숙인 채 그 말을 들었다.

"나도 그래. 물론 아들을 믿고 싶었고, '사실은 저질렀구나.'라고 입 밖으로 내지는 않았지만 진심으로 그렇게 믿었던 건 아니야. 혹시 '어쩌면' 정도였지. 겐이치가 집에 오지 않게 된 것도 분명 그걸 깨달았기 때문이야."

"……새로운 증거라는 게 뭐였나요?"

물증인가, 아니면 목격자 증언인가.

가족마저 그를 의심했다. 그 증거로 마카베 씨가 무죄라는 주장을 포기했다. 그 계기가 된 마지막 결정타가 무엇인지 순수하게 알고 싶기도 했지만 무엇보다 그의 무죄를 피해자에게 설명해서 이해를 구하려면 반드시 확인해야 한다. 기타미 선배도 모르는 정보일 테니까 유용한 정보라면 메일로 알려 주자……. 그렇게 생각하며 물었다.

에이코 씨가 금방 대답하지 않아서 내가 고개를 들자 그녀는 가만히, 똑바로 이쪽을 바라봤다. 그리고 조용한 음성으로 대답했다.

"DNA야."

"피해자 여성의…… 속옷에서 겐이치의 DNA가 나왔어."

말을 잃은 나에게, 그녀는 서글픈 미소를 지었다.

"사 년 전, 변호사 선생님께 그 말을 들었을 때 그이, 너와 똑같은 표정이었어."

10

합의서에 기재된 '나가노 가나미'라는 이름을 몇 번이고 확인한다.

상상도 못한 곳에서 뒤통수를 맞은 기분이었다.

히라가나로 '가나미'. 특별히 드물다고도 할 수 없지만 그렇게 흔한 이름도 아니다. 그런데 사 년 전 사건의 피해자와 피의자인 마카베의 현재 연인의 이름이 같다니. 우연이라고는 도저히 생각할 수 없었다.

마카베는 피해자의 이름을 모른다고 말했지만 사실은 알고 있었고, 같은 이름의 여성과 약혼했나? 그렇다면 그 의도는 무엇인가.

……침착해.

합의서에서 눈을 돌리고 숨을 깊이 들이마시고 내쉰다. 너무 혼란스러워서 사고가 이상한 방향으로 가 버리는 것 같았다.

이런 우연이 있을 리가 없다. 똑같은 이름의 여성을 찾아 약혼하는 것도 이해할 수 없다. 보통 두 사람의 '가나미'는 동일 인물이라고 생각하는 것이 자연스럽다.

그러나 그녀의 성은 분명히 이노우에였는데…… 그렇게 생각하자 피해자 여성의 부모님이 이혼했다는 사실이 떠올랐다.

"……이노우에는 아내 분이 결혼하기 전 성인가요?"

"지금은 전처입니다만. 야마가타 쪽에 있습니다. 가나미는 몇 년 전에 집을 나갔지요."

역시 그렇다.

마카베의 약혼녀, 가나미가 사 년 전 사건의 피해자였다. 그리고 나가노는 그 사실을 알고 있었다. ……결혼하지 말라고 필사적으로 호소한 것도 당연하다. 딸을 지키기 위해서였다.

가능한 한 그녀를 상처 입히지 않고 끝낼 수 있도록 에둘러서 마카베를 가나미에게서 떼어 놓으려고 한 것이다. 부모의 마음이다.

예상대로 나가노는 위험 인물이 아니다.

내가 여기에 있는 목적은 마카베가 억울한 누명을 뒤집어썼다는 사실을 이해시키고 괴롭힘을 중단시키는 것이었다. 그러기 위해 이야기를 하고 싶어서 만나러 왔다. 설득할 상대가 제대로 대화할 수 있는 사람이었다는 것은 반가웠다.

마카베의 체포가 원죄였다는 점, 가나미가 마카베의 과거를 알고도 그를 받아 주었다는 사실을 설명하고 나가노가 납득해 주면 해결된다.

그러나 믿어 줄 리가 없다.

나도 믿을 수 없다.

강간 사건의 피의자와 피해자가 서로 상대를 알지 못한 채 우연히 만나 사랑에 빠졌다. 정말 그런 일이 일어났다면 신의 고약한 장난으로밖에 말할 도리가 없다.

그렇다면…… 우연이 아니라면.

갑자기 타는 듯한 갈증에 찬물이 든 컵으로 손을 뻗었다. 찬물이 목을 적시고 머리도 조금 식었다.

만약 전제가 틀렸다면……, 마카베가 무죄가 아니었다면.

그 가능성을 검토하지 않은 것은 아니다.

그래서 오늘은 기세를 데려오지 않았다.

의뢰인이 탐정과 같이 모든 과정을 경험하고 모든 것을 알 필요는 없다. 의뢰인이 알고 싶은 것만, 필요한 것만 탐정이 선택해 보고하면 된다.

원래 이 조사는 사 년 전 사건의 진실을 밝히는 것이 목적이 아니었다.

사 년 전에 끝난 사건이 무죄인지, 유죄인지 이제 와서 증명할 수 없는 건 당연했다. 다만 누굴 믿어야 하는가의 문제다.

마카베가 무죄라도, 혹은 그렇지 않더라도 괴롭힘을 그만두라고 나가노를 설득해야 했으니, 경우에 따라서는 마카베가 유죄라는 설을 토대로 나가노와 이야기를 해야 한다고 각오했다.

그러기 위해서는 기세가 없는 편이 낫겠다 싶어서 데려오지 않은 것인데, 그러길 잘했다.

마카베가 무고죄로 체포되어 피해자 이름도 모르는 상태에서 합의하고 사 년 후 우연히 피해자 여성을 만나 아무것도 모른 채 사랑에 빠졌다. 그런 우연을 믿을 만큼 나는 꿈꾸는 소녀가 아니다. 기세처럼 맹목적으로 마카베의 인간성을 믿지도 않는다.

그리고 보니 당시 경찰은 계획적인 범행을 의심했던 것 같다고 마카베가 말했다. 어머니인 에이코도 같은 말을 했다고 기세에게 들었다.

마카베와 피해자는 학교에 가는 경로가 겹쳤다. 거기에서 피해자를 발견하고 표적을 정한 후 귀갓길에 덮친 게 아닌가 하고⋯⋯. 결국 사건은 합의로 종결되고 계획 범죄 여부는 흐지부지되었지만 그게 사실이었다면.

마카베가 처음부터 가나미를 알고 있었고, 계획적으로 성폭행했다면 그 후에도 그녀에게 집착해 어떻게든 그녀가 사는 곳을 찾아내 아무렇지 않은 얼굴로 접근했다면.

나에게 조사를 시킨 것은 자신의 정체를 알고 협박하는 인간을 밝혀내기 위해서였나? 처음 조사를 주저한 것은 자신의 정체가 밝혀질까 봐 두려워했기 때문일까.

만약 그렇다면 마카베는 결코 기세가 생각하는 그런 인간은 아니다.

강간범 이상으로 정체를 알 수 없는 인물이다.

누구에게 물어도 범죄를 저지를 사람으로는 보이지 않았다는, 바르게 자란 인품 좋은 청년의 얼굴은 결국 연기였나. 억울한 누명이라고, 나와 기세에게 호소한 것까지 전부.

무엇보다 주위를 완벽하게 속인 남자가 그런 평판 전부를 버리면서까지 악행을 저질렀고, 그 후 몇 년 동안이나 다시 과거의 피해자에게 접근해 약혼까지 해치운 그 집착이라니. 나는 등이 서늘해졌다.

그런 인간에게 찍히면 끝까지 달아날 수 없다. 오직 절망밖에 없다.

하물며 가나미는 사 년 전에 강간 피해를 당하고 그것만으로도 크게 상처 입었다. 그걸 극복하고 마음을 허락하여 결혼까지 결심한 상대가 과거 자신을 강간한 범인이었다니 그녀가 알게 된다면 두 번 다시 아무도 믿지 못할 것이다.

나가노가 아무리 딸 가나미를 걱정하더라도 딸에게 마카베의 '정체'를 주저하며 알리지 못한 이유를 이해할 수 있었다.

미성년자가 성범죄를 당한 경우에는, 법정 대리인인 부모가 가해자 측과 합의하고 피해자는 전혀 얽히지 않는 일은 흔한 편이다.

딸이 한시라도 빨리 사건을 잊을 수 있도록 나가노가 합의서를 보여 주지도 않고 가해자 이름이나 정체조차 알리지 않았다 해도 이상한 일은 아니다.

그래서 가나미는 아무것도 몰랐다. 자신의 약혼자가 누구인지. 그러나 아버지는 당연히 증오하는 가해자 남성의 이름을 잊지 않았다. 딸이 결혼하겠다는 말을 듣고 그 이름을 들은 후 설마하는 심정으로 마카베를 조사했고, 딸의 약혼자가 사 년 전 사건의 가해자와 동일 인물이라는 걸 알게 됐다.

그는 어떻게든 딸이 상처받지 않도록 두 사람이 헤어지도록 익명으로 편지를 보내기로 했다……

스마트폰이 짧게 진동하고 메일이 왔다.

기세의 메일이었다.

'그쪽은 괜찮아요?' 나를 걱정하는 문장 다음에, 마카베의 어머니인 에이코를 만났고, 사 년 전 사건 당시 피해 여성의 속옷에서 마카베의 DNA가 검출되었다는 소식이 간결하게 쓰여 있었다.

결정적인 증거다.

마카베의 유죄를 가리키는 증거에 기세는 동요했을 테지만 간단한 문장에서 그것까지는 전해지지 않았다. 의식적으로 감정을 배제하고 필요한 정보만 전달했다는 것을 알 수 있었다.

그래서 나도 냉정해질 수 있었다.

'이쪽은 괜찮아. 끝나면 알려 줄게.'

나도 간결하게 답장을 보낸 후 나가노를 바라봤다.

"죄송합니다." 하고 양해를 구하자 나가노는 고개를 저었다.

"모르셨습니까? 가나미가 제 딸이라는 걸…… 사 년 전 사건의 관계자라는 사실을."

"탐정으로서 창피하네요, 깨닫지 못했습니다. 피해자 이름은 기록에도 가려져 있어서요."

충격적인 사실 탓에 나가노에게 하려던 말을, 그 내용과 흐름이 전부 날아가 버렸다.

심호흡하고 머릿속을 정리한다. 무엇부터 확인하면 좋을지 모르겠지만 우선 예정된 것부터다.

테이블에 놓인 파일에서 마카베에게서 빌려 온 편지를 꺼낸다. 버리지 않고 남아 있는 것은 세 통뿐이다. 그중에서 제일 오래된 편지 한 통을 나가노 앞에 내려놓았다.

'결혼을 중단하세요. 반드시 후회하게 됩니다.'

이 편지는 내가 마카베의 집에 처음 갔을 때 우편함에 들어 있던 것이다. 내가 본 첫 번째 편지다.

나가노는 편지를 흘깃 보고 끄덕인다.

"맞습니다. 네 통째인가 다섯 통째인가 우편으로 보냈습니다."

그의 말처럼 이 편지는 소인이 찍힌 봉투에 담겨 우편함에 들어 있었다.

"편지 중에 우편으로 발송한 것과 직접 놓고 온 것은 무슨 이유라도 있나요?"

"처음에는 직접 우편함에 넣었습니다. 가나미가 약혼자와 함께 살기 시작했다는 말을 듣고 걱정되어 상황을 보러 갔지요. 그때 마카베라는 명패를 보고…… 놀랐습니다. 우연이라고 생각하고 싶었지만 두 사람이 귀가하기를 기다려서 얼굴을 확인하고…… 가나미가 누구와 살고 있는지 알게 됐습니다."

사 년 전 사건 때 가나미를 대신해 합의서에 서명한 나가노는 합의서에 쓰인 이름을 기억하고 있었다. 얼굴을 알고 있었다는 것은 당시 어딘가에서 만났거나 사진을 봤기 때문일 것이다.

딸이 강간범과 연인 사이라고 알게 되었을 때 그가 받은 절망은 상상도 할 수 없었다. 그래도 가나미가 상처받지 않도록, 그 점을 제일 우선했기에 신중하게 행동했다. 그 결과가 저 답답한 몇 통의 편지였다.

"가나미가 결혼할 생각이라는 건 알고 있었습니다. 어떻게든 막으려고 그 자리에서 편지를 쓰고 우편함에 넣으려고 했지만…… 필적을 들킬까 봐 근처 인터넷 카페에서 컴퓨터로 작성한 편지를 나중에 가지고 갔습니다. 네가 어떤 인간인지 알고 있다, 이런 결혼은 용서받지 못한다……. 그런 내용이었습니다."

"그게 첫 번째 편지였나요?"

나가노는 끄덕였다.

마카베는 가나미와 만나기 전, 이사 전에도 협박 편지를 받았다고 말했지만 그건 나가노와는 다른 제삼의 인물이었을까. 묻고 싶은 게 너무 많지만 이야기를 중간에 끊지 않았다. 우선 그의 이야기를 들은 후에 하자고 다음을 재촉했다.

"그 후 한 달 정도 지났으려나요. 아직 두 사람이 같이 살고 있다는 걸 알게 되어 두 번째 편지를 썼습니다. 이번에는 집에서 써서 출력했습니다. 아무것도 모르는 상대를 속여서 결혼해도 불행한 결말을 맞을 뿐이다. 눈을 떠라……. 결혼을 중단하라는 내용이었습니다. 직접 우편함에 넣었습니다. 세 번째는 두 주 후쯤이었습니다. 조금 강경하게…… 양심이 있으면 결혼을 그만두라, 하고 썼습니다."

문장이나 시기를 생각하면 기세가 침실에서 발견한 편지다. 세 통째다.

"그러고 나서 한 달도 지나지 않아 다시 한 통을 썼습니다. 도저히 참을 수 없어서……. 결혼하지 마라, 둘 다 불행해진다고 썼던 것 같습니다."

마카베가 의뢰를 망설이는 사이에 도착했던 네 번째 편지이고, 내가 처음 실물을 확인한 것이 다섯 번째라는 셈이다.

우편으로 편지를 받은 것은 그게 처음이다.

"네 번째까지는 직접 우편함에 투서했는데 다섯 번째부터 우편으로 보낸 이유가 뭔가요?"

"네 번째 편지를 넣을 때 남들이 볼 것 같아서…… 그래서 무서워졌습니다. 너무 자주 어슬렁거리면 수상하게 여길 것 같았지요."

들어 보니 대단한 이유도 아니었다. 문체가 다르다, 투서 방법이 다르다, 일일이 이유를 너무 깊이 추측해서 협박범의 정서가 불안정한 게 아닐까 염려했던 점은 어리석었다.

"하지만 그 후에 다시 편지를 직접 놓고 가셨네요? 이 마지막 편지도요."

"네…… 상황을 보러 간 김에. 사람이 없는 시간대라서요."

커피 컵을 테이블 끝으로 치우고 실물 편지 세 통을 도착한 순서대로 오른쪽부터 테이블 위에 늘어놓는다.

'결혼을 중단하세요. 반드시 후회하게 됩니다.'

'네가 범죄자라는 걸 알면서 결혼하고 싶은 여자가 있을 리가 없다.'

'상대를 잘 알지도 못하면서 결혼하면 안 됩니다. 이 결혼은 당신을 불행하게 만들 겁니다. 사 년 전 일을 조사하세요. 다른 사람과 의논하세요.'

우편으로 보낸 것은 오른쪽 끝 편지뿐이고, 나머지 두 통은 직접 우편함에 넣었다. 각각 편지 옆에 그것이 들어 있던 봉투를 늘어놓자 모순을 깨달았다.

세 통의 편지 중 첫 번째와 세 번째는 '중단하세요.', '조사하세요.'처럼 정중한 말투로 쓰여 있다. 왼쪽 끝 세 번째 편지는 나가노 본인이 우편함에 직접 넣은 것으로 그 장면이 CCTV에 찍혔다. 하지만 오른쪽 끝 마카베의 집에 처음 우편으로 도착한 편지도 '결혼을 중단하세요.'라고 정중한 문체로 쓰여 있었다. 그 편지는 우편으로 마카베 앞으로 도착한 것인데…….

직접 투서한 봉투에는 받는 사람이 없었지만 우편으로 도착한 편지 봉투에는 주소와 받는 사람 이름이 쓰여 있었다. 첫 번째 편지가 들어 있던 봉투 겉면에는 분명하게 '마카베 겐이치 님'이라고 받는 사람이 적혀 있었다.

편지 문체가 달라지는 건 받는 사람이 달라서이다, 협박성 편지는 마카베에게, 정중한 문체로 경고하는 편지는 가나미 앞으로 쓴 것이 아닐까, 기세와 세운 이 가설은 무너졌다. 이런 단순한 모순을 놓쳤다니, 한심하다.

혹시 문체도 큰 의미가 없었던 것인가. 눈앞에 있으니 본인에게 확인하는 게 빠르다. 직접 물어보려고 고개를 들었다.

"이건?"

나가노가 가운데 놓인 편지를 가리키며 눈썹을 찌푸렸다.

'네가 범죄자라는 걸 알면서 결혼하고 싶은 여자가 있을 리가 없다.' ……정중한 문체가 협박성 문체로 다시 돌아온, 여섯 번째로 도착한 편지이다. 이제껏 온 편지 중에서 오히려 제일 공격성이 강했다.

나는 편지를 나가노에게 내밀었다.

"이 편지도 우편함에 들어 있던 거예요. 마지막 편지 직전이에요."

나가노는 가만히 편지를 살펴보면서 쓰여 있는 문장을 자세히 읽더니 고개를 가로저었다.

"내가 쓴 게 아닙니다."

순간 대꾸도 할 수 없었다.

"……아, 잠깐만요."

한 번 숨을 내쉬고 생각을 정리한다.

"이 편지, 보신 적 없어요?"

"없습니다. 이런 편지는 보낸 적 없어요."

이 대답은 전혀 예상하지 못했다.

이제껏 편지를 보낸 사람은 나가노이지만 이 편지 한 통만 그가 쓴 것이 아니다?

그렇다는 것은.

나가노가 말한 것이 진실이라면……, 이제 와서 이것만 거짓말을 해서 무슨 이익이 있을 리 없으니 당연히 진실일 테지만……, 마카베를 괴롭히던 범인은 복수의 인물이었고 서로 연계하지 않았다는 말이 된다.

그러나 이 편지의 문장은 명백히, 마카베의 과거 사건을 시사하고 있었다.

"여기 양쪽 끝 두 통은 틀림없이 나가노 씨가 쓰신 거죠?"

"네. 아까 말한 대로 이 두 통 이외에도 몇 통인가 보냈어요."

"마카베 씨와…… 가나미 씨에게도요?"

"네. 둘 다예요."

가운데 한 통만 변칙이라니. 혹시 마카베가 S초에 살던 시절에 괴롭히던 사람일까.

"마카베 씨가 가나미 씨와 약혼하기 전에 K현에서 교제하던 여성 앞으로 편지를 보내셨나요?"

"아니요. 이번이…… 가나미가 동거한다고 알게 된 후 편지를 보낸 게 처음이에요."

그럼 사와이 레나에게 편지를 보낸 누군가가 이 변칙적인 편지 한 통도 보낸 걸까? 편지를 누가 보냈는지 드디어 찾아내서 조사도 끝이라고 생각했더니 다른 한 명이 더 있었을 줄이야. 피해자의 관계자를 쫓아서 마침내 나가노에게 이르렀는데, 공범도 아니라면 처음부터 다시 조사해야 한다.

정신이 아득해질 것 같지만 우선 이쪽을 해결해야 한다, 정신을 다잡는다.

어디부터 어디까지가 나가노가 한 일인지 확실하게 하지 않으면 '다른 한 명'을 조사할 단서조차 잡을 수 없다.

"마카베 씨 집으로 전화를 건 적도 있으세요?"

"네. 바로 끊어 버려서 대화는 할 수 없었지만요."

그럼 전화 발신처를 조사해도 '다른 한 명'의 정보를 얻을 수는 없다.

나가노가 모르는 편지는 단 한 통. 전화도 그가 걸었다면 최근 대부분의 괴롭힘은 나가노가 저질렀다는 뜻이다.

"편지로는 모자라서, 위기감을 갖고 전화하셨던 거네요? 편지로는 전하고 싶은 말이 상대에게 제대로 도착했는지 확인할 수 없어서겠죠?"

"맞습니다. 편지를 보내도 두 사람이 헤어질 기색이 없고……편지를 보지 못했거나, 그냥 악질적인 장난이라고 생각했나 싶었습니다. 전화를 걸긴 했는데 두려워져서 그 이후로는 걸지 않았지만요."

마카베 앞으로 보낸 편지를 가나미가 읽거나, 가나미 앞으로 보낸 편지를 마카베가 묵살할 가능성을 깨닫고 전화로 수단을 바꾸려고 했다는 뜻이다. 사실 가나미 앞으로 보낸 편지도 가나미가 모르는 사이에 마카베가 회수하여 전달되지 않았다. 전화라면 전화를 받은 사람이 누구인지 확인한 뒤에 말할 수 있으니 확실하게 상대에게 전달할 수 있다.

……아니야. 그건 이상하다.

말하면서도 다시 모순을 깨달았다.

마카베는 두 번 전화가 걸려 왔다고 말했다. 그중 한 번은 가나미가 받았지만 상대는 말없이 전화를 끊어 버려 가나미는 그걸 장난 전화로 여겼다고 했다.

가나미에게 진실을 전하려고 했다면 그녀가 전화를 받았을 때 아무 말도 하지 않고 끊는다는 것은 말이 안 된다. 나가노는 처음부터 그녀에게 진실을 전할 생각이 아니었나?

우선 아버지가 딸에게 위험을 알려 준다면 익명의 편지나 전화보다 다른 좋은 방법이 얼마든지 있었을 것이다.

가나미가 상처 입지 않도록 충격적인 사실을 감추고 에두른 편지를 보내고……, 그래서는 안 된다고 깨달았다면 직접 만나서 이야기하면 된다. 분명하게 사실을 전달하면 마카베에게서 떼어 놓을 수 있을 터였다. 아버지가 하는 말이라면 딸도 귀를 기울일 것이다.

진실을 알면 너덜너덜 상처 입겠지만 그래도 아무것도 모르고 자신을 강간한 상대와 결혼하는 것보다 낫지 않은가.

아니 나은 게 아닌가?

나가노는 딸이 다시 회복할 수 없을 만큼 상처 입는 것보다는 아무것도 모른 채 행복하다고 믿는 편이 좋다고 생각한 걸까?

"왜 익명이었나요? 가나미 씨를 불러내서 직접 말해 볼 생각은 없었나요?"

마카베가 편지를 읽고 스스로 물러나거나, 가나미가 확실한 이유도 모른 채 결혼을 그만둘 거다, 정말 그런 일을 기대했나? 결혼을 말리고 싶으면 가나미에게 사실을 말할 수밖에 없는데? 처음부터 그건 선택지에 없었나?

"생각하지 못했습니다."

나가노는 바로 대답했다.

"전에 어떤 사건이 있어서 저는 두 번 다시 가나미에게 접근하지 않겠다고, 가나미와 아내에게 약속했습니다. 그게 고발하지 않는다는 조건이었습니다. 따라다닌다고 생각되면 내 입장이 난처해집니다."

고발. 위험한 단어다. 그는 자신의 딸이나 아내에게 고발당할 짓을 했다는 건가. 적어도 지금 나가노는 폭력적인 사람으로는 보이지 않는데…….

접근을 금지당했지만 그래도 딸이 걱정돼 손을 놓을 수 없었던 건가. '그래도 가나미에게 어떻게든 설명하면…….'이라고 말하려고 했다. 그때 괴로운 듯 눈썹을 찌푸린 나가노의 얼굴을 보고 입을 닫았다.

그는 떨고 있었다.

죄책감을 견디지 못하는 것처럼, 분노를 참는 것처럼 보인다.

"나는 가나미에게 원한을 사고 싶지 않아. 나는, 가나미가……

딸이 무서워요."

나가노는 고개를 숙인 채 말했다.

11

에이코 씨와 만난 그날 저녁, 스마트폰으로 기타미 선배에게 메일이 왔다.

나가노와 이야기를 했다는 것, 앞으로 협박 편지가 오지 않을 것이라는 점, 자세한 내용은 내일 만나서 말하겠지만 알아봐야 할 일이 있어서 마카베 씨의 결혼 피로연 직전에 빠듯하게 도착할지도 모른다는 것.

괴롭힘을 그만두게 하면 전부 해결이 아닌가. 더 조사해야 한다는 게 뭘까? 신경은 쓰였지만 '알겠습니다.'라고만 답장을 보냈다.

에이코 씨에게서 사 년 전 사건 당시 피해자의 속옷에서 마카베 씨의 DNA가 검출되었다고 들은 뒤 나는 이번 건을 어떻게 받아들여야 할지 알 수 없었다.

마카베 씨를 어떤 얼굴로 만나야 할지 모르는 상태로 결혼 피로연 당일을 맞이했다.

기타미 선배도 피로연에 초대받았다. 조사가 제때 끝나지 않았더라도 나가노와 만나서 얻은 정보 정도는 그 자리에서 들을지도 모른다. ……축하 자리에 어울리는 이야기는 아닐지도 모르지만.

벽 한 면이 유리창인 작은 카페 레스토랑 앞에 '전세'라고 팻말이 걸려 있다.

문에 손을 대려는데 뒤에서 이름이 불렸다.

"기세. 잠깐 나 좀 볼까?"

"기타미 선배."

결혼 피로연이라고 하지만 친한 사람들에게 결혼 소식을 전하는 간소한 자리라서 마카베 씨는 가벼운 평상복에 가벼운 마음으로 오면 된다고 말했다. 나는 일단 재킷을 입었으나 기타미 선배는 평소와 다름없는 스타일이었다. 청바지에 블루종, 짧은 부츠. 어깨에 멘 백도 조사하러 갈 때와 똑같다.

"여기서 얘기할 수 있어? 피로연 전에."

진지한 표정이었다.

나는 끄덕이고 문에서 떨어졌다.

선배의 표정에서 각오가 필요한 일이라는 걸 알 수 있었다.

긴장됐지만 가능한 한 침착함을 유지하며 레스토랑 부지 내, 매장 맞은편에 있는 정원으로 이동했다.

결혼 피로연에 어울리는 화창한 날씨였다. 바람이 부드럽고 공기도 따뜻하다.

밝은 해가 비치는 정원 구석, 나무 옆에 벤치를 발견하고 선배가 나를 이끌었다.

"앉아. 앉아서 듣는 게 좋을 거야."

그렇게 말하고 자신이 먼저 앉았다.

내가 옆에 앉기를 기다린 뒤, 그녀는 숄더백에서 클리어 파일을 꺼냈다.

"편지를 보낸 건 나가노 에이지였죠?"

"응. 그건 확인했어. CCTV에 찍힌 것도 틀림없이 그 사람이었어."

반투명한 파일 표지에 편지가 비쳐 보인다. 마카베 씨 집에 온 협박 편지다.

선배는 애써 감정을 담지 않으려고 노력하는 것 같았다.

그녀는 파일에서 나도 본 적 있는 편지 세 통을 꺼내 무릎 위에 놓고는 다른 A4 용지 한 장을 꺼내 이쪽으로 내밀었다.

"말할 게 정말 많지만…… 우선 이걸 봐."

받아 들고 훑어봤다.

합의서라고 쓰인 종이는 본 기억이 있다. 다만 전에 봤을 때는 검게 칠해져 있던 부분이 지금은 없다.

"……어?"

피해자 이름이라고 생각되는 한 줄에 눈이 멈췄다.

나가노 가나미.

"이거…….”

"마카베 씨의 약혼녀 가나미 씨야. 부모님이 이혼해서 성이 바뀌어서 지금은 이노우에 가나미가 됐어."

"그게, 무슨 말이에요?"

그만 선배를 멍하니 바라봤다.

어떻게 된 일인지, 물을 필요도 없었다. 사 년 전 사건의 피해자가 이노우에 씨였다는 말이다.

그러나 그 사실이 무엇을 의미하는지 아직 머리가 따라가지 못했다.

"나가노 에이지는 가나미 씨의 아버지였어. 마카베 씨가 딸의 약혼자라는 걸 알고 결혼을 중단시키려고 했어."

선배는 표정을 바꾸지 않고 담담하게 말했다.

"그걸 알았을 때 나도 너와 똑같이 생각했어. 우연일 리가 없다고. 네가 메일을 보내 줬을 때 마침 나가노에게 이야기를 듣고 있었어. 마카베 씨는 무고죄라고 믿었으니까 피해자 속옷에서 마카베 씨의 DNA가 나왔다는 이야기를 듣고 너도 혼란스러웠지?"

"……."

혼란, 정도가 아니었다.

그때 확실히 나는 마카베 씨를 의심했다. 의심했다기보다 그건 확신에 가까웠다.

마카베 씨는 원죄가 아니었다. 그렇게 생각했다.

머리를 한 대 맞은 듯한 충격이었다.

그렇다고 해도 괴롭힘은 멈추게 해야 한다. 과거에 죄를 저지른 사람이 미래에 영원히 행복해지면 안 된다는 법은 없다. 가나미 씨와 마카베 씨의 결혼은 그의 과거와는 관계가 없다고 그렇게 스스로를 다독였다.

그래도 충격이었다. 믿고 있던 전제가 뒤집혀서 어떻게 해야 좋을지 알 수 없었다.

본인에게 확인하지 않는 한 사실이 아니다. 그러나 확인하는 것도 무서웠다.

도대체 이제 와서 확인해 봤자, 어떻게 된다는 것인가. 애초에 그가 유죄라는 전제로 합의하여 종료된 사건이었다.

앞으로 그와 결혼하는 여성에게……, 아무것도 모르는 상대에게 굳이 마카베 씨의 과거를 알려 주는 것이 옳은 일이라고는 생각하지 않는다. 알면서 알려 주지 않는 것에 대한 불편함은 있지만 적어도 내 역할은 아니라고 생각했다.

사건을 아는 사람들은 나를 제외한 모두가 마카베 씨를 유죄라고 생각한다. 나만이 그를 무죄라고 믿었고 그게 잘못이었다. 그렇다고 해서 뭔가 달라지는 것도 아니었다.

스스로 타협할 수 있는 문제인가, 그 정도라고 생각했기에 어제부터 계속 고민하고 있었다. 그리고 답이 나오지 않은 채 그와 얼굴을 마주하고 피로연이 시작할 시간이 되었다.

그러나 사 년 전 피해자가 현재 마카베 씨의 약혼녀인, 이제 곧 아내가 될 여성이라는 걸 알게 된 지금은 나만 타협해서 될 문제는 아니게 되었다.

선배 말대로 우연일 리가 없다.

마카베 씨가 가나미 씨를 사 년 전 사건의 피해자라고 알고 접근했다면…… 그리고 가나미 씨가 아무것도 모르고 그와 결혼하려고 한다면 그걸 알릴 수 있는 사람은 우리밖에 없다.

그러나 여전히 믿고 싶었다.

정말 전부 마카베 씨의 계략이었을까? 본인에게 확인한 뒤…… 아니, 그러면 그 이후부터는 가나미 씨에게 접촉조차 할 수 없으리라. 하지만 마카베 씨에게 확인하지도 않고 그녀에게 말해서 잘못된다면 되돌릴 수 없다.

설령 마카베 씨의 계략이었다고 해도.

내가 가나미 씨에게 전할 수 있을까?

"너는 처음부터 줄곧 마카베 씨를 믿은 것 같은데 나는 그렇게까지 확신한 건 아니었어. 줄곧 마카베 씨가 원죄가 아닌 경우도 생각했어. 사건 처리 방법도…… 그러고 나서 만약 조사 과정에서 마카베 씨가 유죄였다는 증거나 그걸 시사하는 정보를 입수했다고 해도 너에게는 가르쳐 주지 않는 게 좋겠다고 생각했어. 그건 의뢰의 범주가 아니니까."

그러나 기타미 선배보다 먼저 나는 에이코 씨에게 그 정보를 얻고 말았다.

내가 DNA에 대해 몰랐으면. 선배는 나에게 이 사실을 말했을까. 나도 듣지 않았으면 편했을까. 혼란스러운 상황에서 고민해 봐야 의미는 없다고 멍하니 생각한다.

말이 없어진 내 옆에서 선배도 한동안 침묵을 지켰다.

"중학생 때 말이야."

문득 말했다. 고개를 떨군 나를 보지 않고 시선은 가게 쪽을 향했다.

"네가 알고 싶지 않다고 그랬잖아. 기억나?"

너무 갑작스러웠다.

무엇을, 아니 언제 어떤 상황에서 나눈 대화인지 말하지 않고 전후 설명도 아무것도 없다. 이래서는 떠올리려고 해도 떠올릴 수가 없다. 만약 내가 잊어버렸다면.

선배도, 내가 무슨 일인지 모르겠다고 했으면 없던 일로 할 생각으로 일부러 이렇게 물었을 것이다.

만약 잊어버렸다면.

"……기억하고, 있어요."

그때 나눈 대화까지 기억한다.

중학교 교복을 입은 소녀의 얼굴은 지금 옆에 있는 그녀에게 남아 있었다.

선배는 나를 잊은 줄 알았다. 탐정 사무소에서 다시 만났을 때도, 그 후에도 나에게 한 번도 말하지 않았다. 기억하고 있다고 넌지시 일러 준 적도 없었다.

중학생 시절에 내가 말한 단어까지 선배가 기억하고 있다고는 생각하지 않았다.

"그렇군." 하고 선배는 끄덕이고 벤치에서 양쪽으로 손을 짚고 하늘을 올려다본다.

이런 화제에는 어울리지 않는 맑게 갠 푸른 하늘이다.

"내가 중학교 때 한 일은 탐정의 일이 아니었어. 스스로 언젠가 탐정이 되기 위한 수행의 일환이라고 생각했지만 완전히 그 범주를 넘어섰어. 그 무렵에는 의뢰인도 중학생이라서 나에게 오는 의뢰 자체가 정보 수집보다는 해결사 정도였어. 전 남친 핸드폰에서 속옷 차림으로 찍은 사진을 지워 달라, 진짜 탐정이라면 받지 않는 의뢰가 많았지……. 나도 그런 걸 즐기기도 했고. 고마워하거나, 대단하다고 놀라면 기분 좋았어. ……하지만 지금 나는 탐정이니까."

선배는 잠깐 쉬더니 말을 이었다.

"할 수 있으니까 뭐든 해도 되는 게 아니고, 뭐가 옳은 일인지도 내가 정하는 게 아니겠지."

그렇게 말하고 나서야 겨우 나를 바라본다. 쓴웃음을 지은 채.

처음 사무소를 찾아갔을 때 선배는 탐정의 일은 조사와 보고뿐이라고 굳이 강조했다. 그건 의뢰인에게 다짐을 받기 위해서만이 아니라 자기 자신에 대한 경계였을지도 모른다.

잊었다고 생각했던 옛날 일…… 나와의 대화를 기억하고 있고, 지금 그걸 말하고 있다는 사실에 마음이 두근거렸다. 하지만 왜 그녀가 갑자기 이런 말을 꺼냈는지까지 생각이 미치지 못했다.

"탐정의 일은 의뢰받은 일을 조사하고, 그 결과로 얻은 정보를 보고하는 거야. 조사 과정에서 알 리가 없는 일을 알게 되었다 해도 의뢰인에게 그걸 전달할 필요는 없어. 전달할지 말지는 각 탐정이 판단할 일이야."

선배가 웃음기를 지우고 진지한 표정으로 말했기에 나는 그녀가 뭘 말하려고 하는지 이해했다.

자연스럽게 등이 똑바로 펴졌다. 표정을 굳히고 그녀의 말을 기다린다.

선배는 내 눈을 보고 조용히, 그러나 또박또박 말했다.

"생각해 봤는데, 나는 너에게 전부 말하기로 했어. 알고 싶지 않으면 지금 말해. 편지를 보낸 사람은 밝혀냈고, 이제 두 번 다시 괴롭히지는 않을 거야. 그런 의미에서는 사건은 해결됐어. 너는 마카베 씨에게 그것만 전달하면 돼.”

조사 전문가인 그녀는 의뢰 범위를 넘는 정보를 알게 되었을 것이다. 그 정보가 나에게 바람직하지 않으리라는 것을 알 수 있었다.

알지 않아도 되는 건 몰라도 된다. 나는 그렇게 생각한다. 하지만 이 건은 내 의뢰이다.

지금 돌이키기에는 늦었다. 이미 너무 많이 알아 버렸다.

나는 각오가 되어 있었다.

“말해 주세요.”

그녀의 눈을 보고 대답했다.

선배는 한 번 깊이 숨을 들이쉬고 내쉰 후 고개를 끄덕였다.

몇 센티미터 정도 다가오더니 내가 들고 있는 합의서를 손가락으로 가리키며 설명하기 시작했다.

“……사 년 전 사건의 피의자가 마카베 씨이고, 피해자는 가나미 씨. 적어도 기록상으로는 마카베 씨가 가나미 씨를 강간했다고 되어 있어. 그리고 마카베 씨의 집에 온 편지는 가나미 씨의 아버지 나가노 씨가 보낸 거야. 하지만 이건 협박장이라기보다 가해자의 양심에 호소하여 결혼을 그만두라고 설득하고, 피해자에게 경고하려는 것이었지.”

"가나미 씨의 아버지라면 왜 익명으로…… 가나미 씨가 상처 입지 않도록 조심한 거죠? 사건을 언급하지 않고 어떻게든 헤어지게 하려고?"

"나도 처음에는 그렇게 생각했어."

선배는 고개를 저었다.

"나가노 씨가 편지에 구체적인 사실을 쓰지 않은 건 자신이 노출되는 걸 두려워해서였던 것 같아. 나가노 씨는 전에 가나미 씨에 대한 성폭행 혐의로, 그게 원인이 되어 가나미 씨의 어머니와도 이혼했어."

"뭐라고요?"

"하지만 그건 원죄였어. 이제 와서 증명할 수는 없지만 틀림없을 거야."

"어떻게……?"

"아마 마카베 씨 때도 같은 일이었을 거야."

도대체 무슨 말이지? 갑자기 툭 튀어나온 친아버지의 성폭행이라는 충격적인 단어 탓에 바로 머리가 돌아가지 않았다.

내 혼란이 가라앉기를 기다리지 않고 선배가 말을 이었다.

"사 년 전 사건의 피해자가 가나미 씨였다고 했을 때 나는 아무것도 모르는 가나미 씨에게 마카베 씨가 접근했다고 생각했어. 마카베 씨는 그만큼 그녀에게 집착했고 처음 사건 때부터 전부 계획적이었던 게 아닌가 하고. 하지만 아니었어."

말하면서 자신의 착각이 분하다는 듯 한 번 눈을 내리깔았다.

"마카베 씨는 정말 아무것도 몰랐어. 사 년 전 사건의 피해자가 가나미 씨였다는 걸……. 마카베 씨는 피해자 얼굴도, 이름도 모르고 체포되어 합의했지. 진짜 범인이 아니었으니까."

성범죄에서 피해자의 프라이버시는 엄격히 관리된다. 재판으로 가면 변호사에게 형사 기록이 공개되고 피의자에게도 그 정보가 전달될 테고, 피해자 사진조차 보여 주지 않는 일은 없었겠지만, 마카베 씨의 사건은 그 직전에 합의라는 형태로 종결되었다. 그래서 그는 자신이 체포된 이유였던 '피해자'의 얼굴도, 이름도 몰랐다. 그건 마카베 씨도, 에이코 씨도 똑같이 말했다.

"하지만 그럼 마카베 씨와 가나미 씨의 만남이 우연이라는 게……."

그럴 리가 없다.

아무리 믿고 싶어도 그런 우연이 존재할 리가 없다.

선배는 "그게 아니야." 하고 나를 가로막았다.

"피의자였던 마카베 씨는 피해자 얼굴도, 이름도 몰랐지만…… 피해자는 피의자의 얼굴이나 이름을 알았을 거야. 피해자가 거부하면 억지로 보게 하지야 않겠지만, 피해 신고를 했으니까 전혀 수사에 협조하지 않을 수도 없었겠지. 즉, 피의자는 피해자의 얼굴도 이름도 몰랐지만 피해자는 피의자의 얼굴도, 이름도 알고 있었어."

피해자…… 가나미 씨는 마카베 씨의 얼굴과 이름을 알고 있었다?

그런데 마카베 씨와 약혼했다. 자신을 덮친 범인인 걸 알면서?

그게 무슨 말이지? 위화감을 느꼈다. 공포에 가까운 불안이 끓어오른다.

"편지는 두 종류가 있었어. ……엄밀하게는 세 종류려나. 나가노 씨가 마카베 씨 앞으로 쓴 것, 가나미 씨 앞으로 쓴 것. 그리고 둘 다 아닌 것. 전부 현재 존재하지는 않지만."

선배는 무릎 위에 겹쳐 놓은 편지 세 통을 들었다.

"나가노 씨는 우선 가해자에게 편지를 보냈어. 양심에 호소하려 했고 자신은 알고 있다며 나쁜 짓을 말리려고 했을 거야. 마카베 씨가 버려서 실물은 남아 있지 않지만 결혼하지 마라, 너에게 결혼할 자격은 없다, 라는 강경한 문장의 편지였지? 하지만 그게 가해자에게 가지 않았거나, 혹은 효과가 없다고 생각해서 나가노 씨는 피해자에게 우편으로 편지를 보내기로 했어. 그게 이거야."

제일 위에 있던 편지 한 통을 나에게 건넸다. '결혼을 중단하세요, 반드시 후회하게 됩니다.' 내가 마카베 씨의 침실에서 본 강경한 문장과는 다른, 정중한 문장으로 쓰여 있었다.

혼란스러워하며 그냥 글자를 눈으로 따라가는 나에게 선배가 두 번째 편지를 건네준다.

"마지막에 온 게 이거야. '상대를 잘 알지도 못하면서 결혼하면 안 됩니다. 이 결혼은 당신을 불행하게 만들 겁니다.' ……이 것도 경고였어. 마카베 씨에게 보내는."

"마카베 씨한테요?"

가나미 씨가 아니라.

고개를 든 나에게 선배는 고개를 끄덕이고 "그걸 착각했어." 라고 말했다.

나가노가 편지를 보낸 이유. 누구를 향한 경고였는가…… 어떤 것이 누구에게 보낸 편지였는지도.

"반대였어."

선배가 말하는 것과 동시에 갑자기 이해되었다.

나가노가 도우려던 사람은 가나미 씨가 아니었다. 단죄하려던 상대는 마카베 씨가 아니었다.

"나가노 씨에게 피해자는 마카베 씨이고, 가해자는 가나미 씨였어. 아무것도 모르는 마카베 씨가 착각해서 너와 나도 잘 못된 전제에 근거해 생각한 거야."

내 사고를 따라가는 듯한, 선배의 음성이 들렸다.

"강간 사건 따위는 없었어. 마카베 씨는 단 한 번도 거짓말을 하지 않았어. 그는 가나미 씨의 함정에 빠진 거야. 그녀가 마카베 씨의 연인이 되기 위한 함정."

12

나가노가 가나미를 무섭다고 말한, 그 순간에 나는 그때까지 꿈도 꾸지 못한 가능성을 떠올렸다.

나가노도 내가 깨달았다고 눈치챈 듯하다.

"갖고 싶다고 생각한 것은 무슨 짓을 해서라도 갖는, 그런 딸입니다."

살짝 고개를 끄덕인 후 나가노는 말을 시작했다.

"굳이 말하자면 얌전한 아이라 별로 걱정하지 않았습니다……. 지금 생각하면 옛날부터 그런…… 강한 집념이 있었습니다. 외동딸에 어리광을 받아 주고 오냐오냐 키운 탓이라고 생각했습니다."

커피는 한 번도 손을 대지 않은 채 그대로 남아 있었다. 나가노는 생각이 났다는 듯 컵에 손을 뻗었지만 끌어당겼을 뿐 입에 대지는 않고 시선이 흔들렸다. 뭐부터 말해야 할지 생각하는 듯했다.

"저는 사건 전부터……, 사 년 전 사건 이전부터 마카베 씨를 알고 있었습니다. 딸아이 방에서 사진을 본 적이 있었거든요. 분명히 몰래 촬영한 사진이었습니다. 그의 행동을 자세하게 기록한 노트도 있었습니다. 내 딸이지만 조금 무서워졌습니다. 그 시점에서는 설마 그런 큰 사고를 칠 줄 몰랐습니다. ……지금 생각하면 그 시점에 이미 가나미의 행위는 정상 궤도를 벗어났던 걸까요. 그래도 그때는 그렇게까지 위기감을 갖지 않았어요. 내 눈이 흐렸나 봅니다."

아버지다. 딸에게 약하다 해도 별수 없다. 나는 그렇게 생각했지만 나가노는 후회하는 듯했다.

"가나미 씨는 사건 전부터 마카베 씨와 아는 사이였나요?"

"아니요, 가나미가 일방적으로 따라다닐 뿐이었어요. 어딘가에서 보고 한눈에 반하지 않았을까요?"

당시 마카베와 가나미는 학교에 다닐 때 같은 교통수단을 이용했다고 들었다. 바로 그 점 때문에 충동적인 범죄가 아니라 피해자를 노린 계획 범죄였다고 증명되어 마카베에게 불리하게 작용했다고 했다. 그게 합의를 고려하는 이유 중 하나가 되었다고 마카베의 어머니는 기세에게 말했다고 한다.

실제로는 반대였다.

"강간 사건의 가해자로 체포된 청년의 사진을 경찰이 보여주길래 깜짝 놀랐습니다. 혹시나 하는 것보다 확신에 가까웠어요. 청년이 부인한다는 말을 듣고 확신했습니다. 틀림없다, 그는 가나미가…… 내 딸이 파멸시켰다고요."

단 한 번 사진으로 봤던 가나미의 얼굴을 떠올렸다. 못생기지는 않았지만 굳이 말하자면 수수한 외모의 여성이었다. 그녀에게 당시 마카베는 손에 닿지 않는 존재였을 것이다. 자산가의 아들에 외모도 깔끔하고 주변 사람들과 잘 어울리는 의대생. 그 모든 것이 사건 탓에 단숨에 바닥으로 굴러떨어졌다.

그의 주위에서 당시 교제하던 마호나 친구들, 화려한 외모의 여성들은 떠나갔고, 드디어 그는 가나미에게도 손이 닿는 존재가 되었다.

소름이 끼쳐 입을 손으로 막았다.

좋아하는 사람을 자신의 것으로 만들기 위해 오직 그러기 위해서 상대에게서 모든 것을 빼앗았다.

어떻게 그런 짓을 계획하고 실행에 옮길 수 있는지 이해할 수 없었다.

그녀는 가족도, 경찰도 전부 속이고 강간 사건을 날조해서 사랑하는 사람을 파멸시켰다.

홀로 남은 그에게 접근해 "당신의 과거 따위 신경 쓰지 않는다."라는 다정한 말을 언젠가 건네기 위해.

"죄 없는 청년의 인생을 엉망으로 만들 수는 없었지요. 그래도 아내에게는 말할 수 없었습니다. 우리 딸이 그런 악질적인 거짓말을 꾸며 내다니……. 거짓말이라는 증거가 있는 것도 아니었으니까요. 피해자 청년의 DNA도 나왔다는 말을 듣고 혼란스러웠습니다……. 서로 동의하에 성행위를 한 건 아닌가 생각했지만 확인할 수 없기에 결국 딸을 고발할 수는 없었습니다."

나가노의 미간을 좁힌 표정에도, 목소리에도 고뇌가 배어 나왔다.

두 손으로 꼭 잡은 컵이 덜덜 떨리며 수면이 흔들렸다.

"적어도 합의하자고 생각했습니다. 그렇게 하면 적어도 그에게 전과가 붙지 않고 끝낼 수 있습니다. 제멋대로에 위선적인 생각이지만 유죄판결을 받는 것보다는 나으니까요……. 내가 상대방 변호사 선생님과 합의서를 교환했습니다. 가나미도 합의하는 것에 불만은 없는 듯했습니다."

이제 충분히 마카베의 평판을 떨어뜨렸다고 생각했을 것이다. 재판까지 가서 자신의 정체가 알려질 가능성이 높아지는 것을 피했을지도 모른다. 그의 연인이 되는 것이 최종 목표였다면 마카베에게 부정적인 기억으로 남는 건 어떻게든 피하고 싶었을 것이다.

"그래서 사건은 끝났다고 생각했습니다. 적어도 나는 그런 줄만 알았지요. 그때는 아직 가나미가 사건을 꾸며 낸 이유도 잘 몰랐어요……. 남자에게 차여서 화풀이라고, 그 정도로 생각했습니다. 상대를 체포당하게 해서 돈을 뜯어내고 속이 풀렸다면, 이제 이 건은 끝일 거라고……. 실제는 가나미가 사 년이나 그를 쫓아다녔지만요."

그리고 그녀는 훌륭하게 목적을 달성했다.

증오하는 상대를 파멸시키기 위해 사건을 꾸며 냈다면, 그것만으로도 충분히 끔찍한 짓이다. 그래도 이해하지 못할 것도 없다. 그러나 좋아하는 상대를 고립시켜 자신만 바라보도록 만들기 위해 함정에 빠뜨린다는 발상은 광기에 가깝다.

나는 어느새 양팔로 나를 끌어안고 있었다.

"합의로 사건이, 표면상으로는 끝난 다음에도 평온해지지 않았습니다. 가나미가 또 누군가에게 무슨 짓이라도 하는 게 아닐까 불안했고, 죄 없는 청년에게 나쁜 짓을 했다는 죄책감도 사라지지 않았습니다."

아직 이야기는 끝나지 않은 듯했다.

가볍게 고개를 흔든 다음, 에이지는 사 년 전으로 거슬러 올라갔다.

"가나미가 한 짓을 내가 알고 있다고 가나미도 얼핏 눈치챘을 겁니다. 위협하려는 듯한 시선으로 저를 보더군요. 나는 그

즈음부터 딸에게 공포를 느끼게 되었습니다. 가나미는 그런 일에는 민감했고요."

결정적으로 원한을 사는 일은 피했지만, 딸의 본성을 알게 됐고 그 일로 위협을 받았다는 말인가.

나라면, 이라고 생각하니 등이 서늘해졌다. 아무렇지 않게 사람을 파멸시키고……, 아무것도 모르는 얼굴로 자신의 방해물을 제거하는 데에 전혀 주저하지 않는 인간과 한 지붕 아래에 있다는 것만으로 끔찍하다.

가능하다면 재빨리 달아나서 평생 얽히고 싶지 않았겠지만 딸과 부모 사이에서는 이도 어려운 일이다.

"가나미 씨와 사건에 대해 이야기할 기회는 없었나요?"

"네, 결국 한 번도요. 하려고 생각한 적이 없지는 않았지만 결국 용기가 부족했어요. 우물쭈물하는 사이에 떨어져 살게 됐지요."

나가노가 진실을 폭로하면 마카베의 명예는 회복할 수 있을지도 모른다. 그러나 그를 책망할 수는 없었다.

딸을 고발하는 것에 대한 반감, 그녀의 원한을 사는 것에 대한 공포, 아내가 받을 큰 충격……. 이것들과 마카베의 명예를 저울에 올려놓고 내린 결과였다.

결정적인 증거를 잡은 것도 아니라서 당시 가나미의 악행을 입증할 수 있을지도 확실하지 않았다.

사람의 생사가 달린 일도 아니고, 상대가 전과를 남기지 않도록 합의까지 했으니, 고민은 했겠지만 나가노는 가족을 잃을 위험까지 무릅쓰지 않았을 것이다.

결코 옳지 않다. 마카베 입장에서 보면 용납할 수 없는 일일지도 모른다. 그러나 이해할 수 있다.

자세도 목소리도 바꾸지 않고 그가 말을 이었다.

"사건이 일어나고 반년 정도 지나서였을까요. 그날 갑자기 가나미가 '아버지에게 폭행당했다.'라고, 아내에게 울며 얘기했다더군요. 물론 그런 일은 없었습니다. 가정 내에서 마무리돼 경찰에 신고하지는 않았지만…… 그 계기로 아내와 이혼했고, 나는 딸에게 접근하지 않겠다고 약속했습니다. 접근하고 싶은 것도 아니었기에 그건 좋았지만…… 네, 오히려 안심한 적도 있었습니다."

고발을 당하는 대신 인연을 끊겠다고 약속까지 했으니, 마카베에게 직접 충고하기를 꺼린 것도 납득이 간다.

경찰까지 한 번 속여 넘겼으니 익숙해서였을까. 마카베에 이어 아버지까지 아무렇지 않게 파멸시킨 가나미를 생각하면 더욱 소름 끼쳤다. 하지만 그렇게까지 몰아세울 만큼 가나미는 아버지 나가노를 피하고 싶었을 것이다.

사건의 진실과 자신의 본성을 아는 사람이 가까이 있으면 불편했을 테니.

"이렇게 말해도 아버지로서 책임감은 느낍니다. 가나미가 또 어딘가에서 누군가의 인생을 엉망으로 만들어 버리면 어쩌나……. 얽히고 싶지 않았지만 결혼한다고 듣고 불안해졌습니다."

"그래서 상황을 보러 가신 거네요?"

나가노는 끄덕이고 마침 생각이 났다는 듯 컵을 들어 입에 댄다. 차게 식어 버린 듯, 꿀꺽 목울대가 움직였다.

"나는 기억에도 없는 딸에 대한 폭행 혐의로, 아내와 집을 잃었지만 친구들 중 몇 명은 그 후에도 계속 남아 주었습니다. 가나미가 약혼했다는 사실을 알려 준 것도 그 몇 안 되는 친구 중 한 사람입니다. 아내들끼리 친해서…… 가나미가 약혼했고, 약혼자와 같이 산다는 사실을 아내로부터 들었다는 것 같았습니다."

남편들끼리, 아내들끼리 각자 친구라는 관계는 나가노가 집을 나온 경위를 생각하면 단순한 문제가 아니다. 아내와 그 친구들에게 나가노는 용서할 수 없는 나쁜 사람이다. 가족 단위의 모임이라도 있으면 나가노의 친구도 표면적으로 그를 감싸 주기 힘들다.

지금까지는 친하게 지낸 사람들이 불합리하게 의혹과 경멸의 시선을 던진다는 공포와 서글픔, 안타까움……. 사 년 전에 마카베가 처한 상황과 아주 닮았다.

나가노는 자신의 그런 상황도 죗값으로 받아들였는지도 모른다. 그렇기에 불명예스러운 무고죄로 고립됐지만 지금 이렇게 평온할 수 있을지도 모른다.

그런 상황에서도 나가노를 믿어 주는 친구가 있었다. ……지금도 있다는 것은 구원이다.

"마카베라는 명패를 봤을 때는 숨이 멎었습니다. 사건 피의자이자 사실 피해자였던 그의 이름이었죠. 결코 잊지 못했습니다."

겨우 한 모금을 마시고 커피 컵을 두 손으로 잡고 나가노는 계속 설명했다.

"도저히 가만히 있을 수 없었습니다. 가나미가 뭔가 깨닫길 바랐기에 편지를 썼습니다. 한심하게도 익명으로요."

네가 어떤 인간인지 알고 있다. 이런 결혼은 용납되지 않는다. 그건 마카베가 아니라 가나미 앞으로 보낸 편지였다.

하지만 우편함에서 그걸 발견한 사람은 그녀가 아니었다.

"그 편지를 본 사람은 마카베 씨였습니다. 그걸 자신에게 보냈다고 생각한 듯합니다."

나가노는 끄덕이고 "경솔했습니다."라고 인정했다.

"머리가 굳은 옛날 사람이라, 어머니나 아내가 전업주부였던 터라, 항상 여성이 집에 있고 우편물을 먼저 보는 게 당연하다고 생각했어요."

"다음 편지도 그 다음 편지도 가나미 씨 앞으로 보낸 건가요?"

"그렇습니다. 하지만 네 번째로 편지를 전하러 갔을 때였을까요? 그렇게 집 주변을 어슬렁거리는 걸 가나미가 눈치챘나 싶어 불안해졌습니다. 그래서 다음에는 우편으로 보냈습니다. ⋯⋯그리고 받는 사람도, 마카베 씨로 했습니다. 가나미가 변하지 않는다면, 그에게 경고하려고 했어요.”

'반드시 후회하게 됩니다.'라고 존댓말로 쓰인 그 편지인가.

가해자에게 보낸 편지가 피해자로 그 대상이 달라졌다면 직접 투서했던 편지에 비해 내용도, 문장도 갑자기 부드러워진 게 당연하다.

나가노는 “하지만.”이라고 운을 떼며 시선을 떨어뜨렸다.

“역시 익명으로, 내용도 분명하게 쓰지는 못했습니다. 만에 하나 가나미가 본다면 고발자의 정체가 나인 걸 눈치챌까 무서워서.”

“알 것 같아요.”

바로 동의할 수밖에 없었다. 가나미의 지금까지의 행동을 들어 보니, 그녀에게 원한을 산 대상은 무슨 짓이라도 당할 수 있었다. 누구라도 피하고 싶을 것이다. 하물며 나가노는 가나미에게 약점이 잡혔다.

“다음 편지⋯⋯ 아까 다시 한번 직접 두고 오셨다고 하셨는데, 이건가요?”

테이블에 놓인 왼쪽 끝 편지, 제일 긴 문장으로 쓰인 편지를 들어 다시 살펴봤다.

'상대를 잘 알지도 못하면서 결혼하면 안 됩니다. 이 결혼은 당신을 불행하게 만들 겁니다. 사 년 전 일을 조사하세요. 다른 사람과 의논하세요.' ……사정을 다 알고 나니 확실히 마카베를 향한 필사적인 외침이었다. 더 분명하게 구체적인 사정을 언급했다면 마카베도 경계했겠지만, ……이 편지를 읽은 마카베는 가나미에게 온 편지라고 생각했다.

가나미에게 자신의 과거를 폭로하고, 주의를 주는 것이라고 착각했다. 직접 투서된 편지라 받는 사람 이름이 적혀 있지 않았던 점도 착각의 원인이었다.

나는 편지를 테이블에 돌려놓고 그 오른쪽에 놓인 가운데 편지를 집어 들었다.

'네가 범죄자라는 걸 알면서 결혼하고 싶은 여자가 있을 리가 없다.'

어디에서나 구할 수 있는 흰 봉투와 A4 용지에 타이핑된 문장. 양쪽에 놓인 두 통과 비교하면 확연하게 거칠어진 문장. 이 편지는 CCTV를 설치하기 전에 우편함에 직접 투입된 것이었다.

"이 두 통은 연속해서 도착한 것 같은데, 이쪽 편지는 나가노 씨가 쓴 게 아니죠?"

나가노가 고개를 끄덕인다.

그렇다면 보낸 사람은 한 명밖에 없다.

마카베의 집에 자주 드나들던 가나미는 우연히 나가노가 보낸 편지를 봤다. 침실 휴지통에 버려진, 기세가 우연히 본 그 편지를 봤을지도 모르고 우편함에 있던 편지를 마카베가 회수하기 전에 봤을지도 모른다. 그리고 그 의미를 정확하게 이해했다. 그녀만은 그 편지가 자신의 죄를 고발하고 있음을 깨달았다.

"편지를 받게 된 다음부터 마카베 씨는 가나미 씨에게 들키지 않으려고, 걱정 끼치지 않으려고 전전긍긍했어요. 가나미 씨는 편지를 보고……, 마카베 씨의 태도도 살핀 후, 그가 자신에게 온 편지라고 착각하고 있다는 사실을 깨달았을 테죠. 그걸 빌미 삼아 마카베 씨를 비방하는 내용의 편지를 직접 작성하고 우편함에 넣어 마카베 씨를 착각하게 했어요."

마카베를 범죄자라 지칭하며 결혼하고 싶은 여자가 없을 거라고 이어진, 어떻게 읽어도 마카베를 규탄하는 내용의 편지가 우편함에 들어온 것은 나와 기세가 마카베의 집을 찾아가 CCTV를 설치하기로 결정한 그 다음 날 아침이다. 우연일지도 모르지만 가나미가 도청 같은 어떠한 방법으로 다음 날에 카메라가 설치된다는 걸 알고, 그 전에 서둘러 준비했을지도 모른다. 어쨌든 그 효과는 매우 컸다.

그녀가 작성한 단 한 통의 편지가 섞여든 탓에 우리는 모든 편지가 마카베의 죄를 고발하는 것이라고 착각해 버렸다.

나가노는 두 손으로 얼굴을 감쌌다.

"나는 가나미가 무서웠어요. 내 딸아이가…… 지금도 무섭습

니다. 가나미를 말리기는커녕, 마카베 씨에게 직접 말할 용기
도 없었어요."

너무 멀리 돌아간 것처럼 보여도 그에게는 최선이었을 것이
다. 위로의 말을 건네는 것은 의미가 없다고 알고 있었다. 나가
노는 당신 탓이 아니라는 말을 듣고 싶은 게 아니다.

"폭행 혐의가 있었을 때 나는 물론 부정했습니다. 하지만 증
거가 있다고…… 가나미의 방 시트에 내…… 체액이 묻어 있다
고 가나미가 말했습니다. 나는 전혀 기억에 없는 일이었지만
집에 남자는 저밖에 없었으니까 아내는 그걸 결정적인 증거로
생각한 것 같았습니다. 영문도 모른 채 나는 집에서 쫓겨났습
니다. 가나미도 아내도 경찰까지 끌어들일 생각은 없었지만 무
죄를 증명할 기회를 놓쳐 버렸지요."

딸이 난폭하게 당했다고 울부짖고 체액이 묻은 시트를 보여
주면 의심하지 않을 어머니는 없을 것이다. 경찰에 신고하지
않고 가정 안에서 수습한다면 DNA 감정도 받지 않는다. 가나
미는 여기까지 계산한 것임에 틀림없다.

나가노는 이제 원통함마저 사라진 모습으로 말을 이었다.

"나중에 가나미가 모텔에서 아르바이트를 했다는 사실을 알
았습니다. 시트에 묻어 있던 체액은 아르바이트 장소에서 가져
왔겠지요. 그 청년……, 마카베 씨도 똑같이 함정에 빠졌다고
생각했습니다. 깨달아 봤자 이미 전부 늦었지만요."

나는 나가노에게 가나미가 아르바이트했던 모텔의 이름을 물었다. 그는 모텔 이름을 똑똑히 기억하고 있었다.

그에게 양해를 구하고 그 자리에서 전화를 한 통 걸었다. 다행히 토요일 낮이라 다카무라 마호가 전화를 받았다.

"하나만 여쭤볼게요. 마카베 씨와 교제하던 당시, 이용하던 모텔 이름을 기억하세요?"

다카무라는 질색했지만 중요한 일이라고 하자, 이름은 대략 기억하고 있다고 운을 뗀 후 모텔 이름을 알려 주었다. 내가 들은 모텔 이름을 말하자 맞는다고 확인해 줬다.

고맙다고 말하며 전화를 끊었다.

물론 절대 우연은 아니다. 가나미는 마카베를 따라다니며 감시했으니 그 정보를 사용하여 마카베의 DNA를 확보하고 강간 사건을 날조했다.

모텔 직원이라면 청소를 위해 타깃이 사용한 방에 들어가 쓰고 버린 피임 도구를 가지고 나올 수 있다. 마카베가 언제 모텔에 오는지는 알 수 없으니 타깃이 오기까지 몇 개월이나 기다렸을 것이다.

실제 그녀가 마카베와 약혼하기까지 몇 년이나 시간이 걸리지 않았는가.

등골이 서늘해지는 집념이었다.

자신의 손에 닿을 수 있도록 마카베를 끌어내린다. 새로 누군가의 손을 잡으면 방해한다. 설 자리를 빼앗고…… 그렇게 결국 아무것도 모르는 그가 "나에게는 여자 친구밖에 없다."라고 생각하게 만들었다.

마카베가 체포된 것이나 합의한 사실을 의대생들에게 흘린 사람도 분명 가나미다. 물론 사와이 레나에게 편지를 보낸 사람도.

통학 경로가 겹쳤다니까 아마 가나미가 버스 안이나 어딘가에서 마카베를 발견하고 한눈에 반했을 것이다. 그리고 그게 계기가 됐다.

처음부터 모든 것이 반대였다.

우연일 리가 없다고 생각했다, 경찰도 나도. 그리고 우연은 없었다. 통학 경로가 같은 두 사람이 사건 가해자와 피해자가 된 것도, 이사한 곳에서 만난 것도, 모든 것이 가나미가 꾸민 짓이었다.

내가 전화로 다카무라와 이야기하는 것을 듣고 있던 나가노는 전화를 끊는 나에게 "마카베 씨에게는 정말 미안합니다."라고 말했다.

"더 빨리, 직접 경고해야 했습니다. 하지만 믿어 줄지 불안했습니다. 게다가 무엇보다 나는 가나미의 원한을 사고 싶지 않았어요. 그런 짓을 눈 하나 깜짝하지 않고 해내는 인간에게, 보통 사람은 제대로 맞서서 이겨 낼 수 없습니다. 설득은 무리입니다. 달아날 수밖에 없습니다. 나는 적어도 그에게 달아나라고 말하고 싶었습니다."

그렇게 말하고 나가노는 얼굴을 가린 채 침묵한다. 전부 말하고 후련해졌다기보다는 앞으로 어떻게 될지 몰라서 초조해하는 것처럼 보였다.

13

기타미 선배의 이야기를 들으며 나는 무의식중에 팔을 쓸어내렸다. 봄날 햇살 아래에 있는데도 소름이 돋았다.

그런 걸 계획하고 실행하는 인간이 있다는 것을 믿을 수 없었다. 그리고 그런 인간과 마카베 씨는 이제 결혼하려고 한다.

"다카무라 씨에게 전화가 연결돼서 운이 좋았어. 아르바이트한 모텔, 입증은 못 했지만 나가노 씨와 다카무라 씨 양쪽 모두에게서 확인했으니까 일단 틀림없을 거야. 보고서는 아직 작성 못 했어. 하지만 먼저 구두로라도 보고하려고."

선배는 서둘러서 와 준 것이다. 피로연 전에, 마카베 씨에게 진실을 전할 수 있도록.

"내 의뢰인은 너니까 내가 만든 보고서를 누구에게 보여 줄지도, 나에게서 들은 이야기를 누구에게 말할지도 네 자유야. 보고서가 완성될 때까지 기다려도 되고, 지금 당장 말하러 가도 돼."

선배는 가만히 나를 보며 말을 이었다.

"지금부터 영원히 말하지 않아도 돼. 내가 마카베 씨에게 말하는 게 좋다고 생각하면 그렇게. 같이 갈 수도 있어. 하지만 마카베 씨에게 말할지 말지, 내가 결정할 수 없어."

그건 그녀의 일은 아니었다.

그녀에게 조사를 의뢰한 내가 결정해야 할 일이다.

정원 앞 유리 너머로 가게 안쪽을 바라봤다.

가게 안에서는 이제 피로연 준비가 끝난 듯하다. 슬쩍 보니, 사람들도 모였다.

마카베 씨의 모습을 보고 흠칫한다. 매장 밖에서 직장 동료인 듯한 손님을 맞이하면서 웃으며 이야기하고 있다.

"혼인신고는 아직이야. 혼인신고서는 준비했고 오늘 피로연에서 그것도 공개하고, 오늘 밤 야간 창구에 제출할 거야."

그가 했던 말을 기억한다.

혼인신고 전이니 아직 늦지 않았다, 다행이다, 라고 기뻐할 수도 없었다.

저렇게 행복해하는 마카베 씨를 보는 것은 처음이었다.

"선배라면…… 어떻게 할 거예요?"

"네 입장이라면? 나는 말할 거야."

선배는 조용히 망설이지 않고 대답한다.

"하지만 그렇다고 해서 너도 좋을 것 같다고 말하는 건 아니야. 마카베 씨의 친구로서, 어떻게 하는 게 좋을지는 네가 생각해."

진상을 알게 되자 한시라도 빨리 마카베 씨에게 알려야 한다고 생각했다.

이노우에 가나미가 한 짓은 용서할 수 있는 일이 아니었다. 그런 인간이 그의 아내가 된다니, 상상하는 것조차 끔찍했다. 옆에 있는 사람의 정체를, 그 위험을 마카베 씨에게 전해야 한다.

그러나 지금은 망설여졌다.

그녀는 이렇게까지 할 만큼 마카베 씨에게 집착하고 있었다. 그녀가 택한 수단은 파렴치하지만 그를 손에 넣은 지금, 이제 마카베 씨에게 더는 위험한 존재가 아니다.

마카베 씨는 그녀를 사랑한다. 그녀와 함께라 행복한 것이다. 둘이 행복하다면 그 누구에게도 아무 일도 일어나지 않는다.

그 행복은 마카베 씨의 무지 위에 세워진 것이라고 해도…… 모든 것을 잃고 행복을 포기했던 그가 지금 이렇게 웃고 있다.

마카베 씨에게 그녀의 정체를 말하면 저 웃음은 사라진다. 두 번 다시 웃을 수 없게 될지도 모른다.

그리고 가나미는 나와 기타미 선배를 분명히 적으로 간주할 것이다.

진실이 밝혀져도 아무도 행복해지지 않는다……. 그래도 이런 일은 용납할 수 없다.

어떻게 해야 할지 알고는 있지만 어떻게 하고 싶은지 모르겠다.

결정하지 못하고 벤치에서 일어난다. 기타미 선배도 일어섰다.

가게 밖에서 손님과 이야기를 나누던 마카베 씨가 문득 이쪽을 돌아본다. 우리를 알아봤는지, 밝은 표정으로 손을 들었다.

말한다면 지금밖에 없다. 지금 말하지 못하면 이제 두 번 다시 말할 수 없다.

크림색 원피스를 입은 여성이 가게에서 나와서 마카베 씨에게 가만히 다가가 옆에 섰다. 손에는 옅은 색조로 완성한 꽃다발을 들고 있다. 신부의 부케다.

마카베 씨가 나에 대해 뭐라고 말했는지 그녀는 내 쪽을 보고 살짝 고개를 숙였다.

두 사람을 축복하는 듯 맑게 갠 하늘, 그 하늘을 생생하게 느끼며 일어섰다.

선배가 배려하듯 나를 바라본다.

마카베 씨는 아내가 될 여성을 소개하려고 이쪽으로 함께 걸어 나왔다. 나는 아직 움직일 수 없었다. 결정하지 못했다.

두 사람이 다가온다.

(끝)

꽃다발은 독

1판 1쇄 발행 2024년 5월 30일
1판 2쇄 발행 2024년 6월 26일
지은이 오리가미 교야 | **옮긴이** 이현주 | **펴낸이** 최원영
편집부장 윤영천 | **편집부** 김서연 이지윤 | **북디자인** 곰곰사무소
본문조판 양우연 | **국제업무** 박진해 남궁명일 | **마케팅** 김민원 조은걸
펴낸곳 (주)디앤씨미디어 | **출판등록** 2002년 4월 25일 제20-260호
주소 서울시 구로구 디지털로 32길 30 코오롱디지털타워빌란트 1301-1308호
전화번호 02.333.2513 | **팩스** 02.333.2514

ISBN 979-11-92738-34-5 03830

정가 16,900원